BASTEI
LÜBBE

Von Ephraim Kishon sind als Bastei Lübbe Taschenbücher erschienen:

12016 Kishon für alle Fälle
12032 Kishon der Steuerzahler
12265 Der Fuchs im Hühnerstall
12299 Drehn Sie sich um, Frau Lot!
12331 Mein Freund Jossele und andere Satiren
12432 Der seekranke Walfisch
12452 Nichts zu lachen
12466 Wie unfair, David!
12554 Ein Apfel ist an allem schuld
12742 Total verkabelt
12786 Paradies neu zu vermieten
12824 Kishons beste Reisegeschichten
12877 Es war die Lerche
12936 Kishon für Kenner – ABC der Heiterkeit
12957 In Sachen Kain und Abel
14248 Mein Kamm
14324 Beste Tiergeschichten
14350 Beste Familiengeschichten
14474 Beste Autofahrergeschichten
14536 . . . und was machen wir am Nachmittag?
14623 Auch die Waschmaschine ist nur ein Mensch
14628 . . . und die beste Ehefrau von allen

Von Sarah Kishon ist als Bastei Lübbe Taschenbuch erschienen:

14389 Mein geliebter Lügner

Ephraim

KISHON

Hausapotheke für Gesunde

Ins Deutsche übertragen von
Friedrich Torberg, Gerhard Bronner
und Ephraim Kishon

Innenillustrationen von Brian Bagnall

BASTEI
LÜBBE

BASTEI LÜBBE TASCHENBUCH
Band 14816

1. Auflage: November 2002

Vollständige Taschenbuchausgabe

Bastei Lübbe Taschenbücher ist ein Imprint
der Verlagsgruppe Lübbe

Übersetzung: Friedrich Torberg, Gerhard Bronner
und Ephraim Kishon
Lizenzausgabe: Verlagsgruppe Lübbe GmbH & Co. KG,
Bergisch Gladbach
Umschlaggestaltung: Tanja Østlyngen
Titelillustration: Brian Bagnall
Druck und Verarbeitung: Ebner & Spiegel, Ulm
Printed in Germany
ISBN 3-404-14816-9

Es gibt nichts Frustrierenderes,
als das richtige Medikament endlich
gefunden zu haben
– ohne die passende Krankheit dazu.

Griechischer Unsinn, 300 v. Chr.

Wie dieses Buch entstand oder Albert Einstein hatte recht

Beginnen wir mit der alten Weisheit, daß jeder Mensch von seinen Mitmenschen geliebt werden will. Der römische Kaiser Caligula zum Beispiel gab Unsummen Geldes dafür aus. Er ließ im Zirkus, sooft sich die Gelegenheit bot, einige ausgewählte Untertanen von besonders hungrigen Löwen zerfleischen, nur um sich bei seinem Volk beliebt zu machen.

Über das Thema »Wie man Freunde gewinnt« wurden zahlreiche Bücher geschrieben. Mir haben sie nichts genützt. Ich bin höflich wie ein französischer Diplomat, bin taktvoll, still und weißhaarig – und niemand weiß es zu würdigen.

Es gab einmal Zeiten, da wurde ich noch gefragt, wie es mir geht. Ich pflegte mit gewinnendem Lächeln zu antworten: Danke, es geht mir ausgezeichnet, mein neues Buch verkauft sich wie warme Semmeln, mein Golfspiel wird immer besser, und gestern habe ich 50 Shekel im Toto gewonnen. Aber statt mich daraufhin

zu lieben, reagieren die Leute mit einem brummigen Soso, und ich sollte aufhören, wie ein Besessener hinter dem Geld herzujagen.

Mit anderen Worten: Sie wollen nichts mit mir zu tun haben. Besonders in der letzten Zeit. Genauer gesagt: in den letzten vierzig Jahren.

Schön, sagte ich mir, wenn ich schon keine Freunde gewinnen kann, will ich wenigstens Bekannte gewinnen, ein paar belanglose Gesprächspartner für ein nichtssagendes Geplauder.

»Ich darf mich wirklich nicht beklagen«, beginne ich den unverbindlichen Gedankenaustausch. »Gestern habe ich mein Opernlibretto fertiggestellt, und nächste Woche fliege ich mit meiner Familie nach Tahiti.«

»Übertreiben Sie's nicht«, antworten die Belanglosen eisig. »Auch Sie werden nicht jünger.«

Damit entschwinden sie und weichen mir von Stund an in weitem Bogen aus. Kein Mensch will etwas von mir wissen. Ich bin einsam und verlassen wie Israel in der Vollversammlung der UN. Manchmal habe ich mich schon selber gefragt: »Ephraim, altes Haus, wie geht's dir?« – nur um mir vorzuspiegeln, daß sich jemand für mich interessiert.

So lagen die Dinge, bevor ich mir die große Zehe einklemmte.

Ich war vom Supermarkt nach Hause gekommen, hatte beide Arme voll mit Flaschen und Konservenbüchsen, konnte die Haustüre nicht öffnen und versetzte ihr einen Tritt. Sie

gab mir den Tritt sofort zurück und verwandelte meine große Zehe in eine bläuliche, breiige Masse.

In diesem Augenblick erschien mein Nachbar Felix Seelig, der seit zwei Jahren kein Wort mit mir gesprochen hatte.

»Was ist passiert, um Himmels willen?« fragte er teilnahmsvoll.

Ich deutete mit schmerzverzerrtem Gesicht auf meinen Fuß.

Felix schleppte mich in meine Wohnung, bettete mich auf die Couch, mixte mir einen Drink und blieb, bis meine Frau nach Hause kam.

Das gab mir zu denken.

Als ich eine Woche später wieder gehen konnte, traf ich auf dem Postamt Frau Blum, die sich sofort nach meiner Zehe erkundigte.

Ich machte eine wegwerfende Gebärde:

»Ach was, die Zehe... Viel schlimmer ist dieses schreckliche Stechen in der Hüfte.«

Frau Blum begleitete mich nach Hause.

»Sie müssen einen Arzt konsultieren«, empfahl sie mir unter allen Anzeichen größter Besorgnis. »Wahrscheinlich haben Sie einen Nierenstein. Ts, ts, ts. Sehr unangenehm, was Ihnen bevorsteht. Sehr, sehr unangenehm.«

Und sie rief täglich an, um zu erfahren, wann ich operiert würde.

Allmählich begannen auch andere Menschen mir wieder Aufmerksamkeit zuzuwenden. Ich wartete ihre Fragen nach meinem Befinden erst gar nicht ab:

»Es ist die Hölle«, erzählte ich ungefragt.

»Dieser Stein bringt mich um den Verstand. Ich kann keine Zeile mehr schreiben. Morgen muß ich zum Röntgen.«

Ich gewann immer mehr neue Freunde. Aus purer Neugier sah ich in den einschlägigen psychologischen Lexika nach – nirgends fand ich einen Nierenstein erwähnt. Nichts als Stümper.

Um die Besonderheit meines Steines zu unterstreichen, gab ich ihm den Kosenamen Albert. Damit es »Ein Stein« bleibe.

Um meine neugewonnenen Freunde nicht zu enttäuschen und weitere anzulocken, schmückte ich meine Leidensgeschichte mit zusätzlichen medizinischen Katastrophen aus. Besonderen Anklang fand die Mitteilung, daß ich wegen der Nierenstein-Operation meinen neuen Film nicht drehen könnte.

Die beste Ehefrau von allen weigerte sich schließlich, für die täglich zahlreicher erscheinenden Freunde Kaffee zu kochen.

Mein Glaube an die Menschheit kehrte zurück. In den wenigen Stunden des Alleinseins begann ich eine gesellschaftskritische Abhandlung zu schreiben: »Wie erkranke ich erfolgreich?« und ich untermauerte meinen Erfolg durch die rastlose Erfindung von Schicksalsschlägen. Ich litt an Schmerzen im Rücken und im Becken, an Kreislaufstörungen und Steuerschulden, mein linkes Trommelfell hatte sich entzündet, ich stand vor dem Ruin, und als mir gar nichts mehr einfiel, setzte ich das Gerücht in Umlauf, daß meine Frau wegen Albert mit dem Basketballspieler Micky Berkowitz durch-

gegangen sei. Ich war beliebt wie nie zuvor.

Eine der Erfahrungen, die ich in dieser Zeit machen durfte, nenne ich »Das Sandwich-Syndrom«: man kann zwischen zwei Krankheiten eine dünne Schicht von Glück einlegen. Das fiel mir auf, als ich zwischen einer Blinddarmoperation und einer vernachlässigten Scheinschwangerschaft mit einem Literaturpreis ausgezeichnet wurde, ohne daß man mich deshalb in Acht und Bann getan hätte.

Es war zu schön, um dauerhaft zu sein.

Eine Tages – die Schreibmaschine zittert unter meinen Fingern, während ich es zu Papier bringe – verspürte ich einen stechenden Schmerz im Unterleib. Der Doktor kam und diagnostizierte einen Nierenstein. Ich wandte mich vorsorglich an die beste Ehefrau von allen:

»Liebling, vielleicht solltest du dir bei unseren Nachbarn ein paar Sitzgelegenheiten ausborgen. Es werden sehr viele Besucher zum Kaffee kommen.«

Niemand kam. Kein einziger meiner neugewonnenen Freunde zeigte sich. Wer vom Schicksal wirklich heimgesucht wird, hat keine Anteilnahme zu erwarten. Die Menschen bevorzugen erzähltes Unglück. Wahres Unglück schreckt sie ab.

Albert Einstein hatte eben recht: Alles ist relativ. Und so ist auch dieses Buch gemeint: als praktischer Wegweiser für jene gesunden Leser, die die positiven Seiten des Krankseins in der heutigen Gesellschaft entdeckt haben.

Es ist ein Buch für eingebildete Hypochonder.

1.

Eine kranke Kasse
Ben Hurs Traumurlaub
Bronchitis catarrhalis in D-Moll
Gegen Feuchtigkeit kann kein Heilkraut wachsen
Klimawechsel mit letalem Ausgang

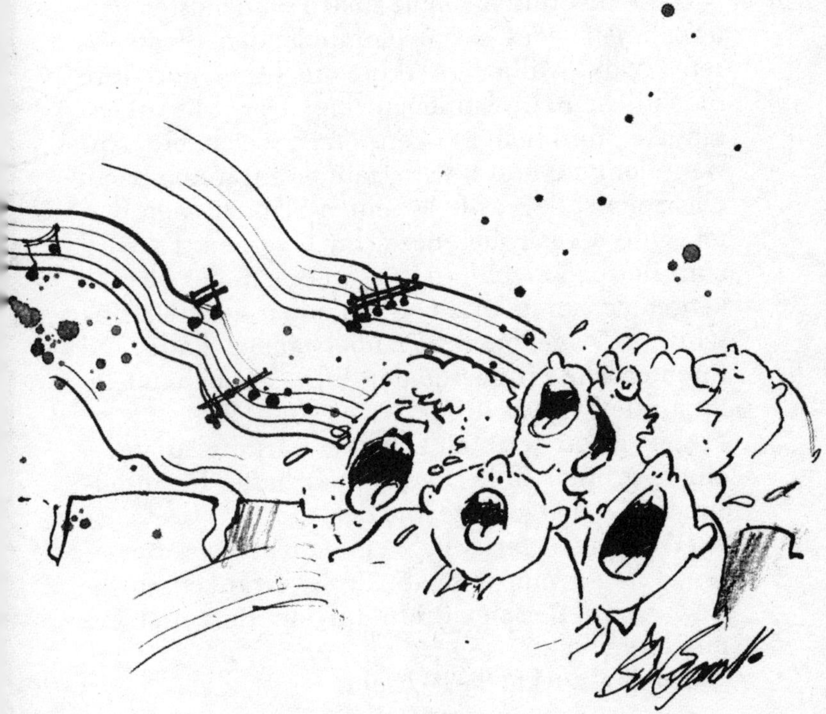

Wann immer man über Krankheiten spricht: Der erste Begriff, der dem Mitmenschen in den Sinn kommt, ist die heilige Kuh unserer Wohlstandsgesellschaft, die Krankenkasse.

Diese Institution gehört zu den blühendsten Unternehmen jedes sozial empfindenden Staatswesens. Viele Millionen Aktionäre legen dort ihre monatlichen Investitionen an. Der »Krankenschutz« funktioniert ganz ausgezeichnet. Nur wenn jemand krank wird, läßt er ein wenig nach. Die Spitalspflege, die er seinen Schützlingen bietet, muß als kärglich bezeichnet werden. Es wird zum Beispiel erzählt, daß es in einem der »Krankenschutz«-Spitäler einen Patienten gab, der eine schwere Magenoperation überstanden hatte und fürchterliche Hungerqualen litt. Man behandelte ihn mittels Hypnose.

»Sie essen jetzt eine heiße Kartoffelsuppe... einen großen Teller gute, nahrhafte Kartoffelsuppe...«, suggerierte ihm der Arzt.

»Warum suggerieren Sie ihm nicht etwas Besseres?« fragte eine teilnahmsvolle Krankenschwester. »Zum Beispiel Brathuhn mit Reis und gemischtem Salat?«

Der Arzt zuckte die Achseln:

»Bedaure! Er ist ein Kassenpatient.«

Ich muß gestehen, daß ich persönlich mit Krankenkassen aus Gesundheitsgründen noch nie zu tun hatte, deshalb war ich ausschließlich auf mein umfangreiches Briefarchiv angewiesen, das mir meine Leser in über 25 Jahren beschert haben. Und da stellte sich heraus, daß von neun Leserbriefschreibern im Durchschnitt neun etliches an der Krankenkasse auszusetzen hatten. Vielleicht ist dieser erstaunliche Mittelwert darauf zurückzuführen, daß die Zufriedenen keine Briefe schreiben. Andererseits ist dennoch die Möglichkeit nicht ganz von der Hand zu weisen, daß die Zufriedenen auch nicht so ganz zufrieden sind.

So teilte zum Beispiel der erste Leser aus der Gegend von Haifa mit, daß es der Krankenkasse gelungen sei, »die Vorzüge der hypermodernen Poliklinik mit denen einer veralteten Fabrik in sich zu vereinen«.

Nach Angaben des Mannes leidet sein Freund seit etwa zwei Jahren an einer unangenehmen Hautkrankheit, die regelmäßig von einem überlasteten Arzt der Allgemeinen Krankenkasse behandelt wird. Diesen Arzt wollen wir der Einfachheit halber Dr. Siegmund Wasserlauf nennen. Der kranke Freund war ob der Erfolglosigkeit der langen Behandlung schon völlig verzweifelt. Da gaben ihm einige erfahrene Menschen den Rat, endlich erwachsen zu werden und besagten Dr. Wasserlauf zur Abwechslung einmal in seiner Privatordination aufzusuchen.

Hier übergebe ich dem Leserbriefschreiber das Wort:

»Dr. Wasserlauf empfing meinen Freund mit

aller Hochachtung, die für einen Privatpatienten üblich ist, und nahm, zum erstenmal seit er ihn kannte, väterlich lächelnd eine gründliche Untersuchung vor. Dann bekam Dr. Wasserlauf fast einen Tobsuchtsanfall. ›So ein Fall von sträflicher Vernachlässigung einer Krankheit ist mir überhaupt noch nie untergekommen. Daß Ihre Krankheit dieses gefährliche Stadium erreichen konnte, ist ausschließlich dem Arzt zuzuschreiben, der Sie bisher behandelt hat. Wenn es nach mir ginge, müßte ihm sein Arztdiplom entzogen werden! Wer zum Teufel hat Sie bisher behandelt?‹ Der Patient gestand verlegen, daß er seit zwei Jahren von einem gewissen Dr. Siegmund Wasserlauf in der Allgemeinen Krankenkasse ärztlich betreut worden sei...«

Hier endete der Leserbrief. Wie dieser Dialog weitergegangen sein mochte, bleibt unserer krankhaften Phantasie überlassen. Mein Vorschlag für eine Ergänzung der Geschichte sieht so aus: Dr. Siegmund Wasserlauf blickt den unverantwortlichen Patienten strafend an und sagt: »Und da kommen Sie erst jetzt in meine Privatordination?«

Der zweite Leserbrief beinhaltete einen erstaunlich sachlichen und präzisen Bericht über den gegenwärtigen Entwicklungsstand der fortschrittlichen Heilpraktiken:

»Ausnahmsweise war einmal keine Schlange vor der Tür des Ordinationszimmers. Also klopfte ich an und ging hinein. Hinter dem Schreibtisch saß der Arzt und füllte irgendwelche Formulare aus.

›Guten Morgen‹, sagte ich.

›Haben Sie eine Nummer?‹ fragte er.

›Ja, bitte‹, sagte ich und reichte ihm meine Nummer.

›Wo fehlt's?‹ fragte der Arzt, während er meine Nummer mißtrauisch betrachtete. Ehe ich etwas sagen konnte, erkundigte er sich nach meinen Daten und trug sie sorgfältig in einen Fragebogen ein. Dann endlich sah er mich an.

›Also.‹

Ich begann ihm zu erklären, daß ich seit einigen Tagen starke Schmerzen im Hinterkopf hätte.

›Im Hinterkopf?‹ fragte der Arzt.

›Im Hinterkopf‹, sagte ich.

›Waren Sie schon einmal hier?‹

›Schon öfters.‹

Der Arzt betrachtete daraufhin eingehend die Nummer, die ich ihm gegeben hatte. Dann wollte er Näheres über uns, die Nummer und mich, erfahren. Zu diesem Zweck begab er sich zur Kartei, um irgendwelche Papiere zu suchen. Nach einer Weile wandte er sich an mich:

›Heißt es da 083?‹ fragte er.

›Ja‹, antwortete ich, ›es sieht mir nach 083 aus.‹

Er wühlte erneut und gab auf:

›Haben Sie eine Ahnung, wo Ihre Krankengeschichte abgelegt sein könnte?‹

›Da, in der Kartei.‹

›Haben Sie Lust nachzuschauen, wo Ihre Papiere sind?‹

Ich ging hin, fand meine Papiere und reichte sie ihm.

Er nahm einen Stempel und drückte ihn auf eine leere Zeile. Dann wandte er sich wieder an mich:

›Also, was fehlt Ihnen?‹

›Ich weiß nicht‹, antwortete ich wahrheitsgemäß. ›Ich hab Schmerzen im Hinterkopf.‹

Ich fügte hinzu, daß meine Tochter zufällig dasselbe habe, auch sie klage seit gestern über ähnliche Schmerzen.

›Wie alt ist das Kind?‹ fragte er.

›Zwölfeinhalb Jahre‹, antwortete ich. ›Ich gehe mit ihr zur Kinderärztin.‹

›Zu Dr. Friedmann?‹ fragte er.

›Nein‹, antwortete ich, ›zu einer anderen!‹

›Und was stellte sie bei ihr fest?‹ fragte der Doktor.

›Ich war diesmal noch nicht dort‹, antwortete ich.

›Gehen Sie, gehen Sie nur hin‹, sagte der Arzt und begann laut nachzudenken, was wohl meine Schmerzen hinten sein könnten.

›Wann haben die begonnen?‹ erkundigte er sich.

›Vor einem Monat.‹

›Sind Sie bei uns behandelt worden?‹

›Ja.‹

›Wieso haben Sie dann noch Schmerzen?‹

›Das war so‹, erklärte ich ihm, ›eines Tages kam ich ungefähr eine Viertelstunde vor Dienstschluß hierher, und da sagte man mir, daß der für mich zuständige Arzt weggegangen sei und sein Vertreter schon am Vormittag die Arbeit von drei abwesenden Ärzten bewältigen mußte. Daher war er nicht mehr bereit, weitere Patienten zu behandeln.‹

›Das ist verständlich‹, sagte der Arzt. ›Was war weiter?‹

›Ich fragte ihn, wann ich wieder kommen könnte, und er bestellte mich für die frühen Nachmittagsstunden des nächsten Tages.‹

›Wie spät ist es jetzt?‹ fragte der Arzt.

Ich sagte ihm, wie spät es sei, und fuhr fort:

›Als ich am nächsten Tag pünktlich zur angegebenen Zeit hinkam, um eine Nummer zu bekommen, sagte mir der Beamte im Vorzimmer, daß ich heute nicht mehr drankäme, weil mein Arzt plötzlich zum Zollamt mußte wegen des Staubsaugers. Ich fragte, ob man nur dann erkranken dürfe, wenn es der Krankenkasse passe, und sagte ihm alles, was ich von seiner Institution denke. Darauf teilte mir der Beamte mit, daß er für diese Misere nicht zuständig sei, denn er wäre auch nur in Vertretung hier, anstelle seines Onkels mütterlicherseits.‹

Der Arzt blickte von seinen Formularen auf: ›Warum haben Sie nicht gleich gesagt, daß Sie hier schon in Behandlung waren?‹

›Das nennen Sie Behandlung?‹

Der Arzt war indigniert.

›Also, was wollen Sie?‹ fragte er.

›Ich will, daß Sie nachschauen, warum ich Schmerzen im Hinterkopf habe.‹

›Gut, machen Sie den Mund auf, damit ich hineinschauen kann.‹

Ich sperrte den Mund auf, und er schaute sich meinen Hals an. Dann sagte er: ›Sie haben große Mandeln.‹

›Ja‹, gab ich zu, ›ich weiß.‹

›Sehr große Mandeln‹, sagte der Arzt, ›was soll ich Ihnen da verschreiben?‹

›Ich weiß nicht. Sie sind doch der Arzt.‹

Eine nachdenkliche Stille setzte ein. Dann fragte er:

›Also wollen Sie jetzt ein Medikament?‹

›Ich will, daß die Kopfschmerzen weggehen.‹

›Haben Sie irgend etwas zu Hause, Tropfen oder ähnliches?‹

›Nein.‹

›Schade‹, bemerkte der Arzt, ›wissen Sie irgendein Medikament, das Ihnen hilft?‹

›Magenbitter.‹

›Gut, dann verschreibe ich Ihnen Magenbitter‹, sagte der Arzt und verschrieb erleichtert Magenbitter.

Ich bedankte mich.

›Keine Ursache‹, sagte der Helfer der Menschheit. ›Wenn ich Ihnen raten darf, kommen Sie nach den Feiertagen wieder, dann wird Ihr zuständiger Arzt wieder da sein. Ich bin nur seine Vertretung.‹

›Dankeschön‹, sagte ich und ging.

Wenn ich wieder einmal krank werden sollte« – so endete der Leserbrief – »dann werde ich mich auch nach einem Vertreter umsehen.«

Im letzten Kapitel versicherte ich, daß ich noch nie mit einer Krankenkasse zu tun gehabt hätte. Ich habe gelogen. Tatsächlich erinnere ich mich, daß vor einiger Zeit meine Ferse mitten in der Nacht fürchterlich zu schmerzen begann und der Schmerz sich so sehr verstärkte, daß ich am Morgen die nächstgelegene Kassenklinik aufsuchen mußte.

Schwester Mirjam nahm mich in Empfang und sagte ohne weitere Umstände:

»Interne Abteilung!«

»Schwester«, gab ich ihr zu bedenken. »Es ist die Ferse, die mir weh tut. Wäre dafür nicht eher die Orthopädie zuständig?«

Schwester Mirjam würdigte mich lediglich einer gerunzelten Stirn:

»Interne Abteilung«, wiederholte sie. »Der Nächste bitte.«

Ich hinkte zum Internisten, der mich nach einer guten halben Stunde vorließ und sich nach der Ursache meines Besuchs erkundigte. Ich nannte sie ihm.

»Und damit kommen Sie zu mir?!« brüllte er. »Sie gehören zum Orthopäden!«

»Das weiß ich!« brüllte ich zurück. »Das habe ich Schwester Mirjam auch gesagt. Aber aus irgendeinem Grund hat sie mich zu Ihnen geschickt.«

»Einen Augenblick... Sagten Sie: Schwester Mirjam?«

»Ja.«

»Dann ziehen Sie sich aus.« Und er begann mich zu untersuchen. »Da stimmt etwas nicht«, murmelte er, nachdem er absolut nichts gefunden hatte. Die Situation war ihm offensichtlich unangenehm. Ich mußte an George Bernard Shaws »Arzt am Scheideweg« denken.

»Vielleicht«, versuchte ich den gerissenen Faden wiederaufzunehmen, »vielleicht sollte ich doch zum Orthopäden gehen?«

Jetzt brach er zusammen.

»Ich arbeite seit fünfzehn Jahren für Schwester Mirjam«, schluchzte er. »Ich will mit ihr keine Schwierigkeiten haben. Ich bin nicht mehr der Jüngste. Ich habe Angst.«

Meine Frage, ob Schwester Mirjam ihn gelegentlich prügle, verneinte er. Schwester Mirjam beherrschte ihn einfach auf Grund ihrer Autorität, ihrer stahlgrauen Augen und ihrer unerbittlich aufrechten Haltung.

Der geknechtete Mediziner riet mir, mit Schwester Lea am entgegengesetzten Ende des Korridors in Fühlung zu treten. Sie galt als liberal und würde mir, falls sie bei Laune wäre, vielleicht weiterhelfen. Aber ich sollte um des Himmels willen niemandem sagen, daß dieser Rat von ihm käme.

Ich gab ihm mein Ehrenwort, ging schnurstracks zum Leiter der Klinik und schilderte ihm die unglaubliche, ja schlechthin lächerliche Situation.

»Wer hat in diesem Krankenhaus eigentlich zu entscheiden?« fragte ich abschließend. »Schwester Mirjam oder die Ärzte?«

»Schwester Mirjam. Warum?«

»Darf ich telefonieren?«

»Bitte.«

Ich rief den Gesundheitsminister an:

»Exzellenz, ich bewundere die Heilstätten, mit

denen Sie unser Land versorgt haben. Aber solange in einem Krankenhaus Schwester Mirjam –«

»Schwester Mirjam?« unterbrach der Minister, sagte mit verstellter Stimme »Falsch verbunden« und hängte ab.

Ich kehrte in die Interne Abteilung zurück und verlegte meine Schmerzen von der Ferse in den Magen. Dann war ich erholungsbedürftig und ging in Urlaub.

Besser gesagt, ich wurde geschickt.

»Jeder braucht Urlaub«, befahl die beste Ehefrau von allen, »nach deinem Aussehen zu schließen, du besonders.«

Meine Stellungnahme war kurz, präzise und unwiderruflich: »Auf meinem Schreibtisch türmt sich unerledigte Arbeit, daher kann ich mir keinen Urlaub leisten. Ja mehr noch: Ich fühle mich wieder kerngesund, überraschend jung, und das allerletzte, was ich momentan möchte, ist ein Urlaub. Also, vergessen wir das. Und damit basta. Endgültig.«

Die nächsten zwei Tage verbrachte ich am Telefon, um in irgendeinem Ferienort ein menschenwürdiges Logis zu ergattern. Letzten Endes buchte ich irgend etwas in einem gottverlassenen galiläischen Kuhdorf, von dessen Existenz ich noch nie gehört hatte. Ich buchte nicht etwa, weil ich so sehr darauf erpicht war, die einheimischen Kühe kennenzulernen, sondern vielmehr, weil nach zweitägigem telefonischem Amoklauf mein rechter Zeigefinger und das linke Ohr Anzeichen einer vorübergehenden Lähmung aufwiesen.

Alles, was ich dann noch zu tun hatte, war, eine neue Badehose zu besorgen, weil meine alte zum Polieren des Tafelsilbers zweckentfremdet worden war. Gleich darauf mußte ich sie wieder umtauschen, weil der weibliche Teil der Familie angesichts der zu weiten Neuerwerbung in unmäßiges Prusten ausbrach.

Die nächste Badehose war zwar lila, dafür aber wie maßgeschneidert.

Ich mußte auch eine neue Sonnenbrille kaufen, weil die alte von der Sonne ausgeblichen war, ein Paar Sandalen, ein neues Sicherheitsschloß für unsere Wohnungstür sowie Mottenkugeln und eine robuste Reiseschreibmaschine.

Auch ein neuer Koffer war dringend erforderlich, um den Hotelportiers zu imponieren, eine Unterwasser-Taschenlampe und Vitaminpillen gegen Skorbut.

Dazu eine Unmenge Schlaftabletten sowie ein großer Reisewecker, um den Sonnenaufgang nicht zu versäumen.

Selbstverständlich eine Familienpackung Sonnenöl, ein Transistorradio für die Sportnachrichten, Fischfangausrüstung mit einer Packung frischer Würmer, eine neue leichtere Haarbürste, ein standesgemäßer Pyjama, vier Kilo Traubenzucker, Reiseshampoo, Schlankheitstees, Goebbels Tagebuch, ein Moskitonetz und ein neuer Wagen.

Dann war nicht mehr viel zu tun. Ich mußte nur noch veranlassen,

daß uns die Morgenzeitung an die Urlaubsadresse nachgeschickt wird,

daß unser Nachbar Felix Selig täglich unseren Briefkasten leert,

daß der Briefträger die eingeschriebene Post, falls welche käme, Selig aushändigt,

daß Frau Blum die Bewässerung unserer Zimmerpflanzen übernimmt,

daß der Hund, die Katze, die Kinder sowie der Goldfisch in die Obhut der Großeltern kommen,

daß zwei diplomierte Krankenschwestern die Großeltern fachgerecht überwachen,

daß Frau Geiger die Reserveschlüssel zu unserer Wohnung aufbewahrt, um ein Auge auf bevorstehende Wasserrohrbrüche zu haben, wenn möglich vielleicht von Zeit zu Zeit die Lichter aufzudrehen und Lärm zu machen, um etwaige Einbrecher zu verscheuchen,

und daß Felix Selig ein Auge auf Frau Geiger habe, während sie in unserer Wohnung herumschnüffelt.

Zu guter Letzt mußte ich noch die Wohnung mit einer Zwei-Wochen-Ration Insektenschutzmittel aussprühen, Gas, Wasser und Strom abdrehen, den Telefonkundendienst beauftragen, eine umfangreiche Krankenversicherung abschließen sowie Butter, Margarine und sonstige verderbliche Eßwaren aus dem Kühlschrank entfernen.

Dann allerdings brauchte ich dringend Urlaub.

Die beste Hausärztin von allen hatte wieder einmal recht gehabt.

Zweifellos ist die gesündeste und preiswerteste Art Erholungsurlaub jene, die als Geschenk des Himmels kommt. Der Herr sieht von oben, daß seine Geschöpfe müde, bleich und lebensüberdrüssig sind, und der Herr in seiner grenzenlosen Huld und Güte erhebt seine Stimme und spricht zu den Orthopäden der Welt wie folgt: »Machet euch auf und versammelt euch an der französischen Riviera, und verweilet dort sechs Tage, und tuet nichts.« Und die Heilkundigen für die Schäden unserer Bewegungsorgane strömen an die französische Riviera und sonnen sich am Meeresstrand und wiegen sich auf den Wogen und geben viel Geld aus, welches sie in vielen fremden Währungen mit sich bringen.

Früher einmal verbuchte man dieses Phänomen unter dem Kennwort »Völkerwanderung«. Heute spricht man von internationalen oder auch Welt-Kongressen. Einmal im Jahr – zumeist im Frühjahr, wenn die Vorbereitungszeit für die Sommerferien anbricht – verspüren sämtliche Uro-, Grapho-, Meteoro- und Dermatologen der Welt den unwiderstehlichen Zwang, irgendwo für eine Woche zusammenzukommen und, wie es im Hippie-Jargon heißt, ein Faß aufzumachen. Die Kosten werden entweder von einer einschlägigen Körperschaft oder einer Regierungsstelle getragen, also in jedem Falle von dir, lieber Leser und Steuerzahler.

Die Zahl der Teilnehmer an solchen Veranstaltungen ist immer sehr groß. Gewiß, die Delegierten zum Internationalen Parasitologentreffen in Belfast können auf Parasiten und ihre Verwandten beschränkt werden, aber unter einem Titel wie »XVIII. Weltkongreß für Sanitärfreiheit« ist die

Teilnahme praktisch unbegrenzt und erfordert keine sachliche Schulung, steht also auch Politikern offen.

Ursprung der meisten internationalen Treffen ist ein Loch im Budget der Stadtverwaltung. In diesem Loch setzen sich die Stadtväter zusammen und beraten ausführlich, wie der zu veranstaltende Kongreß heißen soll. Fünfte Welthomöopathentagung? Symposion der Veterinäre in Frührente? Nachdem sie einen attraktiven Namen gefunden haben, verschicken sie die Einladungen, reservieren in einem Hotel der Luxusklasse – auf deine Kosten, lieber Leser – ganze Stockwerke für die Delegierten und bereiten kleine Kennkarten vor, die auf dem Rockaufschlag zu tragen sind und aus denen hervorgeht, daß man Dr. med. Federico Garcia Goldberg (Honduras) vor sich hat.

Der erste Punkt auf jeder Tagesordnung ist ein Galadiner, bestehend aus mehreren Gängen abgedroschener Phrasen, die in der Begrüßungsansprache eines halbwegs fachkundigen Gesundheitsministers gipfeln. Währenddessen unterhalten sich die Routiniers an der Tafel über den Dollarkurs auf dem schwarzen Markt, über die lokalen Einkaufsmöglichkeiten und über das städtische Nachtleben. Der Minister wird gut tun, seine Rede vor Beginn der Speisenfolge zu halten, nicht etwa nachher, sonst hat er keine Zuhörer.

Selbstverständlich muß an einem internationalen Ärztekongreß auch einheimische Prominenz teilnehmen. Das wird vom Organisationskomitee auf ungefähr folgende Art geregelt:

»Zugesagt haben bisher der Präsident und die First Lady«, gibt der Sekretär bekannt. »Außerdem kommen der Innenminister und der Parlamentsvorsitzende mit Gattin. Das ist alles, und es ist nicht genug. Wir sollten, damit die Sache nach etwas aussieht, noch den Chef des Generalstabes einladen. Auch die Führer der Oppositionsparteien und die beiden Oberrabbiner. Und natürlich die Jewish Agency, die zionistischen Frauenvereine und sämtliche Wohltätigkeitsorganisationen. Die Reporter können auf den Fensterbänken sitzen, ferner den Pediküre-Weltverband, die übrigen Sportverbände, die Krankenkassen, die Helena-Rubinstein-Filialen und Dr. Zweigental, der mein Cousin ist.«

»Ihr Cousin ist gestrichen«, sagt der Vorsitzende. »Wir veranstalten einen Kongreß und kein Picknick.«

Eingeladen wird schließlich das ganze Land mit Ausnahme Dr. Zweigentals.

Das eigentliche Gefahrenmoment internationaler Kongresse liegt im Diskussionsthema. Am dritten oder vierten Tag des organisierten Nichtstuns regt sich allenthalben das dumpfe Gefühl, daß man über die Frage, zu deren Behandlung der Kongreß einberufen wurde, denn doch ein wenig sprechen müsse, worauf der norwegische Delegierte, ein hochangesehener Genforscher, einen dreistündigen Vortrag über die »Einflüsse der Pharmazeutik auf die Wirtschaftsplanung der Entwicklungsländer« hält, und zwar in seiner Muttersprache. Es ist sehr bitter.

Dennoch sind Ärztekongresse im großen und ganzen eine gute Sache. Sie sind gut für die Gäste wie für die Veranstalter, sie sind gut für die Hotels und Restaurants der gastgebenden Stadt, für die Devisenhändler und die Massagesalons. Aber auch für die Patienten. Gesunde Ärzte finden weniger Krankheiten.

Hier stellt sich die dringende Frage, was ein mittelloser Erholungsbedürftiger tun kann, um zu einem kostenlosen Urlaub zu kommen, wenn er nicht Orthopäde oder sonst irgendein vom Herrgott begünstigter Facharzt ist.

Mit ein wenig Glück und Gemeinschaftssinn aber ist diese Hürde zu meistern.

Vor einigen Tagen zum Beispiel kam ich nach Hause und drehte wie gewohnt im Vorbeigehen den Fernseher an. Sofort jedoch sprang ich zurück, um ihn wieder auszuschalten. Aber es war schon zu spät: Auf dem Schirm lief der unsterbliche Ben Hur, und meine seelische Kraft reichte nicht mehr aus, den Monumentalfilm abzudrehen. Schließlich habe ich ihn erst fünfmal am Bildschirm gesehen. Obendrein erwischte ich den unglücklichen Charles Huston gerade in der berühmten Szene, als er am riesigen Ruder der römischen Galeere zog. Man konnte von mir wirklich nicht erwarten, einen so sympathischen, jüdischen Burschen in dieser schweren Lage allein zu lassen...

Ich ließ mich also vor dem Apparat nieder und bewunderte die ungewöhnliche sportliche Kondition des jungen Ben Hur. Angekettet an seine Mitsträflinge saß er auf einer ungehobelten Holzbank und fügte sich in den harmonischen Ruderschlag seiner Kollegen. Der sanfte Rhythmus seiner Bewegungen wurde von Paukenschlägen bestimmt und die Arbeitsmoral vorschriftsmäßig mit einer Wildschweinlederpeitsche aufrechterhalten.

Was für soziale Umgangsformen, ging es mir durch den Sinn, aber ich sah gleichzeitig ein, daß dieses Zeitalter noch nichts von organisierten Gewerkschaften oder marxistischen Arbeiterbewegungen gewußt hatte. Heute ist das alles ganz anders, dachte ich und schloß meine Augen. Allen Anzeichen nach bin ich dann sanft entschlafen.

In dieser Situation war es nur natürlich, daß ich mich in meinem Traum unverzüglich auf der römischen Galeere als Vertreter unserer regierenden Arbeiterpartei einschiffte...

Schnurstracks ging ich auf Ben Hur zu und gab mich als Aktivist der Abteilung für Gesundheitswesen zu erkennen. Ich war fest entschlossen, seine Moral ideologisch zu untermauern:

»Hallo«, begrüßte ich Ben und steckte ihm Werbematerial in die eiserne Schnalle seines linken Fußes. »Wie steht's, Genosse Hur?«

Mein Nachbar stemmte das lange Ruder:

»Mühsam«, stöhnte er, »verdammt mühsam... diese Schufterei...«

»Aber, aber, Kamerad. Sie leisten einen ehrenvollen, physischen Einsatz im Rahmen eines öffentlichen Dienstleistungsbetriebes«, wies ich ihn zurecht und lockerte in der drückenden Schwüle meine Krawatte. »Sie haben allen Grund stolz zu sein. In unserer verweichlichten Gesellschaft verwirklichen Sie eigenhändig höchste sportliche Ideale.«

Plötzlich vernahm ich um uns herum vertraute Stimmen. Agitatoren der Konkurrenzparteien zitierten uns aus ihren Wahlprogrammen:

»Recht, Ordnung und Gesetz..., Wiedererrichtung des Ideals physischer Arbeit..., Radikaler Abbau der sozialen Diskrepanzen..., Steigerung der Volksgesundheit...«

Inzwischen beschleunigte der Paukenschläger das Tempo. Offenbar überfiel einen mitreisenden Senator die Lust, Wasserski zu laufen.

»Sie leisten viel gesündere Sitzarbeit als die Beamtenelite unserer Gesellschaft«, ermunterte ich Ben Hur. »Darüber hinaus sehen Sie die halbe Welt und das auch noch gratis, Sie Glückspilz!«

Unweit von uns beschwor ein Parteifunktionär die Ruderer: Solange die Regierungspartei am Ruder bliebe, wäre die Vollbeschäftigung der Galeerenbesatzung garantiert.

»Abgesehen von all diesen körperlichen Vergünstigungen, Ben«, fügte ich hinzu, »bleiben Sie von den unangenehmen Folgen der Inflation nahezu gänzlich unberührt.«

»Wasser«, röchelte mein Klient, »bitte... Wasser...«

Der Aufseher versetzte ihm einen saftigen Peitschenhieb über den Rücken.

»Das regt den Kreislauf an«, meinte ich. »Volksgesundheit ist ein zentrales Anliegen unserer Parteipolitik. In türkischen Bädern zahlt man ein Vermögen für derartige Spezialbehandlungen ...«

»Achtzehn Stunden ohne Unterbrechung ... achtzehn ... Stunden ...«

»Dafür können Sie aber in Ihrer Freizeit tun und lassen, was Sie wollen.«

Ich zitierte einen wesentlichen Punkt unseres Parteiprogramms, der vorsah, die organisierten Ruderer intensiver in die Betriebsleitung der Galeeren zu integrieren.

»Ist der Galeerenarbeiterausschuß aktiv genug?«, erkundigte ich mich. »Meiner Meinung nach müßte er sich längst für die Einführung der 122-Stunden-Woche einsetzen. Aber«, schloß ich, »dafür brauchen wir eben Ihr Vertrauen in den kommenden Wahlen.«

Die Paukenschläge wurden noch schneller.

»Ihr Schlagzeuger ist Spitze«, bemerkte ich. »Vielleicht sollte man auch eine Klarinette engagieren.«

Am anderen Gangende bearbeitete unsere Konkurrenz neuerlich die Besatzung durch den Lautsprecher:

»Achtung! Achtung! Unsere Bewegung löst eure Ökologieprobleme! Die frische Seeluft wird von Ärzten empfohlen. Achtung! Achtung!«

Bei dieser Gelegenheit verwies ich Ben Hur auf weitere volksmedizinische Errungenschaften der sozialorientierten Galeerenleitung, wie zum Beispiel die leichte und bekömmliche Verpflegung auf dem Schiff. Die alle drei Tage servierte Schonkostration enthält keine belastenden tierischen Fette und keine schädlichen Kohlehydrate, wodurch der Cholesterinspiegel niedrig gehalten wird. Diese Maßnahme wurde auch von den zwölf anwesenden Kassierern der staatlichen Krankenkasse lebhaft begrüßt.

»Übrigens«, wandte ich mich fürsorglich an Ben, »hätten Sie vielleicht irgendwelche Beschwerden vorzubringen?«

Er wies stumm auf einige Ratten, die sich um seine Beine tummelten. Ich betrachtete die Sache von einem konstruktiven Standpunkt aus:

»Wenn Sie bedenken, daß die Ratten die ersten sind, die ein sinkendes Schiff verlassen, finde ich es beruhigend, mein Bester, daß Ihre kleinen Freunde da unten sich so gelassen benehmen. Sie zeigen volles Vertrauen in die Stabilität der Galeere, Genosse Hur.«

Gleichzeitig versicherte ich ihm, daß wir nach unserem bundesweiten Wahlsieg unermüdlich für gesündere Arbeitsverhältnisse weiterkämpfen würden.

»Es ist unsere feste Absicht«, schloß ich, »daß künftig jedes Mitglied der Galeerenbesatzung in den Genuß eines zweiwöchigen Landurlaubs in einem renommierten Steinbruch kommt.«

Inzwischen glitt die Galeere zielstrebig durch die blauen Wogen. Die gebeugten Rücken der Seeleute wiegten sich im rhythmischen Takt des Ruderschlags, ein erhebendes Zeichen für unsere gerechten Ziele.

Die Zeit drängte. Ich umarmte Ben Hur zum Abschied und steckte ihm eine vitaminreiche Brausetablette in den Mund. Dem Paukenschläger gab ich etwas Trinkgeld und verließ die Galeere in meinem Diensthelikopter, um in der nahegelegenen Leprakolonie unsere Wahlkampagne mit einem neuen, revolutionären Fitneßprogramm fortzusetzen.

Aus der Luft streute ich noch einige bunte Flugblätter, und dann holte mich die heftige Seeschlacht auf dem Bildschirm aus meinem Traum zurück. Ich hätte Ben Hurs gesundheitspolitische Umschulung sowieso nicht fortsetzen können, weil kurz danach der Wasserski-Senator sich gemäß Drehbuch für die Adoption meines Klienten entschließen sollte.

Schade. Bei der siebten Wiederholung von Ben Hur in der nächsten Woche, werde ich mich beeilen, früher einzuschlafen.

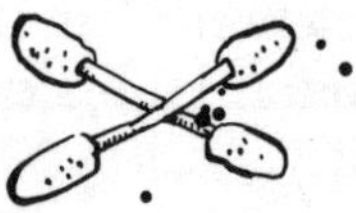

Viele Plätze sind schön, am schönsten aber ist es zu Hause«, sagte einer der altgedienten Galeerensträflinge. Und tatsächlich, eine geräumige, sonnendurchflutete Behausung kann ohne weiteres gegen einen noch so langen Seeurlaub aufgewogen werden.

Die Schwierigkeiten jedoch, eine alle Bedürfnisse befriedigende Wohnmöglichkeit zu finden, sind bereits seit Erschaffung der Erde nicht zu unterschätzen.

Schon im Garten Eden wurde, kurz nach der Ausweisung des ersten Ehepaares, folgende Tafel am Eingang angebracht: »Infolge Abreise der bisherigen Mieter: ein Paradies zu vermieten.«

Es meldeten sich nur wenige Bewerber. Einer, mit einem dicken Weib im Schlepptau, erklärte nach oberflächlicher Besichtigung der Örtlichkeit, daß sich bei jedem Regen unpassierbare Kotpfützen bilden würden. Und im Winter würde man sich erkälten; er sehe keinerlei Heizvorrichtung.

»Wie lange dauert es denn noch bis zur Erfindung des Feuers?« fragte er.

»Eine Million Jahre«, antwortete der Erzengel Gabriel bedauernd.

Der Mietvertrag kam nicht zustande.

Er wäre sowieso nicht zustande gekommen, weil das dicke Weib allergisch gegen Vögel war:

»Dieses ewige Gezwitscher vertrage ich nicht. Außerdem reagiere ich allergisch auf jede Art von Gefieder.«

Damit zog sie ihren Mann zum Ausgang.

»Wir könnten es ja mit Cortison versuchen«, rief Gabriel hinter den beiden her.

Aber da waren sie schon verschwunden.

Als nächster kam Ingenieur Glick. Er inspizierte das Objekt mit gewohnter Gründlichkeit und schüttelte immer wieder den Kopf:

»Kein Kühlschrank... keine Klimaanlage... wir werden im Sommer einen Hitzschlag kriegen!«

Der Erzengel machte sich erbötig, mit Gott dem Herrn über eine mögliche Neugestaltung der Jahreszeiten zu sprechen, aber Glick vermochte diesem Vorschlag nichts abzugewinnen, schon deshalb nicht, weil mittlerweile alles, was da kreuchet, an seinen Beinen hinaufzukreuchen begann.

Ob man denn hier noch nichts von Hygiene gehört hätte, fragte er.

Doch, aber Desinfektionssprays könne man nicht verwenden, antwortete Gabriel entschuldigend. Wegen der Äpfel.

Ingenieur Glick ließ für alle Fälle seine Adresse zurück und empfahl sich.

Die blonde Dame, die nach ihm am Eingang erschien, warf einen Blick in die Gegend und fragte, ob Hauspersonal zur Verfügung stünde. Gabriel bat sie mit verlegenem Lächeln, doch erst einmal weiterzugehen und auf einen Baum hinaufzuklettern, von dort hätte sie eine schöne Aussicht. Die Dame lehnte ab:

»Da breche ich mir doch alle Knochen! Nein, wirklich – es wundert mich nicht, daß die Adams ausgezogen sind.«

Dem Vernehmen nach ging es den Adams draußen recht gut. Sie betrieben eine Fitneßfarm, züchteten Blumen und betrieben eine Kneippkuranlage.

Der Garten Eden fand keine Interessenten, verlor nach und nach seinen urigen Charme und geriet in einen desolaten Zustand. Von seinen einstigen Mietern ist nur die Schlange übriggeblieben, die bekanntlich nicht vertrieben wurde und im Paradies ihre Sünden abbüßt.

Ja, Kotpfützen verursachen nasse Füße, und es folgen programmgemäß Schnupfen, Halsweh, Fieber, Husten, Grippe, Angina und einige andere medizinische Fachausdrücke.

Von all diesen Symptomen ist der Husten das eindrucksvollste wegen seiner audiovisuellen Natur.

Es ist daher selbstverständlich, daß ein rücksichtsvoller Mensch, der seine Familie schonen will, nicht zu Hause bellt, sondern außerhalb seiner vier Wände – im Konzertsaal.

Der Abend des Konzertzyklus begann wie üblich. Die Mitglieder des Orchesters stimmten ihre Instrumente, und der Dirigent wurde mit warmem Beifall empfangen. Er konnte ihn brauchen, denn draußen war es saukalt. Tschaikowskis »Pathétique« klang denn auch am Beginn ein wenig starr und steif.

Erst als die Streicher gegen Ende des ersten Satzes das Hauptmotiv wiederholten, kam Schwung in die Sache: Ein in der Mitte der dritten Reihe sitzender Textilindustrieller hustete. Es war ein scharfes Sforzato-Husten, gemildert durch ein gefühlvolles Tremolo, mit dem der Vortragende nicht nur seine perfekte Kehlkopftechnik bewies, sondern auch seine flexible Musikalität.

Von jetzt an steuerte der Abend immer neuen Höhepunkten zu. Die katarrhalischen Parkettreihen in der Mitte und ein Schnupfensextett auf dem Balkon, spürbar von der aufwühlenden Hustenkadenz inspiriert, fielen mit einer jubelnden Presto-

Passage ein, deren Fülle – eine Ensemblewirkung von natürlichem, wenn auch etwas nasalem Timbre – nichts zu wünschen übrig ließ. In diesem Abschnitt machte besonders die auf einem Eckplatz sitzende Inhaberin eines führenden Frisiersalons auf sich aufmerksam, die ihr trompetenähnliches Instrument virtuos zu behandeln wußte und mit Hilfe ihres Taschentuchs reizvolle »Con-sordino«-Wirkungen erzielte. Obwohl sie manchmal etwas blechern intonierte, verdiente die Präzision, mit der sie das Thema aufnahm, höchste Bewunderung. Ihr Gatte steuerte durch diskretes Räuspern ein kontrapunktisches Element bei, das sich dem Klangbild aufs glücklichste einfügte.

Ein gemischtes Duo, das neben uns saß, beeindruckte uns durch werkkundiges Mitgehen. Beide hielten sich mit beispielhaft konsequentem Husten an die auf ihren Knien liegende Partitur: »tam-tam« – moderato sostenuto; »tim-tim« – allegro ma non troppo.

Meine Frau und ich – zunächst etwas beschämt wegen chronischen Bazillenmangels nichts beisteuern zu können – waren von den Darbietungen hingerissen und ließen uns auch durch das Orchester nicht stören, dessen disparate Bemühungen in unvorteilhaftem Kontrast zur Harmonie des Tutti-Niesens standen.

Das nächste Programmstück, ein bläßlicher Sibelius, wurde durch den polyphonen Einsatz der Zuhörerschaft nachhaltig übertönt. Da überwand ich meine heilen Stimmbänder, wartete, bis das Tongedicht an einer Fermate zum Stillstand kam und die Bläser für die kommenden Strapazen tief

Atem holten, erhob mich ein wenig von meinem Sitz und ließ ein sonores, ausdrucksvolles Husten hören, das meine musikalische Individualität voll zur Geltung brachte.

Die Folgen waren elektrisierend. Der Dirigent, respektvolles Erstaunen im Blick, wandte sich um und gab dem Orchester ein Zeichen, meine Darbietung nicht zu unterbrechen. Er zog auch einen in der ersten Reihe sitzenden Solisten heran, einen erfolgreichen Grundstücksmakler, der das von mir angeschlagene Motiv in hämmerndem Staccato weiterführte. Befeuert von den immer schnelleren Tempi, die der Maestro ihm andeutete, steigerte er sich zu einem trillernden Arpeggio, dessen lyrischer Wohlklang gelegentlich von einer kleinen Unreinheit gestört wurde, im ganzen aber eine höchst männliche, ja martialische Färbung aufwies.

Es ist lange her, seit das große Auditorium von einer ähnlich überwältigenden Hustensymphonie erfüllt war. Auch das Orchester konnte nicht umhin, vor der unwiderstehlichen Wucht dieser Leistung zurückzuweichen und das Feld denen zu überlassen, die in der schwierigen Kunst des konzertanten Hustens solche Meisterschaft an den Tag legten. Das sorgfältig ausgewogene Programm gipfelte in einem Crescendo von unvergleichlicher Authentizität und einem machtvollen Unisono, das – frei von falschem Romantizismus und billigen Phrasierungen – alle instrumentalen Feinheiten herausarbeitete und mit höchster Bravour sämtliche Taschentücher, Zellophansäckchen, vor den Mund gehaltenen Schals und Inhalationsapparate einsetzte.

Ein unvergeßlicher Abend. Vor allem für Hals-, Nasen-, Ohrenärzte.

Wenn sich der Reizhusten auch außerhalb des Konzertsaales nicht legt, dann wird der Hausarzt routinegemäß eine Influenza complicata diagnostizieren. Wie allseits bekannt, gibt es nur ein Geheimrezept dafür: Klimawechsel. Man kann zwar auch den Hausarzt wechseln, das aber kann manchem ein wenig peinlich erscheinen.

Man reist naturgemäß der Sonne nach. Ich also wählte, ohne zu zögern, Japan, das »Land der aufgehenden Sonne«.

Wie viele Reisen in den Fernen Osten begann auch unsere mit einer großzügigen Einladung. Mein japanischer Verleger hatte mich in einer schwachen Minute mit der gesamten Familie, natürlich ohne Kinder, zu einem Blitzbesuch nach Tokio eingeladen, im Rahmen einer edelmütigen Übereinkunft, wonach die Reise von mir und der Aufenthalt von meiner Bank getragen würde.

Mit einer chronischen Bronchitis kann man einem solchen Angebot einfach nicht widerstehen:

Also packte ich meine Frau und ihre Siebensachen zusammen, und hopp – schon waren wir nach einem 72-Stunden-Flug in Hongkong gelandet. Von da war es nur noch ein Katzensprung nach Tokio – obwohl ich dieser Katze nicht unbewaffnet begegnen möchte.

Am Flughafen von Tokio erlebten wir unsere erste angenehme Überraschung, als wir entdeckten, daß man im Land der aufgehenden Sonne kein Trinkgeld kennt. Niemand hat jemals davon gehört. Es tauchte ein schmächtiger Träger auf, stellte sich unter die vierzehn Gepäckstücke ohne »Mamma mia« und »Porca miseria« und schleppte den Kofferberg in die 81. Etage unseres Hotels. Als ich ihm einige bescheidene Münzen in die Hand drücken wollte, lächelte der kleine Mann freundlich, verneigte sich und sagte – no, no, tenk ju, no, no.

»Nehmen Sie ruhig«, sagten wir im Sinne bester mediterraner Erziehung, aber der Schmächtige lächelte und verbeugte sich – no, no, Sir, no, no.

Er hatte offensichtlich nicht alle Tassen im Schrank. Meinen positiven Eindruck teilte ich wenig später dem Hoteldirektor mit:

»Auch bei uns in Israel schlug der Gewerkschaftsvorstand kürzlich vor, diese widerliche Trinkgeldsitte aufzugeben. Es war übrigens seine letzte Amtshandlung...«

»Japan und Ägypten sind nicht dasselbe«, verbeugte sich lächelnd der Direktor und fügte hinzu: »Das heutige Japan bewahrt seine altehrwürdigen gesunden Lebensformen, während es an der Spitze der modernen Technologie schreitet.«

Wir hatten keinen Grund an seinen Worten zu zweifeln. In unserem Zimmer unterwies uns der

Direktor in der Handhabung des neuesten Digitalfernsehapparats, der sich von selber ausschaltet, wenn nach 25 Minuten Fußballspiel noch kein Tor gefallen ist.

»Na also«, ließ sich meine Frau hinreißen. »Japan ist wirklich einmalig.«

»Sie bringen mich in Verlegenheit, gnädige Frau«, verneigte sich der Direktor, hob zwei dicke Staubkörnchen vom Parkettboden auf und wikkelte sie sorgfältig in sein blütenweißes Taschentuch. »Wir tun, was in unseren bescheidenen Kräften steht.«

Kaum hatte sich der Direktor rücklings aus unserem Zimmer empfohlen, traf mein lächelnder Verleger ein. Europäisch schüttelte er unsere Hände und erkundigte sich höflich, wie uns Japan gefalle.

»Sehr nett«, antworteten wir, »viel Sonne, kein Husten, unsere Hochachtung.«

Mein Verleger zeigte leichte Züge von Enttäuschung. Wir waren etwas irritiert. Immerhin befanden wir uns erst eine halbe Stunde in Japan und hatten die Hälfte davon bereits für Lächeln vergeudet.

»Meiner bescheidenen Meinung nach«, rettete die beste Ehefrau von allen die delikate Situation, »bewahrt das heutige Japan seine altehrwürdige gesunde Lebensform, während es an der Spitze der modernen Technologie schreitet.«

»Tenk ju«, errötete mein Verleger und verbeugte sich, »Sie bringen mich in Verlegenheit, gnädige Frau.«

Kaum war er fort, beging ich einen kapitalen Fehler. Um unsere Reise in die Sonne zu rechtfertigen, ließ ich ein paar mal ein nostalgisches Hüsteln hören. Danach waren wir nur noch sekundenlang ohne Begleitung. Eine sympathisch lächelnde Putzfrau trat auf uns zu, zückte ihren Mundschutz und klopfte mit ihrer zierlichen Hand auf meinen Rücken. Dann stellte sie sich vor und erbot sich, uns die Sehenswürdigkeiten der Stadt zu zeigen. Warum nicht, meinten wir. Sie führte uns zu den alten Tempeln, ins Museum, in den kaiserlichen Garten und klopfte in regelmäßigen Abständen zart auf meinen Rükken.

Auch der Abschied von unserer sensiblen Führerin gestaltete sich landesüblich. Weinend versprachen wir einander, bis zum baldigen Wiedersehen in Funkkontakt zu bleiben.

»Sayonara«, sagte sie mit nassem Blick. »Übrigens, wie gefällt Ihnen Japan?«

»Das heutige Japan«, antworteten wir, »bewahrt seine altehrwürdige gesunde Lebensform, während es an der Spitze der modernen Technologie schreitet. Sayonara.«

Ja, außer der Sonne ist in Japan aber auch das Essen gesund, eigentlich das gesündeste in der ganzen Welt. Dank der vielen fettarmen Meeresfrüchte, die die japanischen Männer mit diesen zwei unmöglichen Stäbchen zum Mund führen, haben sie eine beneidenswert schlanke Taille. Sie brauchen kein Fitneßzentrum. Sie haben einfach keinen Bauch. Aber sie sind klein gewachsen. Sehr klein gewachsen. Außerordentlich klein gewachsen.

Die beste Ehefrau von allen und ich waren bald nach Sushi und Yakitori süchtig, obwohl es wenige Restaurants gibt, in denen beide Wunder gleichzeitig serviert werden.

Einmal begingen wir den fatalen Fehler, dieses Problem an meine liebevolle Übersetzerin heranzutragen. Umgehend wurden wir zu einem gigantischen Festessen in ein antikes Restaurant aus lauter Bambus, Weihrauch und Tradition eingeladen. Rechts und links saßen zwei Geishas und lasen meine Gedanken. Mein nach Okimono schweifender Blick genügte, um meine Schutzengel zu inspirieren, mir einen gehäuften Teller davon festlich aufzutragen:

»Es ist uns eine unschätzbare Ehre, Sie bedienen zu dürfen«, verneigten sie sich. »Domo alligator.«

Oder so ähnlich. Ein erhebendes Erlebnis an niedrigen Tischen. Schade, schoß es mir durch den Kopf, daß die Kinder das nicht sehen können – und schon stand meine linke Geisha auf und fotografierte uns mit einer Ultraviolettlaserkamera, die sie aus ihrem traditionellen Rückenfallschirm holte.

Es war rührend zu sehen, wie das heutige Japan seine altehrwürdige gesunde Lebensform bewahrt, während es an der Spitze der modernen Technologie schreitet. Wir zögerten nicht, diesen Gedanken an die Geishas weiterzuleiten.

»Sie bringen uns in Verlegenheit«, erröteten die beiden Feen. »Wir sind Ihrer lobenden Worte nicht würdig.«

Ja, die Bescheidenheit ist die hervorstechendste Eigenschaft der Japaner. Sie zeichnete auch die Teilnehmer meiner Pressekonferenz aus, als man mich nach meiner Meinung über Japan befragte. Meine Frau verteilte unser noch druckfrisches

Flugblatt, aus dem unmißverständlich hervorging, daß das heutige Japan seine altehrwürdige gesunde Lebensform...

Die Journalisten dankten, meinten aber errötend, wir brächten sie in Verlegenheit. Ich schlug vor, das Thema zu wechseln und stieß auf allgemeine Zustimmung. Hierauf stand eine blutjunge Journalistin auf, verbeugte sich und fragte, ob sie mir eine rein persönliche Frage stellen dürfe.

Ich stellte mich uneigennützig zur Verfügung.

»Hochgeschätzter und verehrter Gast aus Damaskus«, hob die junge Dame an. »Als erfahrener und weitgereister Literat werden Sie bestimmt einschätzen können, ob unser Fortschritt in der modernen Technologie nicht auf Kosten unserer altehrwürdigen gesunden Lebensform gehen wird.«

In diesem Augenblick begriff ich, warum Harakiri in diesem gesunden Land so beliebt ist. Ich hielt jedoch mit meiner persönlichen Meinung nicht hinter dem Berg, daß den gesunden japanischen Lebensformen keine unmittelbare Gefahr drohe. Die blutjunge Journalistin dankte mir für die ermunternden Worte, die sie, nebenbei, in Verlegenheit brachten.

Auch die Presse griff das Thema auf:

»Jüdischer Satiriker aus dem Iran«, ließen die Schlagzeilen verlauten, »bewundert sowohl gesunde japanische Lebensform als auch moderne Technologie.«

Zumindest hat es der Empfangschef unseres Hotels so übersetzt, während er unser Gepäck und uns zum Ausgang begleitete:

»Es war ein besonderes Vergnügen, Sie als Gast bei uns zu haben«, verbeugte er sich lächelnd. »Bei dieser Gelegenheit würde ich nur zu gern Ihre aufrichtige Meinung über Japan hören.«

Da passierte etwas sehr Peinliches. Die beste Ehefrau von allen stürzte sich plötzlich auf den Empfangschef und begann mit ihrem neuen, transistorgesteuerten Fächer auf ihn einzuschlagen:

»Hier hast du deine altehrwürdige Technologie ...«, kreischte sie, »dein gesundes Japan ... deine moderne Lebensform ... deine stinkenden Fische ...«

Der Empfangschef setzte zur Flucht an. Seine letzten Worte galten dem tiefempfundenen Dank für unsere einschlägige Auskunft.

Um die Wahrheit zu sagen, er brachte mich in Verlegenheit.

Aber mit dem Husten war es endgültig vorbei. Unser Hausarzt behauptet, dank der gesunden japanischen Lebensform.

2.

Plädoyer für den Spinat
Cholesterin ist in
Ein umweltfreundliches Magengeschwür
Schönheitschirurgie
Wunderheilung am Fließband
Lederphobie

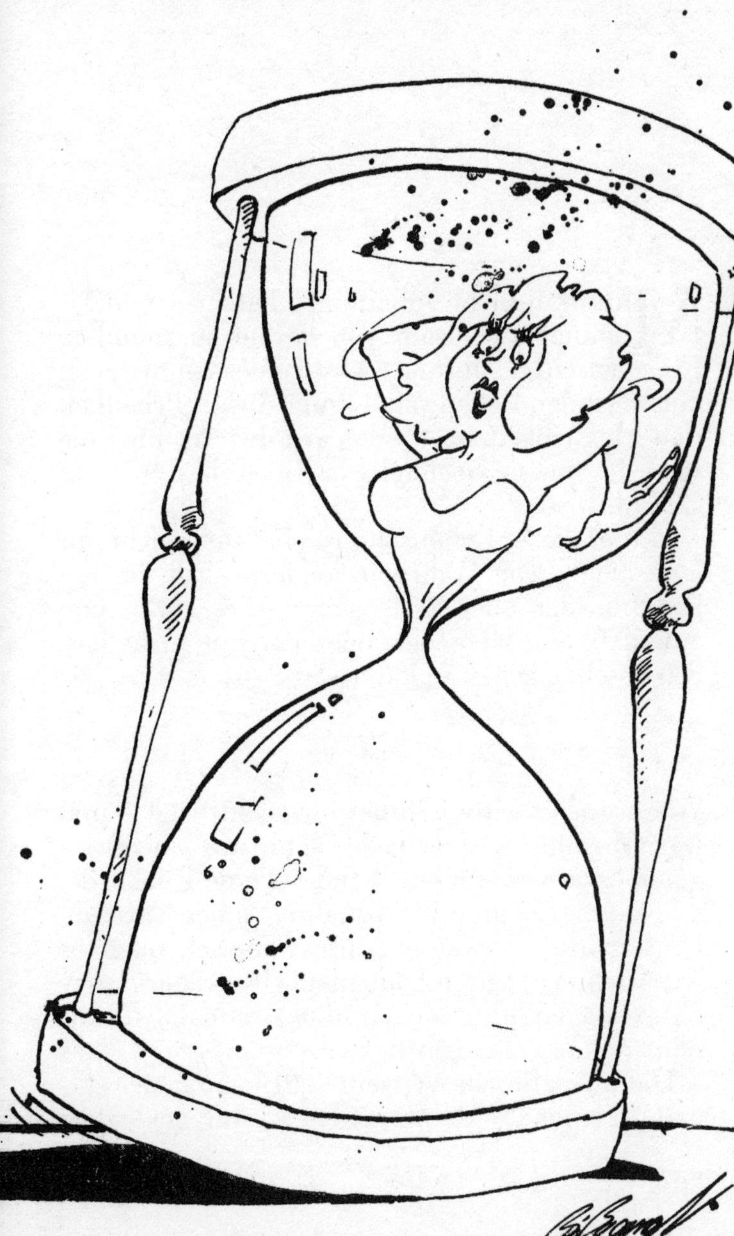

Man muß nicht unbedingt Mediziner und Japanliebhaber sein, um darauf zu kommen: Eine vielseitige, gesunde Kost ist der Schlüssel zu einem vitalen Leben voll innerer Ausgeglichenheit und Möglichkeit zu Abenteuern der Art, über die man in einem anständigen Buch besser nicht spricht.

Hinter dieser Lebensphilosophie steht nicht nur eine biologische Wahrheit sondern auch die Erkenntnis der alten Griechen: »Alles kann man einem freien Menschen nehmen, nur nicht das, was er schon gegessen hat.«

Wenn mich meine Erinnerung nicht trügt – und warum sollte sie das, nach allem, was ich für sie getan habe –, war meine Kindheit eine glückliche, sorgenfreie Zeit; mit Ausnahme eines einzigen Umstandes: Ich war ein ungewöhnlich mageres Kind. Ich war so dünn, daß mein Großvater scherzhaft zu sagen pflegte, ich müßte zweimal ins Zimmer kommen, um drin zu sein.

Die medizinische Wissenschaft befand sich damals in einem Stadium, in dem schwarzgekleidete

Hausärzte mit weißen Manschetten Eltern einbleuten, daß nur beleibte Menschen wirklich gesund wären, weil sie die zur Bekämpfung von Krankheiten erforderlichen Mengen von Fett und Cholesterin mit sich herumtrügen.

Folgerichtig bekam ich von meiner Familie ununterbrochen zu hören, ich müsse enorm viel Butterbrote essen, sonst würde mir niemals ein Schnurrbart wachsen und die glorreiche ungarische Armee würde auf meine Dienste verzichten. Ich bedaure, sagen zu müssen, daß beide Drohungen mich kalt ließen.

Im Mittelpunkt der damaligen Ernährungswissenschaft stand jedoch nicht das Butterbrot, sondern der Spinat. Eine alte jüdische Tradition (und vielleicht nicht nur eine jüdische) besagte, daß kleine Kinder keinen Spinat essen wollen. In der Praxis äußerte sich das in einer Art stiller Übereinkunft: Für Kinder war der eisenstrotzende Spinat ein Anlaß für ewigen Haß, und für Eltern war er ein Testfall ihrer Autorität.

Ich selbst zeigte mich leider völlig ungeeignet für dieses Kräftespiel zwischen den Generationen, und zwar aus einem sehr einfachen Grund: Ich aß Spinat für mein Leben gern. Vielleicht wollten mir die Spielregeln nicht einleuchten. Vielleicht war der Spinat selbst daran schuld, weil er so gut schmeckte. Meine Eltern waren verzweifelt: Jedes normale Kind haßte Spinat. Und ihr eigen Fleisch und Blut liebte ihn. Es war eine Schande.

Immer wenn bei uns daheim Spinat auf den Tisch kam und wenn ich meine gute Mutter um eine zweite Portion der grünen Delikatesse bat, wurde ich scharf zurechtgewiesen:

»Da, nimm! Aber du mußt es bis zum letzten Löffel aufessen! Oder du bekommst von Mami auf deinen Du-weißt-schon-wohin du-weißt-schon was!«

»Natürlich esse ich ihn bis zum letzten Löffel auf«, antwortete ich. »Er schmeckt mir ja.«

»Nur schlimme Kinder essen keinen Spinat«, redete meine Mutter unbeirrt weiter. »Spinat ist sehr gut für dich. Und sehr gesund! Laß dir ja nicht einfallen, zum Spinat ›pfui‹ zu sagen.«

»Aber Mami, ich eß ihn doch so gern!«

»Du wirst ihn aufessen, ob du ihn gern ißt oder nicht! Brave Kinder müssen Spinat essen! Keine Widerrede!«

»Warum müssen sie?«

»Weil sie sonst in die Ecke gestellt werden, bis Papi nach Hause kommt. Und was dann passiert, kannst du dir denken. Also, iß deinen Spinat schön auf . . . Na, wird's bald?«

»Ich mag nicht!«

Es war die natürliche kindliche Reaktion auf einen unverständlichen Zwang. Damit hatte ich meine Mutter genau dort, wo sie mich haben wollte. Und als mein Vater nach Hause kam, fand er sie in Tränen aufgelöst:

»Siehst du?« schluchzte sie. »Hab' ich dir nicht immer gesagt, du verwöhnst ihn zu sehr?«

Mein Vater versetzte mir daraufhin ein paar Ohrfeigen, und wir hatten endlich ein normales Familienleben: Ich haßte Spinat wie alle anderen Kinder, und meine Eltern waren beruhigt.

Da der Spinat für mich von nun an »pfui« blieb, wurde nach einiger Zeit ein Familienrat einberufen, um erzieherische Maßnahmen zur Änderung dieses Zustandes zu beraten. Man diskutierte die einschüchternde Wirkung der »bösen Hexe«, des »schwarzen Mannes« und entschied sich schließlich für den »Lumpensammler« – einfach, weil es den wirklich gab: »Du hast deinen Spinat schon wieder nicht aufgegessen? Warte nur, der Lumpensammler wird dich holen!«

»Wohin?«

»In seine finstere Hütte! Und dort sperrt er dich in seinen finsteren Kleiderschrank! Warte nur!«

Ich wartete nicht, sondern zog es unter den gegebenen Umständen vor, meinen Spinat zu essen.

Einige Tage später – die tägliche Spinatschlacht war bei uns gerade im Gange – ertönte von der Straße her der schneidende Ruf: »Lumpen! Alte Kleider!«

Mir fiel der Löffel aus der Hand, und wie der Blitz war ich unter dem Tisch, mitsamt meinem Spinatteller, den ich bebend vor Angst bis zur letzten grünen Faser leerte.

Meine Eltern gaben dem Lumpensammler einen Berg von alten Kleidern und baten ihn, als Entgelt dafür täglich um die Mittagszeit durch unsere Straße zu kommen und sehr laut zu rufen.

In diesem Sommer nahm ich zwei Kilo zu. Meine Eltern strahlten.

Eines Tages, als der Lumpensammler schon vor dem Mittagessen vorbeikam, nutzte ich die einmalige Gelegenheit und ließ aus dem Fenster im zweiten Stock ein Bügeleisen auf seinen Kopf fallen. Der alte Mann brach zusammen. Das allgemeine Mitleid der übrigen Hausbewohner wandte sich aber nicht etwa ihm zu, sondern meinen armen Eltern

Den Lumpensammler gibt es nicht mehr. Sein Schreckensruf ist längst verstummt. Der Held meiner Kinder ist ein Fernsehstar, der immer Spinat ißt, wenn er auf dem Bildschirm erscheint. Bei seinem Anblick quietschen meine Kinder vor Vergnügen. Die Zeiten haben sich geändert. Kinder aufzuziehen ist kein Spaß mehr.

Ich erlaube mir hier zu bemerken, daß es sich mit dem Magen verhält wie mit den Gewerkschaften: Er läßt sich nichts befehlen und geht störrisch seinen eigenen Weg. Daraus ergeben sich zahlreiche Komplikationen.

Wenn der Neueinwanderer an Land gegangen ist, küßt er den Boden, auf dem seine Vorväter wandelten, zerschmettert die Fensterscheiben einiger Regierungsämter, siedelt sich in der Sandwüste an und ist ein vollberechtigter Bürger. Aber sein konservativer, von Vorurteilen belasteter Magen bleibt ungarisch, oder holländisch, oder türkisch, oder wie sichs gerade trifft.

Nehmen wir ein naheliegendes Beispiel: mich. Ich bin ein so alteingesessener Israeli, daß mein Hebräisch manchmal bereits einen leichten russischen Akzent annimmt – und trotzdem stöhne ich in unbeherrschten Qualen auf, wenn mir einfällt, daß ich seit Jahr und Tag keine Gänseleber mehr gegessen habe. Ich meine: echte Gänseleber, von einer echt gestopften Gans.

Anfangs versuchte ich diese kosmopolitische Regung zu unterdrücken. Mit aller mir zur Verfügung stehenden Energie wandte ich mich an meinen Magen und sprach:

»Höre, Magen! Gänseleber ist pfui. Alle Ärzte sagen es! Wir brauchen keine Gänseleber. Wir werden schöne, reife, schwarze Oliven essen, mein Junge, und werden, nicht wahr, stark und gesund werden wie ein Dorfstier zur Erntezeit.«

Aber mein Magen wollte nicht hören. Er verlangte nach der dekadenten, überfeinerten Kost, die er gewohnt war.

Ich muß an dieser Stelle einschalten, daß die Feinnervigkeit meines Magens mir überhaupt schon viel zu schaffen gemacht hat. In den Vereinigten Staaten wäre ich seinetwegen beinahe gelyncht worden. Es geschah in einer »Cafeteria«, einer jener riesenhaften Selbstbedienungsstätten, in denen man auf ein appetitliches Tablett alle möglichen Dinge teils auflädt, teils aufgeladen bekommt. Mein Tablett war bereits ziemlich voll, als ich an die Ausgabestelle für Eistee herantrat.

»Bitte um ein Glas kalten Tee ohne Eis«, sagte ich der jungen Dame in Kellnerinnentracht.

»Gern«, antwortete sie und warf ein halbes Dutzend Eiswürfel in meinen Tee.

»Verzeihen Sie – ich sagte: ohne Eis.«

»Sie wollten doch ein Glas Eistee haben, nicht?«

»Ich wollte ein Glas kalten Tee haben.«

Das Mädchen blinkte ratlos mit den Augen, wie ein Semaphor im Nebel, und warf noch ein paar Eiswürfel in meinen Tee.

»Da haben Sie. Der Nächste.«

»Nicht so, mein Kind. Ich wollte den Tee *ohne* Eis.«

»Ohne Eis können Sie ihn nicht haben. Der Nächste!«

»Warum kann ich ihn nicht ohne Eis haben?«

»Das Eis ist gratis. Der Nächste!!«

»Aber mein Magen verträgt kein Eis, auch wenn es gratis ist. Können Sie mir nicht ein ganz gewöhnliches Glas kalten Tee geben, gleich nachdem Sie ihn eingeschenkt haben, und bevor Sie die Eiswürfel hineinwerfen?«

»Wie? Was? Ich verstehe nicht.«

Aus der Schlange, die sich mittlerweile hinter mir gebildet hatte, klangen die ersten fremdenfeindlichen Rufe auf, und was diese ausländischen Idioten sich eigentlich dächten. Ich verstand die Andeutung sehr wohl, aber zugleich stieg der orientalische Stolz in mir hoch.

»Ich möchte einen kalten Tee ohne Eiswürfel«, sagte ich.

Die Kellnerin war offenkundig der Meinung, daß sie ihre Pflicht getan hätte und sich zurückziehen könne. Sie winkte den Manager herbei, einen vierschrötigen Gesellen, der drohend an seiner Zigarre kaute.

»Dieser Mensch hier will einen Eistee ohne Eis«, informierte sie ihn. »Hat man so etwas schon gehört?«

»Mein lieber Herr«, wandte sich der Manager an mich, »bei uns trinken monatlich 1 930 275 Gäste ihren Eistee, und wir hatte noch nie die geringste Beschwerde.«

»Das kann ich mir lebhaft vorstellen«, antwortete ich entgegenkommend. »Aber die moderne Medizin warnt ausdrücklich vor dem Genuß übermäßig kalter Getränke, und deshalb möchte ich meinen Tee ohne Eis haben.«

»Alle Gäste nehmen ihn mit Eis.«

»Ich nicht.«

Der Manager maß mich von oben bis unten.

»Wie meinen Sie das: Sie nicht? Was gut genug für hundertsechzig Millionen Amerikaner ist, wird auch für Sie gut genug sein – oder?«

»Der Genuß von Eis verursacht mir Magenkrämpfe.«

»Hör zu, mein Junge.« Die Stirn des Managers legte sich in erschreckend tiefe, erschreckend finstere Falten. »Diese Cafeteria besteht seit dreiundvierzig Jahren und hat noch jeden Gast zu seiner Zufriedenheit bedient.«

»Ich will meinen Tee ohne Eis.«

Um diese Zeit hatten mich die ungeduldig Wartenden bereits umzingelt und begannen zwecks Ausübung der Lynchjustiz ihre Ärmel hochzurollen. Der Manager sah den Augenblick gekommen, seinerseits die Geduld zu verlieren.

»In Amerika wird Eistee mit Eis getrunken!« brüllte er. »Verstanden?!«

»Ich wollte ja nur –«

»Ihre Sorte kennt man! Ihnen kann's niemand recht machen, was? Wo kommen Sie denn überhaupt her, Sie?«

»Ich? Aus Syrien.«

»Hab ich mir gleich gedacht«, sagte der Manager. Er sagte noch mehr, aber das konnte ich nicht mehr hören. Ich rannte um mein Leben, von einer zornigen Menschenmenge drohend verfolgt.

Und das war nur der Anfang. Wo immer ich in der Folge hinkam, kehrte sich die öffentliche Meinung Amerikas langsam, aber sicher gegen Syrien. Irgendwie muß man ihnen doch beikommen...

Zurück zur Gänseleber, die ich in Israel schon jahrelang nicht mehr gegessen habe. Zurück zu meinem unheilbar sensiblen Magen, den ich eine Zeitlang durch Verköstigung in dekadenten europäischen Restaurants zu beschwichtigen suchte. Leider dauerte das nicht lange. Ich übersiedelte in eine Gegend, in der es nur ein einziges kleines Gasthaus gab. Es gehörte einem gewissen Naftali, einem Neueinwanderer aus dem Irak.

Als ich das erstemal zu Naftali kam, geriet mein Magen vom bloßen Anblick, der sich mir bot, in schmerzlichen Aufruhr. Naftali stand hinter seiner Theke und beobachtete mich mit einem Lächeln, um dessen Rätselhaftigkeit die selige Mona Lisa ihn beneidet hätte. Auf der Theke selbst befanden sich zahllose undefinierbare Rohmaterialien in Technicolor, und auf einem Regal im Hintergrund standen sprungbereite Gefäße mit allerlei lustigen Gewürzen. Kein Zweifel – ich war in eine original-arabische Giftküche geraten. Aber noch bevor ich die Flucht ergreifen konnte, gab mir mein Magen zwingend zu verstehen, daß er einer sofortigen Nahrungsaufnahme bedürfe.

»Na, was haben wir denn heute?« fragte ich mit betonter Leichtigkeit.

Naftali betrachtete einen Punkt ungefähr fünf

Zentimeter neben meinem Kopf (er schielte, wie sich alsbald erwies) und gab bereitwillig Auskunft:

»Chumus, Mechsi mit Burgul, oder Wus-Wus.«

Es war eine schwere Wahl. Chumus erinnerte mich von fernher an ein lateinisches Sprichwort, aber Wus-Wus war mir vollkommen neu.

»Bringen Sie mir ein Wus-Wus.«

Die phantastische Kombination von Eierkuchen, Reis und Fleischbrocken in Pfefferminzsauce, die Naftali auf meinen Teller häufte, schmeckte abscheulich, aber ich wollte ihm keine Gelegenheit geben, sein rätselhaftes Lächeln aufzusetzen. Mehr als das: Ich wollte ihn völlig in die Knie zwingen.

»Haben Sie noch etwas anderes?« erkundigte ich mich beiläufig.

»Jawohl«, grinste Naftali. »Wünschen Sie Khebab mit Bacharat, Schaschlik mit Elfa, eine Schnitte Sechon, oder vielleicht etwas Smir-Smir?«

»Ein wenig von allem.«

Zu dieser vagen Bestellung war ich schon deshalb genötigt, weil ich die exotischen Namen nicht behalten konnte. Ich nahm an, daß Naftali mir jetzt eine scharfgewürzte Bäckerei, ein klebriges Kompott und irgendeinen säuerlichen Mehlpapp servieren würde. Weit gefehlt. Er begab sich an eine Art Laboratoriumstisch und mischte ein paar rohe Hammelinnereien mit gedörrtem Fisch, bestreute das Ganze mit Unmengen von Pfeffer und schüttete rein gefühlsmäßig noch etwas Öl, Harz und Schwefelsäure darüber.

Etwa zwei Wochen später wurde ich aus dem

Krankenhaus entlassen und konnte meine Berufstätigkeit wieder aufnehmen. Von gelegentlichen Schwächeanfällen abgesehen, fühlte ich mich verhältnismäßig wohl, und die Erinnerung meines Magens an jenes schauerliche Mahl begann allmählich zu verblassen.

Aber was tat das Schicksal?

Es spielte mir einen Streich.

Eines Tages, als ich auf dem Heimweg an Naftalis Schlangengrube vorbeikam, sah ich ihn grinsend in der Türe stehen. Meine Ehre verbot mir, vor diesem Grinsen Reißaus zu nehmen. Ich trat ein, fixierte Naftali mit selbstbewußtem Blick und sagte:

»Ich hätte Lust auf etwas stark Gewürztes!«

»Sofort!« dienerte Naftali. »Sie können eine erstklassige Kibah mit Kamon haben, oder ein Hashi-Hashi.«

Ich bestellte eine kombinierte Doppelportion dieser Gerichte, die sich als Zusammenfassung aller von den Archäologen zutage geförderten Ingredienzien der altpersischen Küche erwies, mit etwas pulverisiertem Gips als Draufgabe. Nachdem ich diesen wertvollen Fund hinuntergewürgt hatte, forderte ich ein Dessert.

»Suarsi mit Mish-Mish oder Baklawa mit Sum-Sum?«

Ich aß beides. Zwei Tage danach war mein Organismus völlig gefühllos geworden, und ich torkelte wie ein Schlafwandler durch die Gegend. Nur so läßt es sich erklären, daß ich das nächste Mal, als ich des grinsenden Naftali ansichtig wurde, abermals seine Kaschemme betrat.

»Und was darf's heute sein, mein Freund?«

fragte er lauernd, die Mundwinkel verächtlich herabgezogen.

Da durchzuckte mich der göttliche Funke und ließ zugleich mit meinem Stolz auch mein Improvisationstalent aufflammen. Im nächsten Augenblick hatte ich zwei völlig neue persische Nationalgerichte erfunden:

»Eine Portion Kumsu«, bestellte ich, »und vielleicht ein Sbagi mit Kub-Kubon.«

Und was geschah? Was, frage ich, geschah?

Es geschah, daß Naftali mit einem höflichen »Sofort!« im Hintergrund der finsteren Spelunke verschwand und nach kurzer Zeit eine artig von Rüben umrandete Hammelkeule vor mich hinstellte.

Aber so leicht sollte er mich nicht unterkriegen:

»He! Wo ist mein Kub-Kubon?«

Nie werde ich die Eilfertigkeit vergessen, mit der Naftali eine Büchse Kub-Kubon herbeizauberte.

»Schön«, sagte ich. »Und jetzt möchte ich noch ein Glas Vago Giora. Aber kalt, wenn ich bitten darf.«

Wie auch immer, Naftali kam auch damit bald angedienert.

Vielleicht sollte ich hier erwähnen, daß Vago Giora der Name eines mir persönlich bekannten Bankdirektors ist, der mir zu sehr günstigen Bedingungen ein Darlehen verschafft hatte. Deshalb wollte ich seinen Namen auf irgendeine Weise verewigen.

Und während ich behaglich meine Vago Giora schlürfte, dämmerte mir, daß all diese exotischen Originalgerichte, all diese Burgul und Bacharat und Wus-Wus und Mechsi und Pechsi nichts anderes waren als ein schäbiger Betrug, dazu bestimmt, uns dumme Ungarn lächerlich zu machen. Das steckte hinter Mona Lisas geheimnisvollem Grinsen.

Seit diesem Tag fürchte ich mich nicht mehr vor der orientalischen Küche. Eher fürchtet sie sich vor mir. Erst gestern mußte Naftali mit schamrotem Gesicht ein Mao-Mao zurücknehmen, das ich beanstandet hatte.

»Das soll ein Mao-Mao sein?« fragte ich mit ätzendem Tadel. »Seit wann serviert man Mao-Mao ohne Kafka?«

Und ich weigerte mich, mein Mao-Mao zu berühren, solange kein Kafka auf dem Tisch stand.

Meinen Lesern, soweit sie orientalische Restaurants frequentieren, empfehle ich, nächstens ein gut durchgebratenes Mao-Mao mit etwas Kafka zu bestellen. Es schmeckt ausgezeichnet. Wenn gerade kein Kafka da ist, kann man auch Truman Capote nehmen. Aber nicht zu viel. Er ist zu scharf.

Wie immer man auch literarisch zu Capote stehen mag, gastronomisch ist er über jede Kritik erhaben, besonders mit feuriger Currysauce.

Der scharfe Truman Capote hat auch einen weiteren bedeutenden Vorteil: Bereits einige Teller davon können ein gutgewachsenes Ulcus Duodeni, vulgo Zwölffingerdarmgeschwür oder gar ein Magengeschwür, verursachen. Und bekanntlich bringt nichts zwei Menschen einander so nahe. Außer vielleicht Nierensteine.

Wie schon das bekannte Sprichwort sagt: »Kranke Menschen werden Brüder«, wenn ich aus dem Griechischen richtig übersetzt habe.

PERSONEN: Der Dieb
Das Opfer

ORT DER HANDLUNG: Die Wohnung des Opfers
ZEIT: Nacht

OPFER *(liegt im Bett und schläft).*

DIEB *(steigt im Mondlicht durch das Fenster ein. Er trägt über dem Gesicht eine Strumpfmaske, in der einen Hand eine Taschenlampe und in der anderen einen Revolver).*

OPFER *(schnarcht in Intervallen).*

DIEB *(geht auf Zehenspitzen zum Schrank und öffnet ihn).*

OPFER *(erwacht jäh, dreht das Licht an):* Was ist los? Was – wer sind Sie? Was wollen Sie?

DIEB *(zielt mit dem Revolver auf ihn)*: Rühren Sie sich nicht, wenn Ihnen Ihr Leben lieb ist. Ich scherze nicht.

OPFER *(ängstlich)*: Wer sind Sie?

DIEB: Was glauben Sie? Der Steuereinnehmer?

OPFER *(jammert laut).*

DIEB: Halten Sie den Mund. Wenn Sie noch einen Laut von sich geben, sind Sie ein toter Mann.

Opfer: Daß so etwas möglich ist! In unserm Land! Daß ein Jud einem andern so etwas antut!

Dieb: Na wenn schon. Das gehört zu unserem Normalisierungsprozeß. In einem normalen Land muß es auch Räuber geben, und deshalb werden Sie jetzt ausgeraubt. Kein Grund zum Jammern.

Opfer: Ich jammere nicht meinetwegen. Ich jammere über die Zukunft unseres Landes.

Dieb: Dann jammern Sie leise.

Opfer *(jammert leise).*

Dieb: Und jetzt wollen wir einmal nachsehen... *(Wühlt in den Fächern des Schranks)* Aha! Der Schmuck Ihrer Frau, wie?

Opfer: Um Gottes willen, nur das nicht.

Dieb: Keine Bewegung! Sie werden auch ohne Juwelen auskommen. *(Öffnet eine Schatulle und leert den Inhalt auf den Tisch)* Prachtvoll! Wunderschön!

Opfer: Alles falsch.

Dieb: Maul halten. *(Setzt seine Wühlarbeit fort)* Wo ist das Geld? Sagen Sie mir sofort, wo Sie Ihr Geld versteckt haben, oder es knallt.

Opfer: Geld? Ich?

Dieb: Lassen Sie die Kindereien. Das nützt Ihnen nichts. Haben Sie das Geld vielleicht im Strumpf versteckt? Jetzt erbleichen Sie, was? *(Zieht aus dem Schrank ein paar prall gefüllte Strümpfe hervor)* Und was ist da drinnen? *(Entnimmt jedem Strumpf eine längliche Pappschachtel und jeder Schachtel ein Bündel Banknoten)* Na also.

Opfer: Das ist nicht schön von Ihnen. Ich habe das Geld für einen Kühlschrank beiseite gelegt.

DIEB: Gut, ich werde mir dafür einen Kühlschrank kaufen. *(Hebt eine Medikamentenschachtel hoch)* Und was ist das?

OPFER: Nichts, was Sie interessieren könnte. Meine Medikamente.

DIEB *(öffnet die Schachtel)*: Was für Medikamente?

OPFER: Für meine Magengeschwüre.

DIEB: Magengeschwüre?

OPFER: Magengeschwüre.

DIEB: Wann haben Sie die bekommen?

OPFER: Vor vierzehn Jahren.

DIEB: Groß?

OPFER: Ungefähr so. *(Zeigt)* Tun manchmal fürchterlich weh. Warum fragen Sie? Haben Sie auch Magengeschwüre?

DIEB: Ob ich Magengeschwüre habe? Seit siebenundzwanzig Jahren, mein Lieber. Perforiert.

OPFER: Begreiflich. In einem Beruf wie dem Ihren, wo man sich ununterbrochen aufregen muß ...

DIEB: Eben. Was für Medikamente nehmen Sie?

OPFER: Amid-benzol-molfo-mycin-bromid.

DIEB: Ich nehme Carbo-strichio-bicarbonat-magnesium.

OPFER: Ach, Carbo-strichio-bicarbonat-magnesium. Kenn' ich. Ist überhaupt nichts wert. Lindert die Schmerzen für ein paar Minuten, und dann geht's wieder los.

DIEB *(liest das Etikett)*: Was steht hier?

OPFER: »Bei Schmerzen infolge von Aufregungszuständen oder fetthaltiger Nahrung sofort eine Tablette einnehmen, wenn vom Arzt nicht anders verordnet.«

DIEB: Dann verordne ich Ihnen jetzt zwei Tabletten. Es wird Ihnen guttun.

OPFER: Dazu brauche ich Wasser.

DIEB: Dann holen Sie's. *(Droht mit dem Revolver)* Los, los!

OPFER *(geht ab)*.

DIEB *(ruft ihm nach)*: Auch für mich ein Glas! Ich möchte Ihre Tabletten ausprobieren!

OPFER *(kommt mit zwei gefüllten Wassergläsern zurück)*: Hier, bitte. Wissen Sie – ich habe schon überlegt, ob ich mich nicht operieren lassen soll.

DIEB: Tun Sie das nicht. Operationen sind immer gefährlich. Darauf soll man sich nur einlassen, wenn's gar nicht mehr anders geht. *(Nimmt die Maske vom Gesicht, holt Luft)* Mir ist zu heiß unter diesem Tuch. Hat man Ihnen eine Diät vorgeschrieben?

OPFER: Ja, aber sie hilft nichts. *(Schluckt die Tabletten und hustet)*

DIEB *(klopft ihm hilfreich auf den Rücken)*: Ich halte nichts von Diätvorschriften. Lauter Schwindel. Der Organismus läßt sich nicht betrügen. Manchmal esse ich gefülltes Kraut und nichts passiert. Manchmal trinke ich ein Glas vorgewärmte Milch und bekomme einen Anfall.

OPFER: Kenn' ich, kenn' ich. Magensäure!

DIEB: Stimmt.

OPFER: Sie sollten nicht so lange stehen. Setzen Sie sich.

DIEB: Danke. *(Setzt sich)* Also Ihr Magen produziert zuviel Säure?

OPFER *(mit stolzem Lächeln)*: 68.

DIEB: Ich habe 71.

OPFER *(eifersüchtig)*: 71? Phantastisch! Wirklich 71?

DIEB: Genau.

Opfer: Können Sie das beweisen? Mit einem ärztlichen Zeugnis oder so?

Dieb: Selbstverständlich. *(Betastet seine Taschen)* Zufällig habe ich die Bestätigung nicht bei mir.

Opfer *(ironisch)*: »Zufällig ...« – ein merkwürdiger Zufall. *Ich* kann Ihnen *meine* Bestätigung zeigen. *(Entnimmt seiner Brieftasche ein Blatt Papier)* Was steht hier? »Magensäure: 68«!

Dieb *(nimmt das Papier in Augenschein)*: Hier stand ursprünglich 58. Wenn man genau hinschaut, sieht man's ganz deutlich. Sie haben 68 draus gemacht. Eine klare Dokumentenfälschung. Kann Sie zwei Jahre kosten.

Opfer: Ich – ein Fälscher? Das ist doch unerhört. Passen Sie gefälligst auf, was Sie reden, sonst müßte ich Sie bitten, meine Wohnung zu verlassen. Ich habe keine 68? Wenn Sie's genau wissen wollen – beim ersten Test hatte ich sogar 73. Aber die Ärzte wollten das nicht anerkennen, weil der Test während einer Hitzewelle gemacht wurde.

Dieb: Schon gut, schon gut. Sie sollen sich nicht aufregen, auch bei 58 nicht.

Opfer: Nehmen Sie endlich Ihre Tablette. Ich möchte sehen, wie sie bei Ihnen wirkt.

Dieb: Das ist individuell. *(Entnimmt der Schachtel zwei Tabletten)* Ich nehme zwei, gut?

Opfer: Gut.

Dieb: Bitte halten Sie einen Augenblick den Revolver.

Opfer: Gerne. *(Tut es)* Und jetzt schlucken Sie.

Dieb *(tut es)*: Wir werden ja sehen ... Aber warum stehen Sie? Setzen Sie sich.

Opfer: Danke. *(Setzt sich)*

DIEB: Ich fürchte, daß ich einen großen Fehler gemacht habe. Wenn ich sofort auf Diät gegangen wäre, hätte es noch geholfen. Aber ich habe die Symptome nicht beachtet, und jetzt ist es zu spät. Jetzt kann ich's nicht mehr ändern. Ich esse, ich rauche ...

OPFER: Ich auch. Es ist hoffnungslos. Trinken Sie?

DIEB: Wenn man mir etwas anbietet.

OPFER: Augenblick – ich habe eine wahre Köstlichkeit im Haus. *(Nimmt eine Flasche aus dem Schrank)* Darf ich? *(Dieb nickt. Opfer schenkt ein, stellt die Flasche auf den Tisch, trägt die Schmuckschatulle und das Geld in den Schrank zurück)*

DIEB *(trinkt, leckt sich die Lippen)*: Ah, französischer Cognac. Hervorragend.

OPFER: Hervorragend, aber für uns beide das reine Gift. *(Schenkt nach und füllt auch für sich ein Glas ein. Sie stoßen an)* Prost.

DIEB: Prost. Das schmeckt! Gestatten Sie: Max Polakoff.

OPFER: Moritz Deutscher. Sehr erfreut.

DIEB *(während des Einschenkens)*: Haben Sie Nierensteine?

OPFER: Sand.

DIEB: Ich habe einen *solchen* Stein. *(Gebärde)* Schmerzt fürchterlich.

OPFER: Der Sand auch! Manchmal krümme ich mich vor Schmerzen.

DIEB: Das ist noch gar nichts. Wenn bei mir ein Anfall beginnt, möchte ich am liebsten die Wände hinaufklettern. So bin ich ja auch hier hereingekommen ... Haben Sie einen guten Arzt?

OPFER: Ich bin bei der Krankenkasse.

DIEB: Moritz – für so dumm hätte ich Sie nicht gehalten. Krankenkasse? Sie zahlen und zahlen und zahlen – und wenn's drauf ankommt, haben Sie nichts davon. Mit der Krankenkasse werden Sie Ihre Magengeschwüre nie loswerden. Ich gebe Ihnen die Adresse von meinem Arzt. Ein Spezialist für Leber, Niere und Magengeschwüre. Berufen Sie sich auf mich. Der Mann ist eine Kapazität. Er wird wahrscheinlich auch etwas an Ihrem Herzen finden.

OPFER: Sehr leicht möglich. Ich spüre sowieso schon seit einiger Zeit, daß es mit meinem Kreislauf nicht stimmt. *(Schweigen)*

DIEB *(steht auf)*: Ja – das ist alles schön und gut – aber davon kann ich nicht leben.

OPFER: Warum laufen Sie schon? Bleiben Sie noch ein paar Minuten, Max. Nur keine Eile. Bei Ihrem Gesundheitszustand ... Wir können noch ein wenig unsere Symptome vergleichen.

DIEB: Leider. Ich möchte ja gerne bleiben, aber ich habe hier in der Gegend noch zu tun ... Was gibt's? Ist Ihnen schlecht?

OPFER: Dieses Brennen im Magen ... Ich darf keinen Alkohol trinken ... Und dabei waren's doch nur zwei Gläser ...

DIEB *(zieht ein Päckchen aus der Tasche)*: Da haben Sie etwas Bikarbonat. Ich trag' das immer bei mir, wenn ich bei Nacht arbeite.

OPFER *(nimmt und schluckt)*: Werden Sie es heute nicht selbst brauchen?

DIEB: Keine Sorge. *(Steckt den Revolver in die Tasche)* Dann breche ich eben in eine Apotheke ein. Schlafen Sie gut. Moritz. Wir brauchen

Schlaf … *(Nötigt ihn ins Bett und deckt ihn sorgfältig zu)*

OPFER: Komm doch bald wieder, Max. Es wird mir eine Freude sein.

DIEB: Mir auch.

OPFER: Du mußt mich nur rechtzeitig wissen lassen, wann.

DIEB: Wie wär's mit Dienstag?

OPFER: In Ordnung. Hol mich zum Nachtmahl ab.

DIEB: Mach' ich. Warte, ich schreib's mir auf. *(Zieht ein Notizbuch hervor, murmelt)* Dienstag abend … Moritz Deutscher abholen … Durch die Tür kommen.« Auf Wiedersehen, Moritzl.

OPFER: Auf Wiedersehen, Maxl. Alles Gute.

In diesem fortgeschrittenen Stadium von Sodbrennen muß ich ein untilgbares Laster eingestehen: Ich bin einfach verliebt in ein Nahrungsmittel, das keines ist. Es hat weder Vitamine noch Minerale, keine Spurenelemente, kein Eiweiß, nur sich selbst und eine Menge Salz. Außerdem wird es bei uns zum Beispiel von dubiosen Straßenverkäufern angeboten, was die Ärzte schon aus hygienischen Gründen nicht scharf genug verurteilen können.

Ich spreche natürlich von Brezeln. In der nun folgenden Geschichte spielt dieses Backwerk nur äußerlich die Hauptrolle. Innerlich geht es um ein psycho-gastronomisches Phänomen, das trotz scheinbarer Einfachheit erschreckende seelische Abgründe aufreißt.

Held der Geschichte ist ein Brezelverkäufer, Abkömmling eines jahrhundertealten Brezelverkäufergeschlechts, den ich eines schönen Frühlingstags unter den Arkaden unseres Redaktionsgebäudes erblickte. Ich komme gewöhnlich gegen Mittag in die Redaktion und bin dann immer knapp am Verhungern – Grund genug, mich des unerwarteten Auftauchens der immerhin sattmachenden Brezel zu freuen, die in zwei hochgetürmten Haufen auf dem Verkaufstisch arrangiert waren. Der dahintersitzende Verkäufer trug ein listiges Lächeln im Gesicht und schien im übrigen ein wohlerzogener Mann zu sein, denn über seinem Schoß lag ein blütenweißes Tuch.

Nachdem ich die Kaufsumme für eine Brezel entrichtet hatte, deutete er auf den linken Haufen:

»Nehmen Sie eine von denen«, sagte er. »Sie sind frisch.«

In meinen Ohren tönte die massive Warnung von Generationen von Hausärzten: »Ausschließlich frische Nahrungsmittel konsumieren«, und sofort stieg in mir eine eisige Welle des Mißtrauens hoch. Kein Zweifel: Er bot mir nicht die frischen Brezeln an, sondern die altbackenen, auf denen er nicht sitzenbleiben wollte.

Mit der lässigen Grandezza des erfahrenen Weltmanns ergriff ich eine Brezel aus dem anderen Haufen und beobachtete unter halb gesenkten Lidern den Verkäufer. Er war bleich geworden und lehnte sich gegen die Mauer.

Mein kulinarischer Scharfsinn wurde durch eine frische, knusprige Brezel belohnt.

Am nächsten Tag schlich ich mich von hinten an den Brezelstand an, sprang überraschend hervor, fixierte den Verkäufer und sah, wie er sich um Haltung bemühte. Seine Hand zitterte kaum merklich, als er auf den einen der beiden Brezelberge wies:

»Die hier sind frisch. Nehmen Sie von diesen.«

Blitzschnell überlegte ich. Der Mann wollte offenbar seine gestrige Blamage gutmachen und bot mir diesmal tatsächlich die frische Ware an. Ich folgte seiner Empfehlung und konnte in seinen angespannten Gesichtszügen eine gewisse Erleichterung feststellen.

Abermals triumphierte meine klare Logik. Die Brezel, die ich an mich nahm, erwies sich in jeder Hinsicht als Musterprodukt.

In den folgenden Tagen blieb es bei diesem Arrangement. Ich wählte meine Brezel aus dem vom Verkäufer empfohlenen Haufen und war jedesmal zufrieden. Die ganze leidige Geschichte schien ein- für allemal erledigt zu sein. Aber mein untrüglicher Instinkt sagte mir, daß dem nicht so wäre und daß das Schicksal eine Wendung vorbereitete.

Am Dienstag geschah es. »Nehmen Sie von diesen hier, sie sind frisch«, kam des Brezelmannes üblicher Ratschlag, und ich hatte schon die Hand ausgestreckt, als ich unter einem unwiderstehlichen Zwang innehielt. Vielleicht war es etwas in seiner Stimme, das mich stutzig machte, vielleicht war es eine plötzliche Eingebung – ich weiß es nicht und wünsche es nicht zu erkunden. Jedenfalls wurde mir die Sachlage blitzartig klar: Mein Widerpart nahm an, daß er sich in den letzten Tagen durch die vorgetäuschten Beweise seiner Ehrlichkeit in mein Vertrauen eingeschlichen hätte und jetzt endlich seine altbackene, von Bakterien strotzende Ware an mich loswerden könnte. Nun, da sollte er sich getäuscht haben. Ohne zu zögern, holte ich mir die Brezel des Tages aus dem entgegengesetzten Haufen.

Mein dämonisches Durchschauungsvermögen zeigte Wirkung. Zitternd verhüllte der Verkäufer sein schamrotes Gesicht mit dem blütenweißen Tuch.

Ich biß meine Brezel an. Sie war frisch und knusprig. Als ich tags darauf wieder mit der Aufforderung konfrontiert wurde, eine von diesen hier zu nehmen, wußte ich im ersten Augenblick jedoch nicht, was ich tun sollte. Dann ordneten sich meine Gedanken: Der listenreiche Orientale vermutete, daß ich bei ihm Schuldgefühle voraussetzen würde, die auf seine jüngste Fehlspekulation zurückgingen, und daß er sich jetzt in einer um so besseren Lage befand, mir seine ungesunden alten Brezel anzudrehen. Also griff ich mit demonstrativer, ja geradezu provokanter Gelassenheit nach einem der nicht empfohlenen Brezel. Schon als ich ihn in die Hand nahm, überzeugte mich die deutliche fühlbare Salzbestreuung von seiner Frische.

Wilder Haß flammte in den Augen des Verkäufers auf. Seine Brust hob und senkte sich vor Erregung. Fast sah es so aus, als wollte er sich auf mich stürzen. In diesem Augenblick näherte sich einer meiner Redaktionskollegen und tappte, ehe ich ihn warnen konnte, blindlings in die Brezelfalle: Er folgte dem Fingerzeig des Verkäufers. Kauend machten wir uns auf den Weg.

Nach einigen Schritten konnte ich nicht länger an mich halten. Ich brach von seiner Brezel – der Brezel aus dem falschen Haufen – ein Stückchen ab und steckte es in den Mund.

Das Blut schoß mir in den Kopf, der Boden wankte unter meinen Füßen, von den olympischen Höhen geistiger Überlegenheit stürzte ich jählings in einen Abgrund der Schande.

Auch die Brezel meines Kollegen war frisch und knusprig.

Alle Brezel, die der Verkäufer anbot, waren frisch und knusprig. Sie waren immer frisch und knusprig. Alle.

Das Leben geht weiter. Meine Freunde merken mir nichts an. Aber mein gastropsychologisches Gleichgewicht ist ins Wanken geraten.

Brezeln enthalten zumindest relativ wenig tierische Fette. Makkaroni enthalten zwar auch keine, dafür aber eine Unmenge Kohlehydrate. Schokolade enthält noch mehr. Besonders mit Marzipanfüllung und goldenem Staniolpapier. Es wird behauptet, daß mit sechs Mozartkugeln ein mittelgroßes U-Boot zu betreiben sei.

Es gibt natürlich auch eine ganze Menge von Internisten empfohlenen schmackhaften Nahrungsmitteln ohne Kalorien, mit einer Unzahl von Vitamin A, B, C, D, E, F, G, H und lebenswichtigen Bauelementen wie Strontium, Kupfer und Aluminium. Leider schmecken sie scheußlich: Und machen dick.

Nach dem neuesten Stand der Biochemie ist das einzig wirklich erfolgreiche Mittel abzunehmen, mit dem Essen überhaupt aufzuhören. Es ist zweifellos eine todsichere Methode. Aber man überlebt sie selten. Es ist viel vernünftiger, sich neue Hosen und Röcke zu besorgen und was das Wichtigste ist, sich niemals, aber auch wirklich niemals weder im Spiegel noch auf Fotos im Profil zu betrachten.

Vorigen Freitag läutete plötzlich mein Telefon:

»Hör zu«, sagte Felix in spürbarer Erregung, »ich habe mir ein Originalvideo von der ›Katze auf dem heißen Blechdach‹ ausgeborgt und lade für morgen abend einige Leute ein, die sich den Film ansehen können, während ich ihn kopiere. Willst du auch kommen?«

Und ob ich wollte! Die bloße Erwähnung der »Katze«, dieses epochalen Stückes von Tennessee Williams mit Paul Newman in der Hauptrolle und der göttlichen Elizabeth Taylor auf dem heißen Blechdach, ließ mir einen gewaltigen, nostalgischen Schauer über den Rücken laufen. Ich muß etwa sieben Jahre alt gewesen sein, als ich den Film zum ersten Mal sah, und damals weinte ich wie ein Kind.

Am Samstagabend waren wir vollzählig versammelt. Das Wohnzimmer der Seligs platzte aus den Nähten. Da waren zwei Videogeräte, die halbe Nachbarschaft und eine knisternde Spannung. Felix schaltete den Apparat ein, und schon erschien Big Daddy und belehrte Paul Newman über irgendein Notstandsgesetz. Dann tauchte die göttliche Liz auf und verschlug uns den Atem.

»Wie alt kann sie jetzt wohl sein«, flüsterte eine Stimme aus dem Dunkel.

»Jenseits der fünfzig«, belehrte ein Kenner. »Mit irgendeinem blöden Senator verheiratet.«

»Nein, der war einmal. Jetzt zieht sie mit einem jungen mexikanischen Rechtsanwalt herum. Wahrscheinlich wird der arme Teufel ihr achter Mann.«

»Nein, ihr siebenter.«

Die vorderste Reihe zog eine schnelle Bilanz: da waren zunächst einmal Hilton Junior, dann Henry Ford III., Chevrolet Senior, Mike Todd der Filmproduzent, der Sänger Eddie Fisher, Richard Burton, Frank Sinatra, der blöde Senator, nochmals Burton und jetzt der arme Mexikaner. Insgesamt also zehn. Obwohl die Sache mit Sinatra zweifelhaft war, und die zweite Ehe mit Richard Burton eigentlich nicht gezählt werden durfte.

»Also gut«, gab sich die Opposition geschlagen. »Sind es also acht. Wen interessiert denn das überhaupt?«

Genau in dem Moment war die Eherekordbrecherin auf dem Bildschirm zu sehen, wie sie Paul Newman mit geballter Sinnlichkeit anfiel, während sich seine Potenz in die Defensive begab. Natürlich nur im Film.

»Ist euch das aufgefallen?« fragte Felix aus dem Hintergrund. »Diese übergewichtige Taylor wird niemals im Profil aufgenommen. Und zwar wegen ihres Doppelkinns.«

»Doppelkinn? Ha! Das ist schon mehr eine Wampe.«

»Erstens heißt es Wamme und außerdem gebraucht man diesen Ausdruck nur bei Rindern«, ertönte die Stimme eines Sprachpuristen.

»Auch bei Hunden.«

»Unsinn. Höchstens bei Vögeln. Mein Papagei Xaviera hat eine kleine Wamme auf der linken Seite.«

»Mein Kakadu heißt Brutus, ist 46 Jahre alt und singt die Tosca im Mezzosopran.«

»Was Sie nicht sagen.«

»Mein Ehrenwort.«

Inzwischen führte auch Liz eine leidenschaftliche Diskussion mit irgendwem. Es stellte sich heraus, daß es sich um ihre Schwägerin handelte, die eine unübersichtliche Kinderschar ihr eigen nannte. Paul Newman hingegen verbrachte die letzten zehn Minuten damit, sich selbst zu analysieren.

»Wam, wam«, murmelte Felix, während er bei der dürftigen Beleuchtung des Bildschirms ein Lexikon durchblätterte. »Ah, ich hab's! ›Wamme – Hängende Hautfalte zwischen Brust und Bauch etcetera ... etcetera ... vor allem bei Rindern.«

»Hab ich's euch nicht gesagt?« ließ der Purist verlauten. »Nur bei Rindern.«

»Entschuldigen Sie! Im Wörterbuch steht ausdrücklich *›vor allem‹*, nicht *›nur‹*.«

»Das ist das dasselbe.«

Hier verstummte die Diskussion schlagartig, denn am Bildschirm erschien eine Großaufnahme von Liz.

Im Profil.

»Na ja«, sagte eine der Damen mit enttäuschter Stimme. »Es ist ein uralter Film, deshalb sieht man ihr Doppelkinn noch nicht so gut.«

»Läppisch«, sagte ihr loyaler Gatte. »Seht ihr nicht, wie sie die ganze Zeit den Kopf krampfhaft hochhält, damit man es nicht sieht?«

Wir richteten unsere Augen konzentriert auf den Bildschirm, um vielleicht doch noch das Taylorsche Doppelkinn zu entdecken.

»In Boston gibt es einen Schönheitschirurgen«, verkündete Erna Selig mit sinnlichem Unterton, »wo sie einem ein ganz neues Kinn anfertigen können. Er saugt auch Fett ab. Es kostet allerdings ein Vermögen.«

»Ausgeschlossen«, sagte jemand aus der mittleren Reihe. »Mit einem Kinn kann man das nicht machen. Das weiß ich aus erster Hand.«

»Ach ja? Wieso hat dann Ava Gardner ein glattes Kinn bekommen?«

»Wann?«

Trotz der Dunkelheit war förmlich zu spüren, wie jeder der Anwesenden an seinem Kinn herumfummelte.

»Zum Teufel noch mal«, brach ich endlich das Schweigen. »Ihr habt die ganze vergangene Stunde nichts anderes getan, als über Liz Taylors Doppelkinn zu quatschen. Ich möchte hiermit in aller Öffentlichkeit klarstellen, daß mich ihr Kinn nicht halb so sehr beunruhigt wie ihre dicken Beine.«

»Das hat etwas für sich«, wandte sich die Puristengattin an mich. »Aber ihre Beine sind viel schwerer zu operieren und sie kann sie in Hosen verbergen. Ihr Kinn jedoch bleibt allen Blicken zugänglich.«

»Nur im Profil.«

»Trotzdem.«

Irgend jemandem fiel ein, daß Debbie Reynolds, die vor Liz mit Eddie Fisher verbandelt war, auch nicht so großartige Beine hätte, aber jetzt trotzdem mit einem steinreichen Schuherzeuger mit auffallend großer Nase zusammenlebt.

Am Bildschirm war inzwischen eine imposante Vatergestalt erschienen, dessen Profil aber niemanden interessierte, weil er auch von vorn schon sehr dick aussah.

Felix steckte die Original-Katze wieder in die Hülle zurück und schrieb auf seine jungfräuliche Untergrund-Kopie: »Doppelkinn by Tennessee Williams«.

Daheim angekommen, betrachtete ich mein Spiegelbild von der Seite. Ich faßte einen unwiderbringlichen Entschluß. Ich ging schnurstracks in die Küche, öffnete den vollen Kühlschrank und schloß ihn drei Stunden später. Nächste Woche fliege ich nach Boston.

Meine unvergeßliche Begegnung mit dem Privatdozenten Prof. Dr. Großlockner, den der dankbare Volksmund »Der Wundertätige« nennt, begann mit einem sonderbar leeren Gefühl in der Magengrube, gefolgt von einem dumpfen inneren Grollen. Zuerst schenkte ich der Sache keine Beachtung. Aber als sich jenes Gefühl der Leere verstärkte, besonders nachdem ich einmal acht Stunden lang nichts gegessen hatte, wurde ich unruhig und erkundigte mich bei meiner alten Tante, was ich tun sollte. Nach kurzem Nachdenken empfahl sie mir, ärztliche Hilfe in Anspruch zu nehmen.

»Geh zum Professor Großlockner«, sagte meine Tante. »Er ist ein Wunderdoktor. Und sei unbesorgt – er wird schon etwas Ernstes finden.«

Ich wollte mich sofort auf den Weg machen, wurde jedoch von Tantchen belehrt, daß man sich bei dem Wundermann telefonisch anmelden müsse. Am Telefon bestellte mich eine weibliche Stimme für Dienstag in drei Wochen um 5 Uhr 26. »Bis dahin wollen Sie bitte nicht essen, nicht trinken, nicht schlafen und nicht rauchen«, fügte sie hinzu.

Als ich zur festgesetzten Minute ankam, fand ich das Wartezimmer weit offen und mit fünfzig bis sechzig Patienten gefüllt. Mein freundlicher Gruß blieb unerwidert.

Über dem Raum lag eine Atmosphäre religiöser Weihe. Die Türen, die aus ihm hinausführten, öffneten und schlossen sich lautlos, weißgekleidete Schwestern huschten hin und her, von Zeit zu Zeit wankten halbnackte Männer herein und verschwanden wie Schemen, dann reihten sich mehrere Patienten hintereinander auf und wurden im Gänsemarsch durch eine der Türen befördert. Das alles geschah mit einer beängstigenden Präzision. Es war ein geölter Monsterbetrieb.

Ich mochte ihn etwa eine halbe Stunde lang mit wachsender Ehrfurcht bestaunt haben, als eine Nurse auf mich zukam und mich aufforderte, ihr zu folgen.

Wir betraten das Aufnahmezimmer. Die Nurse griff nach einer gewaltigen Kartei und fragte mich nach meinen Personaldaten: Name? Geboren? Herkunftsland? Beruf?

»Journalist.«

»Sechsundzwanzig Pfund.«

»Warum so viel?«

»Das ist die Taxe für die erste Untersuchung. Nur Kollegen und Angehörige verwandter Berufe bekommen eine Ermäßigung.«

»Sehr gut. Ich repariere auch Schreibmaschinen.«

»Einen Augenblick, bitte.« Die Nurse schlug in einem abgegriffenen Handbuch nach. »25,50.«

Ich zahlte die ermäßigte Taxe und kehrte auf meinen Posten im Wartezimmer zurück. Knapp zwei Stunden später wurde ich von einer anderen Nurse in ein anderes Zimmer geführt, das als einziges Mobiliar ein Bett enthielt. Da die Nurse eine ältliche, vertrauenerweckende Person war, riskierte ich die Frage, wofür dieser alte Gauner eigentlich so unverschämt viel Geld verlangte.

»Mein Mann ist kein philantropisches Institut«, antwortete Frau Großglockner. Dann schlug sie ein dickes Buch auf und fragte mit eisiger Stimme, was mich hergeführt hätte.

Es klingt vielleicht ein wenig sonderbar – aber ich liebe es nicht, mich mit Personen weiblichen Geschlechts über meine körperlichen Beschwerden zu unterhalten, am allerwenigsten in einem Zimmer, in dem sich nichts weiter befindet als ein Bett. Ich verweigerte Frau Großlockner die gewünschte Auskunft. Daraufhin wurde ich wieder auf meinen Warteplatz zurückgeschickt, von wo ich den ständig anwachsenden Betrieb ungestört beobachten konnte. Die Zahl der Krankenschwestern, die allein oder mit Patienten unterm Arm den Raum durchquerten, schien sich immer noch zu vermehren. Ich konnte mich nicht enthalten, meinen Sitznachbar anzutippen:

»Wo nimmt er nur die vielen Krankenschwestern her?« fragte ich leise.

»Lauter Großlockners«, flüsterte er zurück. »Der Professor hat sieben Schwestern und drei Brüder. Sie alle arbeiten hier.«

Einer der Brüder führte mich bald darauf in ein Badezimmer, drückte mir eine Eprouvette in die Hand und hieß mich etwas zu tun, was mir die Frage »Warum?« entlockte. Weil man nie wissen könne, antwortete er. Und weil mich der Professor erst dann persönlich empfangen würde, wenn alle Vorbereitungstests durchgeführt wären.

Kaum war ich mit der Eprouvette zu Rande gekommen, als eine Großlocknersche Schwester mich in die Küche bugsierte, um mich einer Blut- und Magensaftprobe zu unterziehen. Dann ging es wieder zurück zu meiner Ausgangsbasis. Bei Einbruch der Dämmerung erschien eine weitere Schwester, die mich und zwei andere Patienten aufforderte, uns bis zum Gürtel zu entkleiden, unsere Plätze nicht zu verlassen und uns auf kürzesten Abruf bereit zu halten. Um diese späte Stunde war es im Wartezimmer bereits so kalt geworden, daß unsere Zähne hörbar zu klappern begannen. Es täte ihr leid, sagte die Nurse, aber die kostbare Zeit des Professors dürfe nicht verschwendet werden.

»Ich gebe Ihnen jetzt ein paar Anweisungen, an die Sie sich strikt zu halten haben«, fuhr sie fort. »Um Zeit zu sparen, wollen Sie bitte beim Betreten des Ordinationszimmers jede Begrüßung unterlassen. Setzen Sie sich sofort auf die drei Stühle in der Mitte des Zimmers, atmen Sie tief und strecken sie die Zungen heraus. In dieser Position verbleiben Sie so lange, bis Sie andere Instruktionen bekommen. Belästigen Sie den Professor nicht mit Fragen oder Bemerkungen. Er weiß alles aus der Kartei. Sollte er seinerseits eine Frage an einen von Ihnen richten, dann antworten Sie nicht, oder – falls sich das wirklich nicht umgehen läßt – antworten sie in reinen, einfachen Hauptsätzen von drei bis fünf Worten. Und dann ohne Gruß hinaus. Wiederholen Sie!«

Wir rezitierten die Regeln. Dann öffnete sich die Tür des Allerheiligsten. Ein leiser Pfiff ertönte.

»Jetzt!« rief unsere Nurse. »Marsch hinein!«

Wir marschierten hinein und folgten den uns erteilten Vorschriften. Der Professor nahm die Zungenparade ab. »Was für Krankheiten hat es in Ihrer Familie gegeben?« fragte er mich.

»Verschiedene«, antwortete ich (ein Wort).

»Wie alt sind Sie?«

»Sechzig.« (Korrekterweise hätte meine Antwort

»vierundsechzig« lauten müssen, aber ich wollte keine Zeit verschwenden.)

Mit seiner wundertätigen Hand ergriff der Professor ein spitzes Instrument, stach mich in den Rücken und fragte mich, was ich fühlte.

»Ein Stechen im Rücken«, sagte ich.

»Herr Kleiner«, sagte der Professor. »Ihre Wirbelsäule braucht gründliche Behandlung.«

»Entschuldigen Sie«, sagte der Patient zu meiner Linken, obwohl ihm seine immer noch heraushängende Zunge das Reden sehr erschwerte, »aber *ich* heiße Kleiner, und ich –«

»Unterbrechen Sie mich nicht!« unterbrach ihn der Professor in begreiflichem Ärger, ehe er sich wieder mir zuwandte, um die Diagnose zu stellen. Sie lautete auf leichte Erkältung, wahrscheinlich verursacht durch längeres Sitzen mit nacktem Oberkörper in ungeheizten Räumen. Therapie: zwei Aspirintabletten.

Ein Wink des Professors entließ uns. Die beiden anderen wollten noch etwas sagen, wurden aber von den Schwestern hinausbefördert.

Einer der Patienten, ein kleines engbrüstiges Männchen, beklagte sich während des Ankleidens bitterlich, daß er der Postbote sei und nur versucht hätte, einen eingeschriebenen Brief zuzustellen. Er sei heute zum drittenmal zwangsweise untersucht worden, ungeachtet seiner Proteste. Letzten Montag hätte man ihn bereits zum Zweck einer Blinddarmoperation ins Spital verfrachtet, und er wäre nur mit knapper Not aus dem Ambulanzwagen entkommen. Diesmal empfahl ihm Professor Großlockner, intensiver Sport zu betreiben. Am besten, er ginge täglich eine Stunde spazieren.

Meine lange währende Kurzvisite bei Professor Großlockner blieb jedoch nicht ohne gesundheitsfördernde Folgen: Auch ich entschloß mich, Sport zu treiben. Sport bedeutet Fitneß, und Fitneß ist heutzutage ein absolutes Muß. Das heißt, es bleibt einem keine Wahl. Und eigentlich, warum auch nicht, man kommt nicht um wegen ein paar Schritten täglich. Höchstens stirbt man aus Langeweile.

Ich persönlich ziehe deswegen das Schwimmen vor. Auch Schwimmen ist ziemlich langweilig, aber man schwitzt nicht so. Also nützte ich den ersten wirklich warmen Frühlingstag, das nächstgelegene Schwimmbad aufzusuchen. Mit einem Blick hatte ich die Lage im Griff. Zweifelhafte Reinlichkeit, einschläfernde Hitze und ein äußerst nervöser Bademeister mit erbarmungsloser Trillerpfeife.

Aber Fitneß ist Fitneß.

Beim zweiten Hinsehen entdeckte ich neben dem Eingang ein kleines, seichtes Fußbassin mit einer glänzenden, automatischen Chromstahlbrause. Diese sollte jeden unbescholtenen Badegast zu einer eiskalten Dusche zwingen, ehe er sich dem unbeschwerten Badevergnügen hingab. An der Wand war die höhnische Aufschrift zu lesen:

»Haben Sie schon geduscht?«

Was mich betrifft, so habe ich nicht das Geringste gegen eine eiskalte Dusche am Morgen, vorausgesetzt, das Wasser ist angenehm warm. Daher fühlte ich mich auf unfaire Weise überrumpelt. Soweit ich mich auskenne, hat noch niemand durch Duschen Kalorien verbraucht. Nur durch Schwimmen.

Der einzige Ausweg, dem kalten Strahl zu entgehen, war, die Wand neben der Wasserfalle zu bezwingen. Das tat ich auch prompt, und es gelang mir, fast völlig trocken die ersehnte Badezone zu erreichen.

»Trrr, trrr!« pfiff der Bademeister erbost. »Sie da, die Dusche ist hier, um im Interesse der allgemeinen Hygiene benutzt zu werden. Ist das klar?«

»Vollkommen klar.«

»Ich gehe wohl nicht fehl in der Annahme, daß auch Sie dieses Schwimmbad von bösartigen Bakterien freihalten wollen.«

»Richtig.«

»Darf ich Sie also bitten, zu duschen.«

»Nein. Das Wasser ist mir zu kalt.«

Der Bademeister sagte kein Wort mehr, doch am nächsten Tag war die Wand mit einem Stacheldraht versehen. Ich eilte zu meinem Wagen, kam mit einer Stahlzange zurück und durchschnitt die bedrohlichen Stacheln. Dann kletterte ich wieder über die Mauer und stürzte mich ins Becken.

Der Bademeister verfolgte mich mit Geierblick.

Am nächsten Morgen reichte die Duschvorrichtung durch ein verlängertes Wasserrohr, das lauter kleine Löcher hatte, über die ganze Mauerlänge. Auf eine derartige List war ich natürlich vorbereitet. Ich öffnete meinen großen, schwarzen Regenschirm, den ich eigens zu diesem Zweck mitgebracht hatte, und gelangte, nur leicht berieselt, ans Ziel.

»Trrr, trrr!« erregte sich der Bademeister. »Was soll das? Was haben Sie da?«

»Einen Regenschirm«, sagte ich, »warum?«

In den Augen des Bademeisters loderten Zornesflammen. Daß er mir nicht auf der Stelle den Hals umdrehte, verdankte ich nur der äußerst streng formulierten Badeordnung.

Am anderen Tag stand eine radargesteuerte Regenschirmkontrollanlage am Eingang des Schwimmbades. Ich mußte mir eine neue duschfeste Lösung einfallen lassen.

Es war ganz einfach.

Ich schrumpfte auf Regenwurmgröße zusammen, hielt die Luft an und tauchte durchs Abflußrohr ins Schwimmbad. Vielleicht gibt es eine bequemere Art, ein Schwimmbecken trocken zu erreichen, aber der Weg zur Fitneß hat schon immer seine Opfer gefordert.

Man braucht ein Stück Lebenserfahrung, um die zeitsparende Entdeckung zu machen, daß man nicht persönlich duschen muß, um sich sportlich zu nennen. Man kann dieses Prädikat auch in Pantoffeln zu Hause erwerben.

Mir wurde dies vor einiger Zeit anläßlich der Fußballweltmeisterschaft in Mexiko klar.

Ich werde den Abend nicht vergessen, als das Telefon besonders aufgeregt klingelte.

Die Stimme von Rosa Spiegel vibrierte durch den Hörer:

»Bitte, sprechen Sie mit meinem Mann«, flehte

mich meine Nachbarin an, »seit einigen Tagen dreht er völlig durch.«

»WM?«

»Ja.«

»Ich komme.«

Ich war nicht im mindesten überrascht. Die Medien berichteten laufend über Fernsehzuschauer, die während delikater Torsituationen vorzeitigen Herzattacken erlagen. Nach letzten Berichten hatte sich ein Innendekorateur aus Oslo in der 84. Minute des Spieles Marokko – Polen während eines Elf-Meter-Stoßes (zugunsten Marokkos) sogar kurzerhand erhängt. Der Fall gestaltete sich um so tragischer, da der polnische Torschütze den Ball in der rechten oberen Torecke abfing. Aber so spielt eben das Leben. Die Hinterbliebenen strengten jedenfalls eine hohe Entschädigungsklage gegen die Fernsehanstalt an.

Die nervenaufreibende Weltmeisterschaft hat bewiesen, daß der menschliche Organismus nicht dafür geschaffen ist, auf Dauer mit drei Stunden Schlaf auszukommen. Seit Beginn des großen Sportereignisses ist das internationale Bruttosozialprodukt bereits auf ein Drittel geschrumpft, vom rapiden Rückgang des aktiven Geschlechtslebens ganz zu schweigen ...

Und jetzt auch noch Aurel Spiegel:

Rosa erwartete mich in der Tür, die Zwillinge Motke und Schmuel hingen schluchzend an ihrem Schlafrockzipfel. Die geröteten Augen der schicksalsgeprüften Frau zeugten von schlaflosen Nächten, der verhangene Blick hauchte – Mexiko ...

»Mein Aurel ist wahnsinnig geworden«, flüsterte Rosa. »Seit Tagen belagert er das Wohnzimmer und läßt niemanden in seine Nähe. Jetzt gerade sieht er das Spiel Schottland – Dänemark.«

Sie öffnete die Wohnzimmertür einen Spalt. Wir blickten vorsichtig hinein: Aurel hockte am Boden, umgeben von Sportbeilagen und leeren Bierflaschen …

»Seit Deutschland – Uruguay rasiert er sich nicht mehr«, erklärte Rosa, »und nur in den Spielpausen wagen wir es, ihm Nahrung auf einem Tablett durch die Tür zu schieben. Er verläßt das Zimmer nicht mehr …«

»Auch nicht für … ich meine …«

Rasa warf einen nervösen Blick unter das Campingbett ihres Mannes:

»Fragen Sie lieber nicht.«

Ja, das Problem besteht zweifellos darin, den Fernsehapparat auszuschalten. Man braucht dazu übernatürliche Willenskraft. Ein erfahrener Bekannter von mir zum Beispiel versucht immer, sich dann vom Bildschirm loszureißen, wenn gerade ein Schienbein erste Hilfe bekommt. In diesem Fall springt er rasch zur Steckdose und reißt mit einem heiseren Schrei den Stecker heraus. Seit kurzem soll es sogar einen professionellen Ausschaltdienst geben, der auf Bestellung gegen Mitternacht einen muskulösen Mitarbeiter vorbeischickt, um den Apparat abzustellen. Der Mann ist natürlich bewaffnet, falls der Kunde sportlichen Widerstand leisten sollte …

Auf dem grünen Bildschirm wimmelte es von bunten Trikots. Plötzlich beugte sich Aurel vor und schrie einem Dänen nach:

»Längere Pässe, Laudrup!«

»Verstehen Sie jetzt?« fragte Rosa. »Aurel bildet

sich jetzt schon ein, Trainer der dänischen Mannschaft zu sein ...«

»Schrecklich!«

Vom Rasen ertönte ein schriller Pfeifton.

»Der Tonlage nach müßte das der ostdeutsche Schiedsrichter sein«, meinte der Zwilling Motke. »Er hat schon das Spiel Paraguay – Irak gepfiffen ...«

»Archibald, du Idiot«, donnerte es aus dem Wohnzimmer, »rechter Flügel, Herrschaft nochmal, F-l-ü-g-e-l!«

»Jetzt meint er den schottischen Mittelfeldspieler«, murmelte Rosa verzweifelt.

»Archibald ist Stürmer, Mami«, zischte der kleine Schmuel, »Souness ist der schottische Mittelfeldspieler.«

Rosa schloß leise die Tür. Die Zwillinge packten mich an der Hose:

»Papi ist krank, Onkel«, murmelte Motke. »Er beschloß heute morgen eine radikale Umgruppierung der brasilianischen Mannschaft. Er will aus Falcao einen Verteidiger gegen Nordirland machen. Armer Papi ...«

»Ohne Falcao im Mittelfeld ist eine goalfähige Mannschaft unvorstellbar«, meinte auch sein Bruder, »die beiden brasilianischen Stürmer Eder und Müller werden in Queretaro keinen Ball sehen ...«

»In Guadalajara«, korrigierte ihn Rosa vorsichtig. »In Queretaro spielt Uruguay gegen Schottland.«

»Aber, gnädige Frau«, warf ich ein, »Uruguay spielt in voller Besetzung gegen Schottland in Nezahualcoyotl. Vorausgesetzt, daß Francescoli sich von der Verletzung seines linken Knies erholt hat.«

Durch die geschlossene Tür hörten wir die wilden Pfiffe des fußballbesessenen Aurel:

»Halt, Lerby ist offside! H-a-l-t!«

»Mein Mann weiß nicht mehr, was er sagt«, murmelte Rosa deprimiert.

»Jetzt verwechselt er schon Lerby mit Elkjaer-Larsen...«

Die Zwillinge waren dem Weinen nahe. Sie hingen sehr an ihrem Vater.

»Aus diesem Grunde habe ich Sie hergebeten«, Rosa ergriff meine Hand. »Bitte, sprechen Sie mit diesem Verrückten, daß er uns auch an den Bildschirm läßt.«

»Rosa Spiegel«, sagte ich mit Nachdruck, »ich lasse mich zuhause auch nicht gerne stören...«

Ich eilte zu meinem Apparat zurück. Was geht mich die brasilianische Mannschaft an? Von mir aus kann Falcao ruhig Torwart sein und Rodriguez Stürmer von Uruguay oder Maradona Verteidiger oder gar der fantastische Italiener Altobelli Mittelfeldspieler. Was geht denn mich das alles an? Sollen sich Beckenbauer und Rumenigge darüber den Kopf zerbrechen, das ist ganz allein ihr Problem. In meiner Funktion als Nationaltrainer habe ich genug damit zu tun, die ungarische Mannschaft im Auge zu behalten: Kovàcs, Sallai, Nagy, Csuhay, Nyilasy...

Über Nyilasys Plazierung habe ich noch nicht entschieden.

Sein unsterbliches Eigentor in Irapuato vom Montag allerdings könnte ich mir zahllose Male in Zeitlupe ansehen. Ich fühle mich danach immer in sportlicher Höchstform.

3.

Lob der physischen Stärke
Geschichte der dicken S.
Insomnia musicalis
Nikotin · Alkohol
Gruppensex
Schuhfetischimus

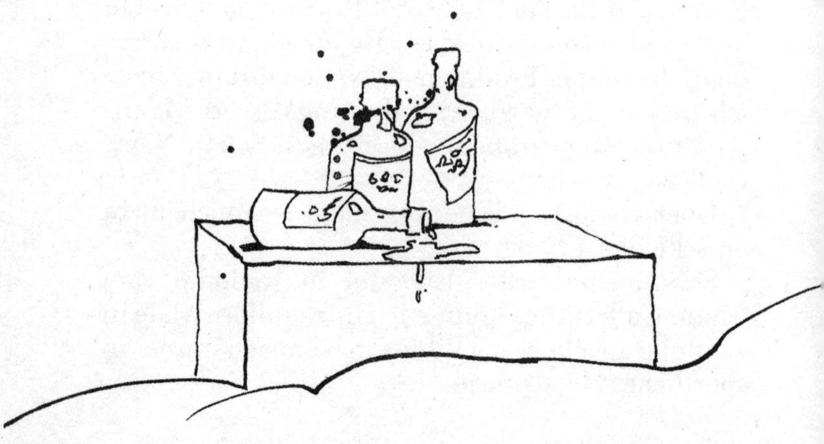

In einem gesunden Körper wohnt ein gesunder Geist«, sagte Mohammed Ali, als er noch fließend sprechen konnte. Meine bescheidene Meinung zu dieser psychosomatischen Grundregel ist, daß sie in einem Schwergewichtsring Wesentliches von ihrer Überzeugungskraft einbüßt.

»Also paß gut auf, Weißberger. Du steigst nicht in den Ring wie jeder andere, sondern du springst mit einem Panthersatz über die Seile.«

»Warum?«

»Weil du der ›Schrecken von Tanger‹ bist, Weißberger. Wie oft soll ich dir das noch sagen? Weiter. Die Zuschauer werden dich natürlich auspfeifen. Daraufhin machst du eine obszöne Geste ins Publikum und trittst einem Herrn mit Brille, der dicht am Ring sitzt, in die Nase. Und zwar so stark, daß er blutet.«

»Muß das sein?«

»Frag nicht so dumm. Dafür wird er ja bezahlt. Als der Rowdy, der du bist, packst du auch noch den Schiedsrichter und wirfst ihn aus dem Ring.«

»Armer Kerl.«

»Arm? Er bekommt drei Prozent von den Bruttoeinnahmen. Wenn er wieder im Ring ist, wird er dich verwarnen, aber du lachst ihm nur ins Gesicht und schüttelst die Fäuste. Im nächsten Augenblick bekommst du von einem empörten Zuschauer eine Bierflasche an den Kopf geworfen.«

»Oiweh.«

»Keine Angst, Weißberger. Er verfehlt dich. Es ist nicht das erste Mal, daß er für mich wirft. Und die Polizisten werden ihn sofort abführen.«

»Kann man sich auf sie verlassen?«

»Wir haben die Szene gestern zweimal mit der Polizei geprobt. Das ist in Ordnung. Und jetzt sprechen wir über unsern brutalen Kampf. Du darfst von Anfang an keinen Zweifel daran lassen, daß die Regeln der Fairneß für dich nicht existieren.«

»Warum?«

»Weißberger – es ist zum Verzweifeln mit dir. Willst du ein echter Profiringer werden, oder willst du ewig ein Bettler bleiben? Also. Du reißt mir die Ohren aus, schleuderst mich zu Boden, trampelst auf mir herum und verfluchst mich auf arabisch.«

»Jiddisch wäre mir lieber.«

»Geht nicht. Du vergißt, Weißberger, daß du der ›Schrecken von Tanger‹ bist. Wenn du mich lang genug mißhandelt hast, wird eine Frau in der zweiten Reihe aufspringen und schreien: ›Ich kann das nicht länger mitansehen! Pfui! Ringrichter hinaus! Der Schrecken von Tanger hat den Ringrichter bestochen!«

»Sie lügt!«

»Sei nicht albern. Sie ist die Frau des Ringrichters. Man muß das alles im voraus organisieren.

Der Ringrichter wird versuchen, uns zu trennen, aber du drückst seinen Kopf zwischen die Seile, und wenn er nur noch röchelt, ziehst du ihm die Hosen herunter. Er wird vor Scham ohnmächtig. Der anwesende Arzt stellt eine Herzattacke fest.«

»Großer Gott!«

»Hör schon endlich auf zu jammern, Weißberger. Auch der Arzt ist organisiert. Während ein neuer Ringrichter hereingeschafft wird, bricht von allen Seiten ein Pfeifkonzert über dich herein. Du machst wieder eine obszöne Gebärde und streckst die Zunge heraus.«

»Ist das notwendig?«

»Es ist üblich. Mittlerweile hat die Polizei Verstärkung bekommen und umstellt den Ring.«

»Ist auch die Polizei –?«

»Selbstverständlich. Unser Kampf geht weiter und wird bestialisch. Du steckst die Finger in meine Augenhöhlen und drückst mir die Augenbälle heraus.«

»Mir ist übel ... Könnte nicht ein anderer ...«

»Weißberger, sei ein Mann. Catch-as-catch-can ist hart. Arbeitslosigkeit ist härter.«

»Aber ich bin kein brutaler Mensch. Ich bin nur dick.«

»Wie kannst du hoffen, ohne Brutalität zu gewinnen?«

»Heißt das, daß ich den Kampf gewinne?«

»Ich sagte ›hoffen‹. Von Gewinnen ist keine Rede. Samson ben Porat, der Stolz der Golanhöhe kann gegen den ›Schrecken von Tanger‹ unmöglich verlieren, das muß dir doch klar sein. Ja, schön, du wirst eine Weile auf mir sitzen und meinen Fuß so fürchterlich verdrehen, daß ich mich vor Schmerz krümme. Plötzlich liege ich auf beiden Schultern. Der Ringrichter beginnt mich auszuzählen. Aber gerade wenn er bei Neun hält, trete ich dich mit dem anderen Fuß so wuchtig in den Bauch, daß du –«

»Nein! Nein!!«

»Der Tritt ist vorgesehen, Weißberger. Er schleudert dich ungefähr drei Meter weit, du taumelst gegen die Seile, ich springe dich an, reiße dich nieder und mache dich unter dem begeisterten Jubel der Zuschauer fertig. Während mich der Ringrichter zum Sieger erklärt, schleuderst du einen Stuhl nach ihm.«

»Einen Stuhl?«

»Ja. Er steht eigens zu diesem Zweck in der Ecke. Du triffst aber nicht den Ringrichter, sondern einen alten Herrn in der dritten Reihe, der wimmernd zu Boden sinkt. Die erboste Menge stürmt in den Ring und will dich lynchen.«

»Um Himmels willen!«

»Es wird dir nichts geschehen, Weißberger, das verspreche ich dir. Hast du noch immer nicht kapiert? Auch die Zuschauer sind eingeweiht. Sie wissen, daß sie dich lynchen sollen, wenn der alte Herr zusammensinkt.«

»Ja, aber ... vielleicht könnte dann jemand entdecken, daß alles geschoben ist ...«

»Was heißt hier ›vielleicht‹? Soll ich warten, bis ein Uneingeweihter dahinterkommt? Ich habe Vorsorge getroffen, daß die Polizei ein Verfahren gegen mich einleitet. Wegen Betrugs am Publikum. Wir brauchen einen Wirbel in der Presse. Auf Wunder kann man sich nicht verlassen. Noch eine Frage?«

»Eine einzige. Wenn die Leute ohnehin wissen, daß sie betrogen werden – warum kommen sie dann überhaupt?«

»Weil sie Sportliebhaber sind, Weißberger. Lauter Sportliebhaber.«

Der menschliche Körper ist ein kleines Wunder. Wer es nicht selbst erlebt hat, würde nie glauben, daß man seine Muskeln, ohne sich zu bewegen, im Bett liegend trainieren kann.

Zur Illustration dieses medizinischen Wunders übergebe ich das Wort meinem Freund Jossele. Es handelt sich um die dicke Selma.

»Sie war« – begann Jossele seinen Bericht – »die ewige Braut unseres Cafétiers Gusti. Ein prachtvolles Mädel, treu, liebevoll, häuslich und, wie gesagt, sehr dick. Die beiden lebten seit Jahren zusammen, aber von Hochzeit war nie die Rede. Das fiel der dicken Selma allmählich auf, und nach einigem Nachdenken entdeckte sie auch die Ursache. ›Gut‹, sprach sie zu sich selbst, ›ich werde abnehmen. Wenn ich erst einmal mein überschüssiges Fett los bin, ist alles in Ordnung.‹ Was tut man, um abzunehmen? Man läßt sich massieren.

Gusti kannte eine Masseuse, mit der er auf bestem Fuß stand, ohne daß es zu etwas geführt hätte – vielleicht weil auch diese Dame sehr dick war, genau wie Selma. Sie wußte um das Geheimnis der Abmagerungsmassage und machte sich erbötig, Selma innerhalb Monatsfrist zu entfetten. Du kannst dir denken, wie es dabei zugegangen ist. Die dicke Selma lag auf der Pritsche, und die Masseuse fiel über sie her, schlug mit den Handkanten auf sie ein, knetete sie, rollte sie vom Bauch auf den Rücken und vom Rücken auf den Bauch, Tag für Tag, manchmal drei Stunden lang. Mit Unmut beobachtete Gusti den Erfolg der Behandlung. Ein Pfund nach dem anderen verschwand, das Fett wich fraulichem Charme, bis dahin verborgene weibliche Reize traten zutage, und nach einem Monat führte Gusti die Geliebte seines Herzens zum Altar. Alle Hochzeitsgäste waren sich darüber einig, daß sie noch nie eine so hübsche, schlanke Braut gesehen hatten wie Abigail.«

»Abigail?« unterbrach ich. »Wer ist Abigail?«

»Die Masseuse«, antwortete Jossele. »Oder hast du geglaubt, die dicke Selma hätte vom Massieren abgenommen?«

Vielleicht wird das Massageopfer wirklich nicht schlanker, aber schläft wenigstens entspannter. Obwohl ein gesunder Schlaf schwere Schlafstörungen verursachen kann. Ich meine natürlich im Nebenbett.

Das Schnarchen namentlich hat nach den letzten alarmierenden klinischen Forschungen nicht nur einen akustischen Nebeneffekt, sondern ist auch gesundheitsschädigend für den Schnarcher selbst. Langfristiges Schnarchen kann auch die harmonischste Ehe ruinieren.

Nein, das war nicht der liebe, alte, junge, fröhliche Gerschon, wie wir ihn kennen und lieben.

»Meine Ehe ist gescheitert«, klagte er, »nach siebenundzwanzig glücklichen Jahren. Aus.«

Er blickte traurig auf seinen Ehering. Auch um seine Augen lagen Ringe.

»Es begann ungefähr vor einem Monat«, erzählte er. »Wir gingen sehr früh schlafen, Gloria und ich, weil der Fernseher in Reparatur war. Wir fielen todmüde ins Bett, schliefen sofort ein, und dann um zwei Uhr in der Früh passierte es.«

»Was passierte?«

»Gloria weckte mich. ›He!‹ sagte sie. ›Du schnarchst wie eine Motorsäge, Gersch.‹ Ich war höchst erstaunt. Ich? Schnarchen? Ein so gesunder Mensch wie ich, der nichts auf der Welt so sehr haßt wie Lärm? Kurz, um fünf weckte sie mich weniger zärtlich: ›Verflucht und zugenäht, du gibst Geräusche von dir wie ein Bulldozer.‹ Ich vergrub mich tief in meine Decken und dachte nach. Träumte mir, ich sei ein junger, hungriger Löwe oder gar ein alter, rostiger Preßlufthammer?«

»Mach dir nichts draus, Gerschon«, bemerkte ich, »jeder von uns schnarcht hin und wieder.«

»Hin und wieder, aber doch nicht ununterbrochen so wie ich. Die folgende Nacht war noch schlimmer. Gegen Morgen schüttete mir Gloria ein Glas kaltes Wasser ins Gesicht. ›Ich halte das nicht mehr aus, Gersch!‹, schrie sie. ›Kannst du denn nichts dagegen tun?‹ O ja, ich hätte schon eine Lösung gewußt. Seit Jahren wollte ich ihr getrennte Schlafzimmer vorschlagen, da ich es liebe, vor dem Einschlafen im Bett ungarische Kreuzworträtsel zu lösen. Aber ich habe nie gewagt, es ihr zu sagen, weil ich fürchtete, ihre Gefühle zu verletzen.«

»Sag mal«, fragte ich Gerschon, »liegst du beim Schlafen vielleicht auf dem Rücken?«

»Das wollte mein Hausarzt auch wissen. Er hat mir übrigens geraten, vor dem Schlafengehen ein heißes Fußbad zur Beruhigung zu nehmen. Aber auch das hat nichts geholfen. Gloria mußte mich trotzdem jede Nacht mehrere Male wegen meiner Schnarcherei wecken. Am Ende der Woche war ich reif für die Klapsmühle.«

»Erstaunlich, daß du überhaupt noch einschlafen konntest«, entgegnete ich.

»Wer sagt, daß ich konnte? Im Gegenteil! Inzwischen war ich in derart panischer Angst davor zu schnarchen, daß ich nicht mehr einschlafen konnte. Ich starrte im Dunkeln an die Decke und lauschte Glorias ruhigen, gleichmäßigen Atemzügen. Zum Teufel, die Frau atmet so regelmäßig wie ein Metronom, sagte ich mir. Warum, um alles in der Welt, schnarcht sie nicht auch? Und da kam mir die rettende Idee. Ich beugte mich über mein Metronom, rüttelte es wach und sagte bissig: ›Weißt du eigentlich, mein Schatz, daß du auch schnarchst? Und zwar so laut, daß du eine Familiengruft aufwecken könntest?‹ Gloria war wie vor den Kopf gestoßen. ›Ich? Schnarchen? Du spinnst ja!‹ Nun, um es kurz zu machen, in dieser Nacht weckte ich sie viermal auf. In der Früh sagte ich scheinheilig, wahrscheinlich sei alles meine Schuld, denn vermutlich hätte ich sie angesteckt ...«

»Blödsinn«, bemerkte ich, »Schnarchen ist nicht ansteckend.«

»Wem sagst du das? Die gute Gloria hatte ja auch keinen einzigen Laut von sich gegeben. Ich war nur in Gegenoffensive gegangen.«

»Dir ist hoffentlich klar, daß das sehr unfair war?«

»Gewiß. Aber das Leben ist nun mal kein Honiglecken. Wie dem auch sei, ich beschloß, so weiterzumachen, das heißt, Gloria aufzuwecken, bevor ich selbst in Versuchung käme, zu schnarchen. Und in der folgenden Nacht stellte ich mich tief schlafend, lag jedoch wach und zählte Schafe. Ich nahm mir vor, Gloria in etwa einer Stunde mit dem dringenden Rat zu wecken, schleunigst einen guten Psychiater aufzusuchen.«

»Gerschon, du bist ein Schuft«, sagte ich.

»Man tut, was man kann. Und außerdem, es kam nicht dazu. Nach kaum zwanzig Minuten begann Gloria wie wild auf meiner Brust herumzutrommeln. ›Es ist eine Qual, Gersch‹, jammerte sie. ›Eine echte Folter. Es wird von Nacht zu Nacht schlimmer!‹«

»Willst du damit sagen, daß Gloria dasselbe Spiel trieb?«

»Und wie? Es stellte sich wahrhaftig heraus, daß ich niemals auch nur geseufzt, geschweige denn geschnarcht hatte. Gloria gestand mir unter Tränen, das ganze Theater mit meiner Schnarcherei sei bloß ein Trick gewesen, weil sie so schrecklich gerne getrennte Schlafzimmer hätte. Sie hatte aber nicht gewagt, mir das zu sagen, um meine Gefühle nicht zu verletzen. Als ich ihr erklärte, daß ich seit langer Zeit den gleichen Gedanken hatte, brachen wir beide in befreiendes Gelächter aus und fielen einander in die Arme. Danach schliefen wir ein, eng aneinandergeschmiegt wie zwei Täubchen, die sich wiedergefunden hatten.«

»Gratuliere!«

»Moment! Ich bin noch nicht fertig. Genau in dieser Nacht, als Glorias Lockenwicklerkopf sanft auf meiner Schulter ruhte und ein süßes Lächeln ihr schlafendes Gesicht verklärte, in jener Nacht, in der ich so glücklich war wie seit langer, langer Zeit nicht mehr – da begann Gloria zu schnarchen.«

»Nein!«

»Doch. Bloß, das war nicht nur ein Schnarchen, das war ein Grollen wie aus einem Vulkan. Nun stell dir die Lage vor, in der ich mich befand. Mein geliebtes Weib ruht laut schnarchend in meinen Armen, und das letzte auf der Welt, was ich tun kann, ist, sie aufzuwecken, um es ihr zu sagen. Sie hätte mir doch niemals geglaubt.

Das Ganze hätte ausgesehen, als wollte ich einen schlechten Witz wiederholen.«

»Ein echtes Dilemma«, mußte ich zugeben.

»Du sagst es. Im Morgengrauen, als ich drauf und dran war, die getrennten Schlafzimmer doch wieder in Erwägung zu ziehen, kam mir eine Glanzidee.«

»Du hast zurückgeschnarcht!«

»Richtig. Laut und vernehmlich. Mit aller gebotenen Deutlichkeit. Schließlich war das die einzige legitime Art, sie aufzuwecken. Ich habe abwechselnd gepfiffen und geschnarcht, gepfiffen und geschnarcht . . .«

»Sehr gut!«

»Nicht sehr gut. Sehr schlecht. Denn Gloria befand sich in der gleichen Situation wie ich. Ihr war klar, daß ich ihr niemals glauben würde, wenn sie mich jetzt wachrüttelte, um mir zu sagen, daß ich schnarche. Also stellte sie sich taub und gab vor zu schlafen. Und das ist die derzeitige Lage.«

»Eine verfahrene Situation.«

»Genau. Und das Ärgste ist, ich weiß gar nicht, ob Gloria das Schnarchen nur simuliert, um doch noch ein eigenes Schlafzimmer zu bekommen, oder ob sie tatsächlich ganz ehrlich schnarcht. Es macht mich verrückt, sag ich dir.«

Ich betrachtete die Eheringe unter Gerschons Augen:

»Hör zu«, sagte ich. »Ich habe eine Idee. Wenn Gloria heute nacht wieder zu schnarchen beginnt, dann weck sie auf. Erkläre ihr, du müßtest leider auf getrennte Schlafzimmer dringen, denn diese Totenstille würde dich wahnsinnig machen.«

»Aber sie weiß doch, daß sie schnarcht.«

»Wieso weißt du, daß sie das weiß?«

»Ach, ich weiß gar nichts mehr.«

Gerschon stand auf, um zu gehen.

»Sag mal«, fragte er mich bei der Tür, »schnarchst du eigentlich auch?«

»Ich weiß es nicht. Meine Frau will keine getrennten Schlafzimmer.«

Seither habe ich Gerschon nicht wiedergesehen. Und was meinen Schlaf angeht, ist er auch nicht mehr das, was er vor sechzig Jahren einmal war.

Bisher war vor allem davon die Rede, was uns die Ärzte dringend anraten. Es wird Zeit, daß wir unsere Aufmerksamkeit den Dingen des Lebens widmen, die unsere Wohltäter uns strengstens untersagen.

Weltweite Übereinstimmung gibt es hier ohne Zweifel beim Rauchen. Alle Professoren dieser Erde zeigen mit Fingern auf diese lebensbedrohliche Sucht, auch wenn der eine oder andere dieser Finger eine gelblichbraune Färbung aufweist.

Ich persönlich werde mit so einer intoxicatio per nicotinum niemals zu tun haben, da ich nicht rauche. Ja, ich rauche nicht und habe niemals geraucht. Keine Zigarette, keine Zigarre, keine Pfeife, ja, ich muß es gestehen, nicht einmal Gras.

Weiß der Teufel, wieso ich ein leidenschaftlicher Nichtraucher geblieben bin. An sich hätte ich jeden denkbaren Grund, professioneller Kettenraucher zu sein. Ich lebe mindestens so gestreßt wie alle meine übrigen Landsleute, ich pflege Filme ohne Geld zu produzieren, ich muß jede Woche zu einem fixen Termin eine urkomische Geschichte abliefern, und zu alledem habe ich noch lange, nervöse Finger.

Aber ich rauche nicht. Ich weiß, daß ich pervers bin. Falls der geneigte Leser Wert darauf legt, bin ich sogar bereit, mich dafür zu entschuldigen.

Einige Male in meinem Leben wäre ich allerdings nahe daran gewesen. Zum Beispiel damals, als ich in der unbesiegbaren ungarischen Armee meinen fröhlichen Wehrdienst absolvierte. Oder als ich im Kibbuz – wie jedes andere Mitglied auch – meine wöchentliche Zigarettenration aufgedrängt bekam, streng nach dem hehren Prinzip des Kollektivs: »Jeder nach seinen Bedürfnissen und ohne Widerspruch!« Aber, wie gesagt, im letzten Augenblick kam immer irgend etwas dazwischen. Und so bin ich dem Klub der hustenden Gelbfinger nie beigetreten.

»Warum, in Dreiteufelsnamen«, fluchte ich, »warum nur kann jeder dahergelaufene Mensch wie ein Fabrikschlot vor sich hinrauchen, und nur ich stehe daneben und atme Sauerstoff wie ein Dorftrottel?«

Eines Tages habe ich sogar einen befreundeten Apotheker gefragt, was mit mir los wäre. Ob ich an einem Trotzkomplex litte oder an etwas Schlimmerem.

»Keine Spur«, sagte mein menschenkundiger Apotheker, »das ist nichts anderes als der unterbewußte Drang aufzufallen. Du willst nicht sein wie alle anderen, damit du dir besser vorkommst.«

»Wie recht du doch hast«, gab ich bekümmert zu, »obwohl mir immer wieder irgendwelche Gerüchte zu Ohren kommen, daß Rauchen ziemlich schädlich sein soll...«

»Snob!«

Mein gelehrter Medizinmann warf mir einen vernichtenden Blick zu, oder zumindest schien es mir so. Ich konnte sein Gesicht durch die dichten Rauchschwaden nur undeutlich wahrnehmen.

In meiner Verzweiflung erstellte ich eine soziologische Untersuchung über das Rauchen als Reflexion gesellschaftlichen Statussymbols. Ich kam zu dem unerwarteten Ergebnis, daß fast alle gefürchteten Theaterkritiker und alle modernen Maler Kettenraucher sind.

Warum?

Keine Ahnung.

Ein weiteres Forschungsergebnis besagt, daß die neue Linke mehr raucht als die neue Rechte. Manchmal frage ich mich, ob man dem guten alten Anarchismus nicht auch ohne Nikotin frönen könnte? Aber es ist eine unausrottbare Tatsache, daß fortschrittliche Argumente Hand in Hand mit einer Rauchwolke im Munde wirkungsvoller entströmen. Auch Journalisten werden nur selten ohne Zigarettenstummel im Mundwinkel gesehen. Dasselbe gilt für Franzosen, für arbeitslose Finanzminister und freischaffende Strichmädchen.

Ärztliche Statistiken besagen, daß Mütter mehr rauchen, Väter weniger und die Kinder auf dem Klo.

Die Hälfte der Raucher zieht den Rauch in die Lungen, die andere Hälfte nicht. Sie inhaliert ihn.

Teenager pflegen in den Sommerferien mit dem Rauchen zu beginnen, damit sie den Anfängerhusten vor Beginn der Schule los sind. Wohingegen Taxifahrer am liebsten im Winter rauchen, wenn die Wagenfenster dicht verschlossen sind.

Erfolgreiche Autoren arbeiten mit Pfeife. Je angesehener sie sind, desto wortkarger klammern sie sich an ihren Pfeifenstiel.

Schönheitsköniginnen hingegen kauen Gummi. Das hat den Vorteil, daß der üble Mundgeruch ohne schädliches Rauchen entsteht.

Und ich selbst rauche noch immer nicht.

Vielleicht liegt es daran, daß ich so viel Zeitung lese. Wann immer aus Aktualitätsmangel einige Spalten frei bleiben, füllt man sie flugs mit den neuesten Forschungsergebnissen eines obskuren Wissenschaftlers, der dem Nikotinsüchtigen in leuchtendsten Farben sein düsteres Ende ausmalt. Nach dem derzeitigen Stand der Wissenschaft hat ein Raucher zwanzigmal bessere Chancen, Lungenkrebs zu bekommen, als ein schlichter Sünder wie ich. Außerdem ist man als Raucher mindestens zehnmal so empfänglich für Bronchitis, Laryngitis und andere Itisse.

Kein Wunder also, daß die Gesundheitsbehörden erwägen, die von den bedeutendsten internationalen Medizinern empfohlenen Abschreckungsmaßnahmen einzuführen.

Der Effekt ist verblüffend. Auf der einen Seite der farbprächtigen Zigarettenschachtel steht in ameisengroßen Lettern:

»Warnung! Der Bundesgesundheitsminister hält den Genuß von Zigaretten für gesundheitsschädigend.«

Auf der anderen Seite des besagten Päckchens prangt die marktschreierische Aussage: »Die sorgfältige Mischung aus edelsten Tabaksorten vermittelt das unverwechselbare Aroma und den reinen Genuß, den nur unsere seriöse Zigarettenmarke bietet.«

Auf den ersten Blick scheinen die beiden Aussagen einander ein wenig zu widersprechen. Aber man gewöhnt sich rasch an solche Nichtigkeiten. Schließlich stehen sie nicht auf derselben Seite der Schachtel.

Dann gehen wir ins Kino – wo man nicht rauchen darf – und sehen vor dem Hauptfilm die Werbung. Sie zeigt uns einen braungebrannten amerikanischen Supercowboy. Er zündet erst für sich, dann für sein Pferd je eine Zigarette an, während uns eine sonore Stimme in die Welt der Freiheit und des Abenteuers einlädt...

Wieder andere Filmstars versichern uns, daß sie bereit wären, meilenweit zu Fuß zu gehen, um dem unverfälschten und erfrischenden Geschmack der neuesten King-Size zu huldigen.

Darunter natürlich: »Der Gesundheitsminister hat einen gewissen Verdacht...«

Unter uns gesagt, wenn die Gesetzgeber wirklich so sehr an unserer Gesundheit interessiert wären, wie sie vorgeben, dann müßten auf den Plakaten hohlwangige, ausgemergelte Wracks mit schwarzen Zähnen und gelben Fingernägeln zu sehen sein. Und daneben, in Cinemascope, Röntgenbilder von Lungenflügeln, die zu lange der Freiheit und dem Abenteuer ausgesetzt waren...

Wann also werden die Menschen aufhören zu rauchen?

Frühestens, wenn die Tabaksteuer eines Tages aufgehoben wird.

Mit anderen Worten, nie.

Nachdem wir hinter die Rauchwolken geblickt haben, müssen wir uns unvermeidlich dem rotnasigen Stiefbruder zuwenden: dem Alkohol.

Über die zerstörerische Wirkung dieser köstlichen Flüssigkeit hat man schon Bibliotheken gefüllt. Eine Geschichte mehr oder weniger spielt keine Rolle.

Diese Geschichte gibt es nur, weil ich zur Hochzeit der jungen Pomerantz eingeladen worden war. Und es war noch schlimmer, als ich's mir vorgestellt hatte. Doktor Pomerantz hatte sichtlich keine Ahnung, wer ich war, sein Sohn drückte mir geistesabwesend die Hand, die Braut tat nicht einmal das. Ich fühlte mich richtig erlöst, als das Buffet zum Sturm freigegeben wurde.

In diesem Augenblick trat der Mann mit dem

nervösen Tick in mein Leben. Er stand neben mir, und sein Gesicht zuckte. Es zuckte unaufhörlich und mit schöner Regelmäßigkeit. Im übrigen sprachen wir kein Wort, abgesehen von seiner Bitte, ihm den Senf zu reichen; wenn ich nicht irre, bin ich dieser Bitte nachgekommen.

Der trostlos langweilige Abend erfuhr eine gewisse Belebung, als der Bräutigam das strahlend weiße Kleid der Braut versehentlich mit Rotwein anschüttete. Den entstandenen Tumult nützte ich aus, um mich zu entfernen.

Bald darauf vergaß ich die Familie Pomerantz, die Hochzeit, das Zucken, den Rotwein und alles, was damit zusammenhing.

Ein halbes Jahr mochte vergangen sein. Ich machte Einkäufe in einer Papierwarenhandlung. Neben mir stand ein Herr, den ich nicht kannte. Er sah mich an:

»Na?« fragte er. »Wie geht es den jungen Leuten?«

»Welche jungen Leute meinen Sie?«

Ich wußte es wirklich nicht – aber ein nervöses Zucken in seinem Gesicht frischte mein Gedächtnis auf. Er meinte das junge Ehepaar Pomerantz.

»Ich habe nie wieder von ihnen gehört«, gab ich wahrheitsgemäß an.

»Ich auch nicht. Aber ich erinnere mich, daß der junge Pomerantz ein Glas Rotwein über seine Braut geschüttet hat...«

»Ganz richtig, ganz richtig. Wollen hoffen, daß es ihnen gut geht.«

Und ich wandte mich hastig ab, denn ich rede sehr ungern mit Leuten, mit denen ich nichts zu reden habe. Wir waren auf einer Hochzeit zufällig nebeneinander am Buffet gestanden, er hatte nervös gezuckt, ich hatte ihm den Senf gereicht, hier bitte, dankeschön, aus, vorbei. Wozu soll man eine so läppische Erinnerung mit sich herumtragen? Ich löschte den Rotwein aufs neue aus meinem Gedächtnis, und es glückte mir aufs neue.

Bis ich eines Tages einen Autobus bestieg und mich einem Mitfahrer gegenüber fand, der mir sogleich bekannt vorkam. In einer Kurve wurde mein Gegenüber gegen meine Kniescheibe geschleudert, sah mich entschuldigend an, zuckte nervös – und veranlaßte mich dadurch zu einem verhängnisvollen Fehler:

»Hallo«, sagte ich. »Wie geht's den beiden jungen Leuten?«

In der nächsten Sekunde verfluchte ich meine Voreiligkeit: Der Gesichtsausdruck des Tickbesitzers ließ keinen Zweifel daran, daß er mich gar nicht erkannt hatte. Erst mein Leichtsinn brachte ihn auf die richtige Fährte.

»Ach ja«, murmelte er. »Natürlich. Pomerantz, oder wie die geheißen haben. Ich habe sie seit damals nicht mehr gesehen.«

»Ich auch nicht«, sagte ich rasch und in der verwegenen Hoffnung, daß es damit sein Bewenden hätte. Aber da stieß ihm der Rotwein auf:

»Jetzt erinnere ich mich. Ein Glas –«

»– wurde ausgeschüttet«, ergänzte ich.

»Über das Kleid der Braut.«

»Rotwein, wenn ich nicht irre.«

»Stimmt. Rotwein. Es geht ihnen also gut, sagen Sie?«

»Ich habe nichts Gegenteiliges gehört.«

»Nun, hoffen wir's.«

Damit war die anregende Diskussion zu Ende. Ein anderes Thema hatten wir nicht. Den Rest der Strecke legten wir schweigend zurück.

Von da an wurde ich vorsichtig und mied alle öffentlichen Verkehrsmittel. Ich kaufte ein Auto. Ich saß im Kaffeehaus nur noch hinter Säulen. Ich fuhr nicht mehr nach Jerusalem. Als ich das nervös zuckende Gesicht einmal von weitem auf der Straße sah, flüchtete ich in ein Haustor, sauste alle sechs Stockwerke hinauf und versteckte mich auf dem Dachboden. Denn ich wußte: Wenn dieser Kerl mich noch einmal nach Rotwein oder sogar nach einem Glas fragt, springe ich ihm an die Kehle, wahrscheinlich mit letalem Ausgang.

Nach einiger Zeit führte ich meinen Sohn Raphael zur Nachmittagsvorstellung der Eisrevue. Selig saß ich da, meinen kleinen Rafi auf den Knien. Er wußte sich kaum zu halten, er wollte die ganze Welt an seinem Glück teilhaben lassen, auch den kleinen Jungen, der in der Nebenloge auf seines Vaters Knien saß. Recht so! Man kann nicht früh genug anfangen, menschliche Kontakte zu suchen! Ich nickte dem Knaben in der Nachbarloge freundlich zu. Er nickte freundlich zurück. Und in seinem Gesicht... Gott helfe mir... in seinem Gesicht zuckte es, rhythmisch und nervös...

Von der Eisrevue sah ich nichts mehr. Ich hatte mich mit dem Rücken zur Nachbarloge gekehrt. Aber dann kam die Pause, und in der Pause kam aus der Nachbarloge der Vater des zuckenden Knaben, zuckte seinerseits und sagte: »Haben Sie«, sagte er, »haben Sie zufällig... Sie wissen ja... die beiden jungen Leute...«

»Meine Schlüssel! Um Himmels willen, wo sind meine Schlüssel!«

Mit einem Panthersatz verschwand ich in der brodelnden Menge. Raphael war ganz verweint, als er mich endlich wiederfand. Glücklicherweise beruhigte er sich bald.

»Pappi«, erzählte er, »mein neuer Freund sagt, daß sein Pappi dich kennt ... Ihr wart zusammen auf einer Hochzeit ... Ist es wahr, daß der Bräutigam die Braut mit Rotwein angeschüttet hat?«

Es ist alles vergebens. Ich werde den Kelch, zu dem die Ehe Pomerantz mich verflucht hat, bis zur bitteren Neige leeren müssen. Es wird wider mich zucken bis ans Ende meiner Tage, bis ins dritte und vierte Geschlecht, es wird sich vererben vom Vater auf den Sohn und vom Sohn auf den Enkel, es wird zucken in alle Ewigkeit.

Das macht der Alkohol aus den Menschen. Ein Glas Rotwein. Schrecklich.

Keine Sprechstunde, in der Alkohol oder Nikotin eine Rolle spielen, ohne daß die Frage des Arztes nachfolgt: »Und wie steht es, lieber Herr, mit dem ... na, Sie wissen schon was ...«

Er, ich meine der Arzt, spricht offensichtlich von der heutzutage größten Gefahr für unsere Gesundheit, von Sex eben.

Aus hormonellen Gründen hat dieses Thema eine solche übergreifende Bedeutung, daß seine möglichst rasche Verbreitung unvermeidlich scheint.

Zu empfehlen ist daher eine Variante, die für die breite Masse besondere sozialpolitische Bedeutung hat: der Gruppensex.

»Ziegler! Bitte kommen Sie einen Augenblick in mein Büro. Und machen Sie die Türe hinter sich zu.«

»Jawohl, Herr Meyer.«

»Setzen Sie sich.«

»Danke, Herr Meyer.«

»Jetzt möchten Sie natürlich wissen, warum ich Sie hergerufen habe.«

»Jawohl, Herr Meyer.«

»Heute ist Freitag.«

»Wie bitte?«

»Die Woche geht zu Ende.«

»Ja, das stimmt. Aber –«

»Warten Sie. Im allgemeinen pflegen wir uns nicht in Dinge einzumischen, die außerhalb des Amtsgebäudes vor sich gehen. Trotzdem fühle ich mich als Leiter dieser Abteilung für die moralische Gesundheit meines Personals verantwortlich.«

»Gewiß, Herr Meyer.«

»Ich will ganz offen mit Ihnen reden, Ziegler. Es sind merkwürdige Gerüchte über Sie im Umlauf.«

»Über mich?«

»Und über die ausschweifenden Parties, an denen Sie teilnehmen. Immer am Wochenende.«

»Ich?«

»Ja, Sie. Ich rate Ihnen in Ihrem eigenen Interesse, alles zu gestehen.«

»Herr Meyer, ich weiß wirklich nicht, was es da zu gestehen gibt. Ein paar junge Leute kommen in einer Wohnung zusammen, das ist alles.«

»In einer Privatwohnung?«

»In einer Privatwohnung. Natürlich sind auch Mädchen dabei. Wir tanzen ein wenig ...«

»Es gibt Musik?«

»Zum Tanzen. Wir tanzen zur Musik.«

»Ich verstehe. Und die Kleidung, Ziegler?«

»Ganz normal. Hosen, Hemden, Pullis.«

»Ich meine: was die Callgirls tragen.«

»Wer?«

»Die Mädchen.«

»Sie tragen Röcke.«

»Miniröcke?«

»Auch.«

»Das wollte ich nur wissen. Erzählen Sie weiter.«

»Wie ich schon sagte, Herr Meyer: Wir lassen den Plattenspieler laufen ... wir tanzen ... wir unterhalten uns ... was ist denn schon dabei? Jeder macht das.«

»Möglich. Aber nicht jeder hat Einblick in vertrauliche Papiere und geheime Regierungsakten. Von hier zur Spionage ist nur ein kleiner Schritt. Oder wollen Sie vielleicht behaupten, Ziegler, daß Sie sich an alles erinnern, was Sie bei diesen Gelagen ausgeplaudert haben?«

»Gar so viel wird bei uns nicht gesprochen, Herr Meyer.«

»Wenig genügt. Wer an Orgien teilnimmt, ist Erpressungen ausgesetzt. Haben Sie das bedacht?«

»Eigentlich nicht.«
»Eben. Was trinken Sie?«
»Hie und da einen Wodka.«
»Pur?«
»Mit Tomatensaft.«
»Ein Drittel zu zwei Dritteln?«
»Ja.«
»Dacht' ich's doch. Das nennt man ›Bloody Mary‹, mein Lieber. Wie Sie sehen, sind wir sehr genau informiert. Und jetzt habe ich eine kleine Überraschung für Sie. Hier, dieses Foto, ein Ausschnitt aus einer Zeitung wurde gestern nacht in Ihrer Schreibtischschublade gefunden. Sie hatten es unter einem Tätigkeitsbericht versteckt. Darf ich um eine Erklärung bitten?«
»Das ... dieses Foto, Herr Meyer ... es zeigt eines der Mädchen von unserer Party. Sie hat auf einer Strandkonkurrenz in Herzlia einen Schönheitspreis gewonnen. Wir nennen sie deshalb die Herzogin von Herzlia.«
»Warum trägt sie einen Bikini?«
»Das ist kein Bikini, Herr Meyer. Das ist eine Art Spray.«
»Was heißt das?«
»Der Bikini wurde über sie gesprüht. Es gibt solche Präparate.«
»Und wovon werden ihre Brüste gehalten?«
»Von gar nichts.«
»Wollen Sie damit sagen, daß die Dame nackt ist?«
»Bis auf den Spray.«
»Also nackt. Ihrer Meinung nach sind nackte Damen ein geeigneter Umgang für Regierungsbeamte.«

»N-nein, Herr Meyer.«

»Und die geeignete Unterhaltung besteht in Striptease ... Bauchtänzen ... Gruppensex ...«

»Wieso Gruppen?«

»Unterbrechen Sie mich nicht! Ich kann mir gut vorstellen, wie es bei euch zugeht. Zuerst werden diese nackten Callgirls verlost, dann verschwindet ihr paarweise in verdunkelte Zimmer ... wälzt euch mit ihnen auf Lotterbetten mit rotem Plüsch ... in wilder Ekstase ... und laßt euch dabei die wertvollsten Staatsgeheimnisse entlocken, von denen ihr im Rahmen eurer Tätigkeit Kenntnis erlangt habt.«

»Herr Meyer, das ist –«

»Ein wahres Sodom und Gomorrha, das ist es. Erst gestern habe ich mit meiner Frau darüber gesprochen. In Ihrem Alter, junger Mann, hat es für mich nichts dergleichen gegeben, nicht einmal im Traum. Wir haben an solche Perversitäten gar nicht gedacht. Wir haben uns durch keinen Gruppensex beschmutzt und erniedrigt. Wir haben keine nackten Mädchen unter uns verlost, um dann mit ihnen in dunkle Zimmer zu verschwinden und uns in wilder Ekstase auf Lotterbetten mit rotem Plüsch herumzuwälzen. Für uns, Ziegler, war Moral noch ein ernst zu nehmender Begriff. Ist sie blond?«

»Wer?«

»Die mit dem Spray. Die Herzogin von Herzlia.«

»Sie ist rothaarig, Herr Meyer.«

»Aha. Wahrscheinlich grüne Augen?«

»Ja.«

»Das sind die Gefährlichsten.«

»Kann ich jetzt das Foto zurückhaben?«

»Es ist beschlagnahmt. Wir brauchen es für die Disziplinaruntersuchung, die gegen Sie eingeleitet wird.«

»Disziplinar ... um Himmels willen ...«

»Weinen Sie nicht. Es ist zwecklos.«

»Herr Meyer, ich verspreche Ihnen, daß ich nie wieder zu einer Party gehen werde. Nie wieder!«

»Das ist keine Lösung, mein Junge. Ich bin gewohnt, den Dingen auf den Grund zu gehen. Und damit Sie es wissen: Ich selbst habe die Untersuchung gegen Sie in die Hand genommen.«

»Sie, Herr Meyer persönlich?«

»Jawohl. Solange ich diese Abteilung leite und das Vertrauen meiner vorgesetzten Stellen genieße, trage ich die volle Verantwortung für alles. Ich werde Sie an diesem Wochenende begleiten.«

»Aber ich ... aber wir ... wir sind ja nur ein paar junge Leute ...«

»Seien Sie unbesorgt, Ziegler. Ich bin sehr flexibel und kann mich anpassen. Ich werde tanzen, ich werde trinken, ich werde notfalls auch an der Verlosung der nackten Mädchen teilnehmen und mit einer von ihnen verschwinden, um in einem dunklen Zimmer in wilder Ekstase auf rotem Plüsch –«

»Ich weiß, was Sie meinen, Herr Meyer.«

»Desto besser. Dann sind wir ja einig. Und jetzt kein Wort weiter, auch nach außen nicht. Diese ganze Angelegenheit muß streng vertraulich behandelt werden. Geheime Dienstsache, verstanden? Soll ich eine Flasche mitbringen?«

»Eine Flasche?«

»Gut, dann bringe ich also zwei Flaschen Champagner. Außerdem kann ich sehr gut Witze erzählen. Wird sie da sein?«

»Wer?«

»Die Herzogin.«

»Herr Meyer, ich bitte um meine Entlassung.«

»Abgelehnt. Wir treffen uns morgen nach Büroschluß am Ausgang.«

Die zeitgenössische sexualpathologische Literatur hat alle erdenklichen Varianten der Perversionen erschöpft: Mann mit Mann, Frau mit Frau, Mann mit Frau (?), alter Mann mit Lolita, alte Frau mit Pinocchio, junge Mädchen mit alten Männern, alte Frauen mit alten Frauen und dergleichen mehr.

Hier folgt meine bescheidene Geschichte zu diesem Thema, deren Spuren, wie die meisten lebenswichtigen Dinge, in eine Apotheke führen.

Jüngst im Abenddämmer, als aus den Orangenhainen ringsum das heisere Lachen der Schakale ertönte und der Wind gelbe Wölkchen von Wüstensand herbeiblies, stand plötzlich Schultheiss in meinem Garten. Ich freute mich, ihn nach so langer Zeit wiederzusehen. Er hatte sich nicht verändert, er war ganz der alte, elegante Schultheiss, jeder Zoll ein Intellektueller von Distinktion. Nur in seinen Augen, ich merkte es sofort, lag etwas sonderbar Trauriges.

Ich bot ihm Platz und einen Becher bekömmlichen Jordanwassers an. Schultheiss nahm schweigsam einige Schlucke.

»Ich muß mit Ihnen sprechen«, sagte er dann.

»Tun Sie das getrost. Ich vermute, daß Sie deshalb hergekommen sind.«

»Es war nicht leicht für mich, diesen Entschluß zu fassen. Aber ich ertrage es nicht länger. Ich muß mich jemandem anvertrauen. Auch wenn ich ein höherer Regierungsbeamter bin, der seinen guten Ruf zu wahren hat.«

Ich goß ihm noch eine Portion Jordan nach und machte eine aufmunternde Geste.

»Wenn ich nur wüßte, wo ich beginnen soll«, begann er. »Sie kennen mich schon lange. Sie wissen, daß ich ein gesunder, ausgeglichener Mensch bin, der das volle Vertrauen seiner Vorgesetzten genießt.«

»Das sind Sie.«

»So scheint es jedenfalls dem oberflächlichen Betrachter. In Wahrheit jedoch, das dürfen Sie mir glauben, führe ich ein zutiefst einsames, ungesundes Leben. Ich bin Junggeselle, weil ich nie eine passende Gefährtin gefunden habe. Und dabei ging meine ganze Sehnsucht immer nach ein wenig Wärme. Aber ich habe sie nie gefunden – bis zu dem Augenblick, da Madeleine in mein Leben trat.«

Er starrte eine Weile in die Luft, ehe er fortfuhr:

»Der Mensch weiß ja nie, wann das Schicksal an seine Türe pocht. An jenem Tag ließ ich mir nichts davon träumen... Es war der dritte November vorigen Jahres.«

»Die Liaison dauert also schon sechs Monate?«

»Ja. Ich wachte damals mit einem Schüttelfrost auf und rief den Arzt, der eine fiebrige Grippe konstatierte und mir irgend etwas verschrieb. Mein Wohnungsnachbar ging in die Apotheke, um es zu holen, und kam mit einer Schachtel zurück. Ich öffnete sie und fand einen größeren Gegenstand aus rosafarbenem Gummi.«

»Eine Wärmflasche?«

»Eine ganz gewöhnliche Wärmflasche. Heimisches Erzeugnis. Mit Metallverschluß. Nichts Besonderes... mein Gott, wie ich mich schäme!«

»Aber warum?«

»Es fällt mir so schwer, über Angelegenheiten der Intimsphäre zu sprechen. Haben Sie Geduld mit mir!«

»Hab ich.«

»Ich erinnere mich genau. Als ich die Wärmflasche das erste Mal füllte, regnete es draußen und im Zimmer war's kalt. Ich legte mir die Flasche auf die Brust und... und... ob Sie's glauben oder nicht: Zum erstenmal im Leben fühlte mein Herz etwas Wärme. Zum erstenmal im Leben war ich nicht allein. Können Sie mich verstehen?«

»Natürlich.«

»Da liegt dieses Ding neben Ihnen, dieses warme, weiche Ding, und seine einzige Aufgabe besteht darin, Ihnen das Leben zu erleichtern. Ich war ihr so dankbar, meiner Madeleine.«

»Wie bitte?«

»So nannte ich sie. Madeleine. Gleich von Anfang an. Warum Madeleine? Ich weiß es nicht. Vielleicht habe ich einmal in Paris ein Mädchen namens Madeleine geliebt. Vielleicht wollte ich sie nur lieben. Oder vielleicht wollte ich nur nach Paris fahren. Wie immer dem sei – von jetzt an konnten mir die Stürme des Lebens nichts mehr anhaben. Ich hatte meine Madeleine bei mir, unter der Decke. Finden Sie das absurd?«

»In keiner Weise. Viele kranke Menschen verwenden Wärmflaschen.«

»Sie schätzen das nicht ganz richtig ein. Bedenken Sie doch: Wenn ich kalte Füße habe – Madeleine wärmt sie. Schmerzen in der Hüfte – Madeleine vertreibt sie. Ich kann sie mir auch auf den Bauch legen, wenn ich will. Ihre Möglichkeiten sind unbegrenzt. Und Madeleine bleibt immer bescheiden, immer loyal, immer dienstbereit. Alles, was sie verlangt, ist ein wenig heißes Wasser. Ich wollte es mir lange nicht eingestehen, aber es läßt sich nun einmal nicht leugnen. Ich ...«

»Sie haben sich in sie verliebt?«

»Ja, so könnte man's sagen. Ich muß immer an Pygmalion denken. Sie kennen doch die wunderschöne Geschichte von diesem englischen Sprachforscher, der sich in die Statue der Aphrodite verliebt. So ähnlich liegt mein Fall. Manchmal frage ich mich: Wie ist es möglich, daß ein erwachsener, intelligenter Mensch nach einer nichtssagenden, unscheinbaren Wärmflasche verrückt ist. Es gibt weiß Gott viel schönere und größere. Aber ich will nur meine kleine Madeleine. Ich muß sogar gestehen, daß ich eifersüchtig auf sie bin.«

»Sie betrügt Sie?«

»Sie hat mich schon einmal betrogen.« Schultheiss zündete sich eine Zigarette an und begann nervös zu paffen. »Es war nicht ihre Schuld. Es lag an den Umständen. Vor ein paar Monaten war Madeleine undicht geworden. In meiner rasenden Verliebtheit wollte ich sie immer noch wärmer haben und hatte sie mit so heißem Wasser angefüllt, daß sie an der Seite eine Brandwunde erlitt und zu tropfen begann. Ich war verzweifelt. Ich ging mit ihr zum berühmtesten Wärmflaschenspezialisten, den wir haben – und dort geschah das Schreckliche. Als ich sie am Abend abholen wollte, drückte mir dieser Verbrecher eine vollkommen Fremde in die Hand. Er hatte sie mit einer anderen verwechselt. Ich glaube nicht, daß er es absichtlich getan hat, aber das ist keine Entschuldigung. Ich ließ mir ein Verzeichnis seiner Kundschaften geben und suchte Madeleine in der ganzen Stadt, straßenauf, straßenab. Gegen Mitternacht fand ich sie endlich, im Bett eines dicken, ächzenden Gemischtwarenhändlers . . . dort fand ich sie . . .«

»In flagranti?«

Schultheiss konnte nur wortlos nicken:

»Seither habe ich sie nie mehr aus den Augen gelassen. Oft wache ich in der Nacht schweißgebadet auf, weil mir geträumt hatte, daß sie tropft. Meine Angstzustände wurden so schlimm, daß ich eine Eheberatungsstelle aufsuchte. Man untersuchte mich und fand, daß es für mich nur eine einzige Lösung gäbe: eine neue Wärmflasche zu kaufen, um den zerstörerischen Einfluß, den Madeleine auf mich ausübte, endlich auszuschalten.«

»Haben Sie eine gekauft?«

»Ja. Sie liegt ungebraucht in der Schublade. Ich

weiß sehr wohl, daß ich nach dem Gesetz berechtigt bin, mir zwei Wärmflaschen zu halten. Aber man kann mich doch nicht zwingen, beide zu verwenden?«

»Gewiß nicht.«

»Madeleine und ich sind fürs Leben verbunden. So ist es nun einmal, und dagegen kann man nichts tun.«

»Lassen Sie sich gratulieren. Es geschieht nur selten, daß eine so tiefe menschliche Beziehung zustande kommt.«

»Warten Sie. Sie wissen noch nicht alles. Ich habe Ihnen den Anlaß meines Besuchs noch nicht erzählt. So schwer es mir fällt – ich muß zugeben, daß es einen ganz bestimmten Umstand gibt, der unser glückliches Zusammenleben trübt. Sehen Sie – diese Wärmflaschen haben nur eine begrenzte Wirkungsdauer, und selbst Madeleine bleibt nicht länger als vier oder fünf Stunden heiß. Und dann ... ich weiß nicht, wie ich mich fachmedizinisch ausdrücken soll ...«

»Sie wird frigid?«

»Danke. Ich danke Ihnen, daß Sie mir das abgenommen haben. Denn bei all meiner Liebe zu Madeleine muß ich gestehen, daß es kaum etwas Unangenehmeres gibt, als mit einer erkalteten Wärmflasche in Berührung zu kommen. Und wenn das geschieht, wenn ich beispielsweise kurz vor dem Einschlafen dieses kalte Gummizeug an meinen Füßen spüre, dann befördere ich Madeleine mit einem Fußtritt aus dem Bett hinaus.«

»Nein!«

»Barbarisch, nicht wahr. Und am Morgen, wenn ich aufwache und das arme Ding auf dem Fußboden liegen sehe, schlaff und erschöpft ...« Schultheiss begann zu weinen. »Ich schäme mich vor mir selbst. Ich hätte nie gedacht, daß ich so grausam sein kann. Solange sie heiß ist, halte ich sie in meinen Armen, herze und kose sie – und kaum wird sie kalt, behandle ich sie wie einen Fetzen, schleudere sie zu Boden, trete nach ihr. Was hilft es mir, daß ich am Morgen vor ihr niederknie und ihr schwöre, es nie wieder zu tun. Ich tu's ja doch ...« Verzweifelt barg Schultheiss das Gesicht in den Händen. Er war dem Zusammenbruch nahe. »Helfen Sie mir!« wimmerte er. »Retten Sie mich! Geben Sie mir einen Rat zur Fortsetzung des einzigen sicheren Sex dieses Jahrhunderts!«

Ich dachte lange und angestrengt nach.

» Schultheiss«, sagte ich endlich. »Ich glaube, daß ich die Lösung gefunden habe. Ob's auch wirklich funktionieren wird, weiß ich nicht, aber man kann es jedenfalls versuchen.«

»Was?« fragte Schultheiss begierig. »Was?!«

»Wenn Sie merken, daß die Flasche kalt wird, stehen Sie auf und füllen Sie heißes Wasser nach!«

Ein Leuchten ging über Schultheissens gramzerfurchtes Gesicht. Er stand auf, drückte mir wortlos die Hand und entfernte sich, torkelnd vor Dankbarkeit.

Seither sind sie wieder zusammen. Und wenn sie nicht ausgetrocknet sind, dann lieben sie sich noch heute, sicher und glücklich.

Wenn wir schon über Abartigkeit sprechen, dann darf eine äußerst bedenkliche Variante nicht vernachlässigt werden.

Sexualforscher nennen sie den Schuhfetischismus.

Die Menschenschlange vor der Bushaltestelle reichte bis zum Schaufenster eines Schuhgeschäfts. Ein junges Paar stand vor der Auslage. Die Frau betrachtete die Schuhe, der Blick ihres Gatten verlor sich irgendwo im blauen Nichts.

»Wie gefallen dir diese hübschen grünen dort«, sagte sie. »Die Farbe würde genau zu meiner neuen Handtasche passen, aber die Stöckel sind zu niedrig, und ich würde mir zu klein vorkommen, schau, diese roten dort drüben wären nicht schlecht, es ist nur schade, daß die Schnalle auf der Seite ist, außerdem gefallen mir diese schwarzen dort drüben viel besser, obwohl sie aus Wildleder sind, und Wildleder wirkt nach kurzer Zeit so schäbig, daß man sich nicht mehr unter die Leute trauen kann, aber dieses gelbe Paar da drüben mit dem grauen Futter würde mir doch gut passen, wenngleich ich wetten könnte, daß sie sie nicht in meiner Größe haben, ich werde es nie verstehen, warum sie diese hübschen Schuhe nie in den kleinen Größen anfertigen, aber schau, diese blauen da drüben, die wären genau das richtige, das ist genau die Farbe von meinem neuen Kaschmirkostüm, aber ich kann diese hohe Verschnürung nicht leiden, das rutscht beim Gehen immer herunter, darum werde ich mich für diese lila Schuhe mit der Kreppsohle entscheiden, obwohl Kreppsohlen in der Hitze nicht angenehm zu tragen sind, schade, diese braunen dort in der linken Ecke dürften aus Lack sein, wenn man damit in den Regen kommt, bleiben scheußliche Flecken, und die silbernen da oben sind besonders lieb, aber die haben so Löcher auf der Seite, und da bekommt man immer Sand in die Schuhe und kleine Kieselsteine, und diese türkisen da drüben sind auch nicht gut, weil sie zu flache Absätze haben, überhaupt mag ich mehr Schuhe, die weniger auffällig sind wie diese kanariengelben dort, die wären bezaubernd, aber die Masche hier stört mich, ich versteh nicht, warum die Schuherzeuger nicht ein bißchen mehr Geschmack entwickeln können, das einzige, was sie interessiert, ist Geld, und diese weißen da wären auch nicht schlecht, nur ist weiß furchtbar empfindlich und schwer sauberzuhalten, und dieses kreidige Zeug, das man darüberschmiert, das färbt immer auf die Strümpfe ab, und diese giftgrünen da wären wunderbar, aber ich habe gehört, daß die spitzen Modelle nicht mehr ›in‹ sind, und überhaupt trägt man demnächst Schuhe ganz ohne Verzierungen und hinten kommt irgendein Gummiband hinein, damit man sie beim Gehen nicht verliert, so wie diese hellblauen dort drüben, aber ich vertrage den Gummi nicht, und die da mit dem orangefarbenen Knopf sehen ja ganz gut aus, aber die werden nicht einmal einen Monat lang halten, weil die Stöckel zu hoch sind, und überhaupt das einzige, wofür ihr Männer euch interessiert, ist, daß man gut ausschaut darin, wie man damit geht, ist euch ganz egal, und jetzt komm auf die andere Straßenseite, weil ich habe drüben bei Rothmann ein unwiderstehliches Modell gesehen, und zwar in hahnenkammrot mit einem kleinen Rosenmuster rundherum, was ist mit dir, warum kommst du nicht, um Gottes willen, was ist passiert, Hilfe, mein Mann fühlt sich nicht gut, das muß gewiß die Hitze sein, würden Sie ihn bitte rübertragen zu Rothmann, danke sehr.«

4.

Energiekrise · Hormonbehandlung
Do-it-yourself · Freude mit Freud
Narzismus · Kleptomanie
Nur Nomen est omen
Nullcommunicatio
Infantilismus gravis

Es ist unmöglich, dauernd über Sex zu reden, ohne in der Sackgasse der Erotik zu landen. Dort, wo das starke Geschlecht plötzlich schwach wird.

Wann dieser kritische Moment im Leben eines Mannes eingetreten ist, kann man leichterdings daran erkennen, daß er nur mehr ein Thema hat.

Ärzte bezeichnen diese Kompensation als Erotratsch-Therapie – und sie wissen, wovon sie sprechen.

Beim Verlassen des Hauses gesellte sich unser Wohnungsnachbar Felix Selig an meine Seite.

»Schon gehört?« fragte er lauernd. »Haben Sie es schon gehört?«

»Was?« fragte ich zurück. »Solange ich nicht weiß, was es ist, kann ich nicht feststellen, ob ich es schon gehört habe.«

Felix blieb stehen und sah sich um: »Schwören Sie, daß Sie es nicht weitersagen werden.«

»Abgemacht. Also?«

Die Stimme des Geheimnisträgers senkte sich zu kaum hörbarem Flüstern:

»Dieser Architekt um die Ecke... der mit dem Chevrolet... wissen Sie, mit wem er seine Freundin erwischt hat?«

»Nein. Mit wem?«

Felix schwieg. In seinen Gesichtszügen spiegelte sich der harte innere Kampf, der in ihm tobte.

»Ich habe Angst, es Ihnen zu sagen«, stieß er hervor.

»Warum denn?«

»Weil ich geschworen habe, daß ich es niemandem sagen würde – und jetzt steh' ich da und sage es Ihnen. Wenn es sich herumspricht, gehen dreieinhalb Familien zugrunde oder mindestens auseinander. Man kann ja heute niemandem mehr vertrauen.«

»Das stimmt«, bestätigte ich. »Und das ist sehr schlimm. Wir stehen vor einem schweren Problem, lieber Felix.«

Tatsächlich: Der schönste Tratsch über »Sie-wissen-schon-welche« Scheidung, über »Sie-können-sich-denken« warum, über »Sie-werden-es-nicht-glauben« seit wann – all dies verliert jeden Sinn, wenn man nicht seine Freunde, Verwandten, Bekannten und solche, die es werden wollen, brühwarm darüber informieren kann. Zurückgehaltener Tratsch bedeutet geradezu ein Gesundheitsrisiko für den, der ihn zurückhält, führt zu Obstipationen und im Hinblick auf mögliches Bersten sogar zu einer Art Platzangst.

Dennoch verlangt eine altehrwürdige Regel, daß der Tratschinhaber den Tratschabnehmer zu völligem Schweigen verpflichtet, bevor er zu tratschen beginnt. Läppischer Unfug! Wozu tratscht man, wenn nicht zum Zweck der Weitergabe?

»Also geschworen haben Sie«, wandte ich mich an Felix. »Bei was haben Sie geschworen?«

»Bei allem was mir heilig ist.«

Erfahrungsgemäß soll man sich beim Schwören an nichts Konkretes binden, weder an die eigene Gesundheit noch an ein bestimmtes Familienmitglied, es sei denn, man wünscht ihm den Tod. Empfehlenswert sind allgemein gehaltene Floskeln wie »Aber das versteht sich doch von selbst« oder »Nicht einmal meiner Frau« oder »Auf mich können Sie sich verlassen«. Ich für meine Person bevorzuge einen kurzen, in leicht gekränktem Ton vorgebrachten Hinweis auf meine oft bewährte Verschwiegenheit. Im äußersten Notfall setze ich das Leben meines Onkels Julius ein, er ruhe in Frieden.

»Nun?« sagte Felix Selig. »Schwören Sie?«

»Nein.«

Ich weiß nicht, was da in mich gefahren war. Plötzlich widerstrebte es mir, das Spiel mitzumachen. Man darf füglich sagen, daß mein Verhalten einer Ein-Mann-Revolte gegen eine gesellschaftliche Konvention gleichkam.

»Wissen Sie, wer in die Affäre verwickelt ist?« lockte Felix Selig. »Der Chauffeur eines Ministers!«

»Bitte reden Sie nicht weiter.«

»Ein Schwuler.«

»Ich will nichts hören. Ich kenne mich, Felix. Ich bin nicht imstande, den Mund zu halten. Ich werde meiner Schwester und meinem Freund Jossele davon erzählen, wahrscheinlich auch dem alten Wertheimer. Und wenn ich zwei Gläschen Wodka getrunken habe, kann es passieren, daß ich bei einer Verkehrsampel wildfremde Fußgänger in die Sache einweihe.«

Felix wand sich in Qualen:

»Dann nennen Sie wenigstens keine Namen!«

»Namen sind die Würze des Tratsches, Felix.« Ich konnte ihm nicht helfen.

»Aber der Gatte jener Dame, die in flagranti erwischt wurde, zählt zu Ihrem engsten Bekanntenkreis! Das muß Sie doch interessieren!«

»Wie Sie meinen. Reden Sie, wenn Sie unbedingt wollen. Ich habe mich auf nichts festgelegt, und Sie wissen es.«

»Versprechen Sie mir, eine Woche lang keinen Wodka zu trinken?«

»Ich verspreche Ihnen gar nichts.«

»Warum?« stöhnte Felix. »Warum tun Sie mir das an? Was veranlaßt Sie dazu?«

»Mein Ehrgefühl.«

Felix begann haltlos zu schluchzen. Ich klopfte ihm beruhigend auf die Schulter:

»Vielleicht wäre es am besten, wenn Sie die ganze Geschichte aufschreiben und in einem versiegelten Kuvert bei Ihrem Anwalt deponieren.«

»Der Architekt«, schluchzte Felix, »wollte den Chauffeur überfahren ... mit seinem Chevrolet ... weil er wußte, daß die geschiedene Frau des Ministers ... mit der Siamkatze, die eigentlich dem Schwulen gehört ...«

Ich hielt mir beide Ohren zu und wandte mich ab:

»Hören Sie auf! Kein Wort weiter! Ich erzähle alles, was Sie sagen, der Presse. Die Reporter werden ausschwärmen und jedes Detail recherchieren. Morgen weiß es die ganze Stadt.«

»Sie sind ein Schuft!« brüllte Felix. »Sie tun, als wäre es ihnen gleichgültig, mit wem die Freundin des Architekten ein Verhältnis hat!«

»Mit Benzion Ziegler«, replizierte ich trocken.

Felix glotzte:

»Wer ... wieso wissen Sie das?«

»Weil ich es Ihnen vor ein paar Wochen selber erzählt habe, Sie Idiot. Und damals haben Sie mir bei allem, was Ihnen heilig ist, geschworen, daß kein Wort davon jemals über Ihre Lippen kommen würde.«

Es dauerte ungefähr eine Minute, bis Felix sich gesammelt hatte.

»Richtig«, murmelte er verlegen. »Ich habe diese Geschichte schon so oft erzählt, daß mir die Quelle entfallen ist.« Plötzlich erhellte ein glückliches Lächeln sein Gesicht. »Aber dann breche ich ja gar kein Versprechen, wenn ich es Ihnen zurückerzähle! Also hören Sie.«

Arm in Arm setzten wir unseren Weg fort, und Felix sprudelte ungehemmt drauflos:

»Die Sache kam dadurch ins Rollen, daß Frau Ziegler bei der bewußten Dame anrief und daß eine männliche Stimme antwortete. Frau Ziegler legte auf, ergriff ihre Kamera, ihre Reitpeitsche und nahm sofort ein Taxi ...«

Begierig schlürfte ich seine Worte. Wir gingen die ganze Geschichte nochmals durch, bis zum Ende. Es ist nicht zu glauben, wie komplexbefreiend derartige Gespräche wirken können.

Was aber macht ein behandlungsbedürftiger Mann, der auf die Praxis nicht verzichten will?

Wie, um Gottes willen, kann er sein hormonelles Gleichgewicht wieder herstellen?

Die Gesetzgeber der westlichen Welten haben hierauf eine befriedigende Antwort.

»Gestatten Sie eine Frage, mein Herr. Betätigen Sie sich als Vergewaltiger?«

»Ja.«

»Und warum?«

»Sagen wir: aus biologischem Bedürfnis. Es macht mir auch Spaß. Hat mir immer schon Spaß gemacht. Wird außerdem vom Gesetz begünstigt.«

»Das ist mir neu.«

»Mir nicht.«

»Können Sie unseren Lesern etwas über Ihre Methode verraten?«

»Meine Methode? Die übliche. Schnittiger Wagen. Überlandstraße. Autostopperin. Mitnehmen. Auf einen Seitenweg abbiegen. Einsame Gegend. Waldlichtung oder dergleichen. Ein wenig Angst machen. Wenn nötig schlagen oder fesseln. In böswilliger Absicht, wie der juristische Fachausdruck heißt. Vorsätzliche Gewaltanwendung. Manchmal mit Freunden, manchmal allein. Je nachdem. Lesen Sie keine Zeitungen?«

»Und wie reagieren die Frauen?«

»Meistens versuchen sie sich zu wehren. Aber das gehört dazu. Das ist das halbe Vergnügen: den Widerstand brechen. Jung und verschreckt müssen sie sein, das mag ich. Ausländische Touristinnen sind mir am liebsten.«

»Haben Sie dafür einen bestimmten Grund?«

»Einen sehr bestimmten. Sie verlassen das Land bald darauf und kommen nie wieder. Der Traum des Vergewaltigers. Gilt besonders für kleine Engländerinnen. Glauben Sie keinen Verleumdungen. Engländerinnen sind erstklassig.«

»Man sagt, daß die Opfer einer Vergewaltigung dauernden seelischen Schaden davontragen.«

»Würde mich nicht überraschen. Aber das ist nicht meine Sache. Sie können ja zur Polizei gehen und Anzeige erstatten, wenn sie wollen. Wir leben in einem freien Land.«

»Werden Anzeigen häufig erstattet?«

»Sehr selten. Sie wissen ja, wie es auf der Polizei zugeht. Warum kommen Sie erst jetzt, wo ist es passiert, wie oft, schildern Sie den genauen Hergang... lauter peinliche Fragen. Wer setzt sich schon gern einer solchen Situation aus. Deshalb schweigen die meisten. Sogar im Spital.«

»Und wenn sie nicht schweigen?«

»Dann nimmt man einen Anwalt. Und läßt vor Gericht die ganze Familie aufmarschieren, die Frau, die Zwillinge...«

»Wollen Sie damit sagen, daß Sie verheiratet sind?«

»Allerdings. Haben Sie etwas dagegen? Notzucht ist längst zu einem Bestandteil des täglichen Lebens geworden. Gewissermaßen eine Art Familienunterhaltung. Sie sollten einmal meine Kinder sehen, wie die sich bei einem Prozeß aufführen. Buh, buh, buh. Auf jeden Fall sage ich dem Richter, daß von Vergewaltigung keine Rede sein kann, eigentlich wollte ich gar nicht, Euer Ehren, aber diese englische Schlampe hat mich provoziert. Wenn ich Glück habe, erscheint sie vor Gericht in einem Minirock und macht auf den Richter einen schlechten Eindruck.«

»Und wenn der Richter sich dem Standpunkt der Klägerin anschließt?«

»Warum sollte er?«

»Weil er gegen Vergewaltigungen ist.«

»Dann bekunde ich Reue. Es tut mir leid, Euer Ehren, es tut mir aufrichtig leid, ich habe meine Selbstbeherrschung verloren, bitte bedenken Sie, daß ich eine schwere Kindheit hatte, ich komme aus ärmlichen Verhältnissen, ich war sozial unterprivilegiert, ich mußte sexuelle Entbehrungen leiden, befragen Sie dazu ruhig meinen Hausarzt.«

»Nehmen wir an, daß der Richter sich nicht erweichen läßt.«

»Dann bekomme ich schlimmstenfalls drei Jahre und acht Monate Gefängnis. Ein Drittel wird für gutes Betragen abgezogen, ein Drittel für medizinische Behandlung, ein Drittel wird ausgesetzt – übrig bleibt, daß ich mich zweimal monatlich einer psychiatrischen Beobachtung stellen muß. Auch schon was.«

»Und wie erklären Sie sich das alles?«

»Ich sagte es ja schon. Das Gesetz begünstigt Vergewaltigungen.«

»Meinen Sie das im Ernst?«

»Durchaus. Überlegen Sie doch. Wenn man Vergewaltigungen wirklich hintanhalten wollte, würde man sie mit zwanzig Jahren Kerker bestrafen. Auf Veruntreuung und Fälschung stehen zwölf Jahre. Tätliche Bedrohung mit einem Messer kann einem fünf Jahre einbringen. Aber für dasselbe Vergehen mit Vergewaltigung sieht das Gesetz nicht mehr als drei Jahre acht Monate vor. Es begünstigt Vergewaltigungen. Es anerkennt ihre heilende Wirkung.«

»Heilende Wirkung? Wieso?«

»Als Ventil für aufgestaute Aggressionstendenzen. Als Entlastung von gesellschaftlichem Druck. Wer vergewaltigt, begeht keinen staatsfeindlichen Akt, nimmt an keiner Friedensdemonstration teil, erregt kein Aufsehen. Der Staat weiß das. Deshalb belegt er jede Eintrittskarte ins Kino mit einer fünfzigprozentigen Steuer, aber Vergewaltigung ist steuerfrei.«

»Wenn Sie zwanzig Jahre dafür bekämen, würden Sie nicht vergewaltigen?«

»Natürlich nicht. Ich bin ja nicht verrückt: zwanzig Jahre für zehn Minuten Vergnügen. Da suche ich mir lieber einen anderen Sport.«

»Fußball?«

»Zu gefährlich. Erpressung liegt mehr auf meiner Linie. Aber unter den gegebenen Umständen bleibe ich schon bei meinem persönlichen Rezept.«

Die Manipulation mit Hormonen, von Fachärzten besonders geschätzt, dient nicht nur dem Durchschnittsmann, seine schon verlorene Jugend zurückzuerobern, sondern kann auch im Sportleben echte Revolutionen hervorrufen, manchmal mit verblüffender Pointe.

Vor einiger Zeit las ich in der Zeitung, daß ein Funktionär unseres olympischen Teams aus nicht näher erläuterten Gründen abberufen wurde. Als ich ihm kurz danach begegnete, bot er ein Bild des Jammers.

»Die Geschichte ist zu peinlich«, gestand er. »Ich kann nur hoffen, daß wir sie irgendwie vertuschen werden.«

»Mir können Sie vertrauen, erzählen Sie ruhig alles«, versicherte ich ihm. »Ich verspreche Ihnen, die Geschichte bestimmt nicht in meinem nächsten Buch zu verwenden.«

»Ich danke Ihnen von ganzem Herzen«, sagte der Funktionär. »Ich würde vor Scham sterben, wenn das jemals an die Öffentlichkeit käme. Ich beginne am besten von vorn: Es war uns natürlich von Anfang an klar, wie aussichtslos ein olympischer Sieg für unsere Mannschaft sein würde. Wir sagten uns aber, wir können es uns einfach nicht leisten, in jeder Disziplin den letzten Platz zu belegen. Also was tun?«

»Ja, was denn?«

»Kennen Sie Eli Rubin?«

»Den Diskuswerfer?«

»Ja. Er hält seit 24 Jahren den israelischen Rekord. Natürlich wußten wir, daß das nicht genügen würde, um bei der Olympiade irgendeine Medaille zu gewinnen. Aber, so überlegten wir, wenn Rubin die Chance hätte, gegen Frauen anzutreten ...«

»Was?«

»Glauben Sie mir, wir haben es in bester Absicht getan. Für Gott und Vaterland, wie man so sagt. Wir wollten zumindest ein bißchen Eindruck hinterlassen. Damit die anderen Nationen sehen, was unsere wackere Jugend noch alles leisten kann. Rubin hat zunächst abgelehnt. Wir schilderten ihm in den leuchtendsten Farben seinen Triumph auf dem Siegerpodest, das Publikum, wie es sich zu unserer Nationalhymne erhebt, den tosenden Applaus, die im Sonnenschein glitzernde Goldmedaille. Aber Rubin war nicht zu erweichen. Erst als er kapierte, daß ihm vierzehn lange Tage im Damenlager winkten, willigte er ein, der gute Eli. Unsere Sportärzte taten ihr Bestes, um ihn für seine Sondermission vorzubereiten. Aber ich möchte hier nicht ins Detail gehen.«

»Ich verstehe.«

»Zugegeben, er sah ein bißchen seltsam aus, unser umgebauter Sportsmann, aber wir waren überzeugt, das würde nicht weiter auffallen. Die heutigen Sportlerinnen sind ja nicht gerade der Inbegriff weiblicher Schönheit. Zum Schluß änderten wir noch seinen Vornamen von Eli auf Eliana, und, um auf Nummer Sicher zu gehen, seinen Zunamen auf Rubinowa. Wir dachten an alles. Die Geheimaktion war geplant bis zur letzten Falte in seinem Rock, und es konnte nach menschlichem Ermessen einfach nichts schiefgehen.«

»Das war ein Genieblitz.«

»O ja, so haben wir uns auch gefühlt. Eliana Rubinowa fuhr als Frau zur Olympiade, wurde planmäßig ins Frauenlager gesteckt und trainierte Tag für Tag mit den anderen Mädchen. Niemand schöpfte auch nur den geringsten Verdacht. Endlich kam der große Tag. Ich kann Ihnen nicht beschreiben, wie ergreifend es war, als unser Favorit voll Anmut das Stadion betrat und den Diskus in seine Hände nahm. Unsere Herzen schlugen bis zum Hals. Und dann geschah es . . .«

»Was geschah?«

»Sie wurde letzter.«

Das Labyrinth der Erotik führt ohne Umwege nach Wien. In der Kaiserstadt nämlich hat Professor Freud entdeckt, daß der Sexualtrieb eine unheilbare Krankheit und daß auch Träumen ungesund ist.

Die Kombination beider Symptome führt schnurstracks zum Trauma, wie ich es kürzlich am eigenen Leib spüren mußte.

Schon der Morgen begann mit dem falschen Fuß. Kaum daß er graute – der Morgen, meine ich –, kroch die beste Ehefrau von allen aus dem Bett wie ein Tausendfüßler, dem alle Füße eingeschlafen waren. Sie ertastete ihren Weg mit verklebten Augen mühsam bis zum schlaffördernden Kräutertee. Ihr Rücken war gebeugt, ihre Augen verschwollen, ich hielt es also für notwendig, mich höflich nach ihrem Wohlbefinden zu erkundigen. Aus Pflichtgefühl und aus meinem Bett.

»Ephraim«, murmelte sie, »laß mich in Ruhe, bitte. *Bitte*, laß mich in *Ruhe*!«

Beim näheren Hinhören fiel mir auf, daß sie gar nicht murmelte. Genau genommen brüllte sie sogar.

»Warum«, fragte ich, »was ist passiert?«

Die beste Ehefrau von allen füllte sich eine Tasse mit dem starken Kräutertee und kam in ebensolcher Stimmung zurück ins Bett.

»Ich bitte dich, zur Kenntnis zu nehmen«, teilte sie mir zwischen Schlucken und Schluchzen mit, »daß ich dir niemals verzeihen werde, was du mir heute nacht angetan hast.«

Ich war zerknirscht. Soweit ich mich an die Ereignisse der letzten zwölf Stunden erinnern konnte, hatte ich nichts Ungehöriges getan. Im Gegenteil, ich hatte gestern abend die beste Ehefrau von allen in ein standesgemäßes Restaurant geführt, wo wir ein nach ungarischem Rezept gefülltes Kraut zu uns genommen hatten. Anschließend waren wir im Vollmond heimwärtsgegangen, hatten unser Ehebett aufgesucht und waren eingeschlafen. Und nun am Morgen diese Bescherung! Ich war, wie gesagt, zerknirscht.

»Was habe ich dir angetan?« fragte ich. »Sag's mir doch.«

»Du hast dich benommen wie ein Berserker,

Ephraim. Wie eine Bestie – nein, wie ein Schwein!«

»Aber wo?«

»In meinem Traum.«

Zögernd erzählte sie mir, was geschehen war. Die beste Ehefrau von allen hatte geträumt, sie wäre die Königin von Saba. Vermutlich war die Ursache eine Überdosis TV...

»Ich wurde hingerichtet«, sie erschauerte unter der Erinnerung, »geköpft mit einer Guillotine.«

»Einen Moment«, unterbrach ich sie, »am Hof der Königin von Saba gab es noch keine Guillotinen.«

»Erzähl mir nichts! Mein Kopf wurde von einer Guillotine abgehackt. Und weißt du, wer diese Guillotine betätigt hat?«

»Du willst doch nicht etwa sagen...«

»Du! Du warst es, Ephraim, du! Und zwar mit einem widerwärtigen Grinsen über das ganze Gesicht.«

Von ihren Anschuldigungen zum Schweigen gebracht, überlegte ich mir den Fall. Ich mußte zugeben, daß es unschicklich war, die Mutter der eigenen Kinder zu köpfen. Noch dazu grinsend. Langsam konnte ich ihre schlechte Laune verstehen.

»Vielleicht war ich das gar nicht.« Ich versuchte, Zeit zu gewinnen. »Diese Scharfrichter pflegten doch eine Maske vorm Gesicht zu tragen, soviel ich weiß, oder?«

»Ephraim! Die Maske ist noch nicht erfunden worden, die deinen Akzent verbergen kann!«

Natürlich, mein Akzent. Ich hätte schon vor Jahren etwas in dieser Sache unternehmen sollen. Jetzt war es zu spät, die Königin von Saba hätte meine seltsamen Betonungen immer und überall identifiziert. Mit oder ohne Maske.

»Als sie mich zum Schafott schleppten«, sie nahm den Faden wieder auf, »hast du mich noch gezwickt, du weißt schon wohin, und dann sagtest du ... dann sagtest du ...?

Ihre Stimme versagte.

»Sprich weiter«, stieß ich hervor, das Ärgste befürchtend, »was sagte ich?«

»Nein, Ephraim, diese Worte kann ich nicht wiederholen. Niemals, Ephraim, niemals ...«

Jetzt war ich ernsthaft beunruhigt. Zweimal »Ephraim« in einem Satz! Ich zermarterte mir den Kopf, was in aller Welt ich gesagt haben könnte, aber es fiel mir nichts Nennenswertes ein. Schließlich war es ihr Traum und nicht der meine.

Nur eine winzige Ewigkeit mußte ich warten, bis ich die schreckliche Wahrheit erfuhr. Schon nach dem zweiten Kaffee kam mein schändliches Verhalten zutage.

»Adieu, du Froschmaul«, soll ich gesagt haben, »bald spielen wir Fußball mit deinem Kopf.«

Das war's, was ich gesagt hatte, ich Schuft.

Was tun?

»Nun gut«, ich versuchte, die Schuld von mir abzuwälzen, »aber was war mit deinem Gemahl? Ich meine König Salomon, kam er dir nicht zu Hilfe?«

»Der?« Die Beste verbarg sich hinter einer Zornesfalte. »Nicht einen Finger hat er gerührt, das Schwein! Weißt du, was er während meiner Hinrichtung getan hat? Tennis gespielt hat er mit Pink Floyd.«

Damit eskalierte das Drama in die medienpolitische Sphäre. Nichtsdestotrotz blieb ich in ihren Augen der Oberbösewicht.

»Also nein«, resümierte die beste Ehefrau von allen, »das hätte ich niemals von dir erwartet. Dreiundzwanzig Jahre lang spielst du den Mustergatten, und dann, bei der ersten Gelegenheit, sagst du Froschmaul zu mir. Zu *mir* sagst du Froschmaul!«

»Unverzeihlich«, pflichtete ich ihr bei, während ich sicherheitshalber an das äußerste Bettende rollte, »aber wenn wir objektiv und leidenschaftslos Bilanz ziehen wollen, so war es ja doch nur ein Traum...«

»*Nur* ein *Traum?*« zischte meine Beste. »Weißt du, was du da sagst, Ephraim? Denk doch an Freud und an die Elementarstufe der Psychoanalyse! Die Träume enthüllen den wahren Menschen, Träume zeigen dir, wie du wirklich bist, mit all deinen unterbewußten dunklen Trieben. Mir ist es wie Schuppen von den Augen gefallen. Tief in deinem finstersten Innern, Ephraim, schlummert längst schon der Drang, mit meinem Kopf Fußball zu spielen...«

Fußballspielen mit ihrem Kopf? Ohne Zweifel, der Gedanke hat etwas. Ich meine, Freud *ist* Freud, das kann niemand leugnen. Obwohl ich persönlich kein Anhänger der Guillotine bin. Ich bin mehr ein Mann des elektrischen Stuhls. Auch eine langsame Steinigung hat gewisse Meriten. Andererseits, seit wann spielt Pink Floyd Tennis? Und überhaupt, was will sie von mir, dieses Froschmaul?

»Und weißt du, was die Krönung des Ganzen war?« Sie entfachte die Glut von neuem. »Nachdem du meinen Kopf abgehackt hast und die ganzen Sägespäne aus mir herausgequollen sind, was, glaubst, du, sehe ich?«

»Keine Ahnung.«

»Stell dich nicht unwissend! Ich mußte mit eigenen Augen ansehen, wie mein Mann unter die Röcke von Erna Selig griff...«

»Du meinst deinen Gemahl, König Salomon?«

»Ich meine dich, Ephraim! Die Rede ist von dir und Erna Selig! Ihr seid aneinandergeklebt wie zwei läufige Magneten...«

Unglaublich, was ich alles in ihrem Unterbewußtsein vollbringe. Bei Gelegenheit sollte ich mich mit dem alten Freud darüber unterhalten.

Was tun?

»Nun, geschehen ist geschehen«, sagte ich, »schlafen wir noch eine Stunde, ja? Du weißt, daß ich in Wahrheit nicht so bin. Erstens spiele ich nicht Fußball, das mit dem Froschmaul ist mir nur so herausgerutscht...«

»Laß mich in Ruhe, Ephraim!«

Fünf Minuten später, ich bitte mir das zu glauben, schlief die beste Ehefrau trotz schwarzem Kaffee wie ein Sack voller Sägespäne, wohingegen ich hellwach blieb. Ich wollte nicht in noch mehr Schwierigkeiten geraten. Wer weiß, wozu ich imstande bin, wenn mir Pink Floyd im Traum wieder über den Weg läuft...

Irgendwann muß ich aber doch eingedöst sein, denn kurz bevor der Wecker läutete, stand an meinem Bett ein bärtiger Professor, der mir irgendwie bekannt vorkam.

»Jetzt hör mir gut zu, mein Junge«, sagte Sigmund Freud. »Vergiß nie wieder das Alpha und

Omega der heilsamen Psychoanalyse: Vor dem Schlafengehen ißt man kein gefülltes Kraut.«

Jetzt sagt er mir das!

Die nächsten Kapitel sollte man als »Huldigung an Sigmund Freud« lesen.

Einige seiner schönsten Syndrome sind hier dichterisch umgesetzt, genau wie der große Seelenforscher sie an seinem freien Wochenende für die Nachwelt erfunden hat.

Es entspricht der Natur des Menschen, mit der seelischen Krankheit zu beginnen, die ihn am persönlichsten trifft, dem *Narzismus.*

Die Situation ist die folgende: Der bedeutende Maler, der im ganzen Lande höchstes Ansehen genießt und auch selbst in sich verliebt ist, will eine Krawatte kaufen und betritt inkognito ein Modewarengeschäft. Insgeheim hat er jedoch keinen sehnlicheren Wunsch, als daß der Ladeninhaber sein Inkognito durchschaut und ihm nicht nur die gebührende Bewunderung zuteil werden läßt, sondern auch den gebührenden Preisnachlaß.

Der Ladeninhaber seinerseits mißt den bedeutenden Maler mit einem völlig leeren gleichgültigen Blick. Offenbar ahnt er nichts von der Ehre, die ihm da widerfährt. Im allgemeinen ist der bedeutende Maler immer von einem Schwanz junger Bewunderer begleitet, die in solchen Fällen den betreffenden Ladeninhaber vorsorglich informieren, welche prominente Persönlichkeit seinen Laden betritt. Diesmal hat der bedeutende Maler aus irgendwelchen Gründen den Laden allein betreten und befindet sich somit in einiger Verlegenheit. Er kann ja dem Ladeninhaber nicht gut sagen: »Ich bin Jizchak Bar Honig, der bedeutende Maler.« Das ließe seine Bescheidenheit niemals zu. Was kann er also tun? Er kann versuchen, das Gespräch unauffällig in eine Richtung zu lenken, die ihm Gelegenheit gibt, seinen gepflegten Narzismus voll auszuleben.

Narzismus

Der Ladeninhaber: Bitte sehr?

Der bedeutende Maler: Ich möchte eine Krawatte.

Der Ladeninhaber: Was für eine?

Der bedeutende Maler: Eine Krawatte für einen Künstler.

Der Ladeninhaber: Bitte sehr. *(Legt Krawatten vor.)*

Der bedeutende Maler: Darf ich meine Tasche

auf diesen Sessel legen? Sie enthält Malutensilien.

Der Ladeninhaber: Bitte sehr.

Der bedeutende Maler: *(eine Krawatte prüfend)* Sehr geschmackvolles Muster...

Der Ladeninhaber: Unsere Krawatten werden von ersten Künstlern entworfen.

Der bedeutende Maler: Ja, das sieht man. Von diesen Dingen verstehe ich etwas. In gewissem Sinn könnte ich mich sogar als Fachmann bezeichnen, hehehe.

Der Ladeninhaber: Sie sind aus der Branche?

Der bedeutende Maler: Nein, ich bin Kün –

Verkäufer: *(unterbricht)* Kassa 3 Shekel 40, Herr Steiner!

Der Ladeninhaber: Besten Dank, gnädige Frau.

Der bedeutende Maler: Also, wie ich sagte...

Der Ladeninhaber: Entschuldigen Sie die Unterbrechung. Ich zeige Ihnen gerne noch andere Muster. Wie gefällt Ihnen die gelbe Krawatte hier?

Der bedeutende Maler: Ein wenig zu schreiend, mein Freund. Ich habe eine ähnliche in Venedig gesehen, als ich einen Preis gewann.

Der Ladeninhaber: Wieso denn? Ich finde dieses Gelb sehr hübsch.

Der bedeutende Maler: Ich sagte Ihnen ja schon, daß ich eine ganz ähnliche Krawatte in Venedig gesehen habe, gelegentlich der Preisverteilung damals.

Der Ladeninhaber: Sie waren in Venedig?

Der bedeutende Maler: Ich habe dort einen ersten Preis gewonnen.

Der Ladeninhaber: Ich war auch einmal in Italien.

Wunderschön, was man dort alles sieht. Ich sagte noch zu Dwascha, meiner Frau, sagte ich noch: »Dwascha, wenn ich ein Maler wäre, Ehrenwort, das würde ich malen!«

DER BEDEUTENDE MALER: Ich habe in Venedig als Maler einen ersten Preis gewonnen.

DER LADENINHABER: Zu Hause hab ich auch ein paar Preise. Zwei für Auslagen-Arrangements und einen Gymnastik-Preis. In meiner Jugend war ich ein sehr guter Turner. Sogar heute mache ich noch jeden Morgen Gymnastikübungen. Außer es regnet. Ich sage immer: Gesundheit ist das Wichtigste. Hab ich nicht recht?

DER BEDEUTENDE MALER: Ja.

DER LADENINHABER: Das Blau hier ist auch sehr schön. Eine satte Farbe.

DER BEDEUTENDE MALER: Niemand weiß besser als ich, wie satt ein Farbton sein kann, mein Freund.

DER LADENINHABER: Stimmt, für Farben muß man Verständnis haben. Besonders in meiner Branche. Gott sei Dank habe ich einen ausgezeichneten Farbensinn. Er hat sich jedenfalls in den letzten siebenundzwanzig Jahren bestens bewährt. Siebenundzwanzig Jahre ...

DER BEDEUTENDE MALER: Sonderbar. Ich hätte geschworen, daß Sie nicht immer Geschäftsmann waren.

DER LADENINHABER: Ich bin seit siebenundzwanzig Jahren in der Branche.

DER BEDEUTENDE MALER: Nicht jedem Menschen ist der Beruf ins Gesicht geschrieben. Nicht jedem. Nehmen Sie mich, zum Beispiel. Man könnte mich für einen Arzt halten, obwohl ich –

DER LADENINHABER: Sie arbeiten für die Krankenkasse, Herr Doktor?

DAS VERDAMMTE TELEFON: *(läutet)*

DER LADENINHABER: Entschuldigen Sie, das Telefon. *(Hebt ab, führt ein Gespräch, kommt zurück.)* Wo sind wir stehengeblieben? Richtig, ich erinnere mich. Da habe ich erst gestern einen sehr guten Ärztewitz gehört. Hoffentlich werden Sie nicht beleidigt sein, wenn ich ihn erzähle. Also ein Mann sagt zu seinem Arzt:»Herr Professor, sind Sie sicher, daß ich Lungenentzündung habe? Einer meiner Bekannten wurde auf Lungenentzündung behandelt und ist an Typhus gestorben.« Sagt der Professor: »Herr, ich behandle Sie auf Lungenentzündung, und Sie werden an Lungenentzündung sterben!« Hahahaha...

DER BEDEUTENDE MALER: Ha.

DER LADENINHABER: Was kann ich Ihnen sonst noch zeigen, Herr Professor?

DER BEDEUTENDE MALER: Haben Sie Leinwand zum Malen?

DER LADENINHABER: Großer Gott, wo soll ich die hernehmen?

DER BEDEUTENDE MALER: Ich dachte nur. Falls Sie nämlich Leinwand für mich als Maler hätten...

DER LADENINHABER: Nein. Führen wir nicht.

DER BEDEUTENDE MALER: Halt! Bleiben Sie in dieser Stellung! Nicht bewegen! Großartig... Was für ein großartiges Profil... Wohl wert, von eines Künstlers Pinsel festgehalten zu werden.

DER LADENINHABER: *(ohne sich zu bewegen)* Ja, das hat man mir schon öfter gesagt. An meinem Profil scheint etwas dran zu sein.

DER BEDEUTENDE MALER: Ich bin bereit, Sie zu porträtieren.

DER LADENINHABER: Leider habe ich zuviel zu tun.

DER BEDEUTENDE MALER: Es würde nur ein paar Minuten dauern. Porträts sind meine Spezialität. Und es würde ein wunderbares Bild werden.

DER LADENINHABER: Danke vielmals, aber bei uns zu Hause hängen schon genug Bilder herum. Zwei im Salon und eins im Kinderzimmer. Ich habe sehr viel für Malerei übrig, müssen Sie wissen.

DER BEDEUTENDE MALER: Oh. Das freut mich.

DER LADENINHABER: Mein Bub malt sehr hübsch. Er ist erst acht Jahre alt, aber der Lehrer schwört auf sein Talent.

DER BEDEUTENDE MALER: Ich komme demnächst einmal zu Ihnen, um mir die Arbeiten Ihres Sohnes anzuschauen.

DER LADENINHABER: Sie werden staunen. Der Lehrer behauptet, daß es an der ganzen Schule noch nichts dergleichen gegeben hat.

DER BEDEUTENDE MALER: Ich bin selbst Maler.

DER LADENINHABER: Der Bub ist auch in Arithmetik sehr gut.

DER BEDEUTENDE MALER: Ich bin der berühmte Maler Bar Honig.

DER LADENINHABER: Mit der Grammatik tut er sich ein bißchen schwer. Na, ich frage Sie, ist Grammatik gar so wichtig?

DER BEDEUTENDE MALER: Jizchak Bar Honig, der große Maler! Ich bin der weltberühmte Jizchak Bar Honig! !

DER LADENINHABER: Sogar die Lehrer machen manchmal grammatikalische Fehler – aber –

was ist mit Ihnen? Sind Sie verrückt? Lassen Sie sofort meine Kehle los ... Hilfe ...

DER BEDEUTENDE MALER: Bar Honig! Der große Maler! Ich bin der weltberühmte Bar Honig! Ich! Jizchak Bar Honig!

DER LADENINHABER: Moment, Moment – sagten Sie Bar Honig?

DER BEDEUTENDE MALER: Ja. Der bin ich.

DER LADENINHABER: Ausgeschlossen!

DER BEDEUTENDE MALER: Ich schwöre.

DER LADENINHABER: Nein, diese Freude! Ist es die Möglichkeit?

DER BEDEUTENDE MALER: Fassen Sie sich, guter Freund. Vor Ihnen steht Jizchak Bar Honig persönlich.

DER LADENINHABER: Wenn ich das gewußt hätte ... nein, wirklich ... darf ich Sie küssen?

DER BEDEUTENDE MALER: Nur zu.

DER LADENINHABER: Es ist kaum zu glauben! Und in meinem Geschäft! Sie sind doch verwandt mit Getzl Bar Honig aus Czernowitz? Dem Bürstenhändler?

DER BEDEUTENDE MALER: Ein Cousin von mir. Warum?

DER LADENINHABER: Ich bin mit Getzl in die Schule gegangen. Er war mein bester Freund. So eine Überraschung. Entschuldigen Sie, daß ich Sie wie eine gewöhnliche Kundschaft behandelt habe! Wählen Sie, was Ihnen gefällt ... der ganze Laden gehört Ihnen ... Dwascha! Dwascha! Weißt du, wer da ist? Getzls Cousin!

DWASCHA: *(eilt mit ausgebreiteten Armen herbei.)*

Kleptomanie

Wir liebten sie auf den ersten Blick und nannten sie schon nach kurzer Zeit, um ihr unsere Wertschätzung zu bekunden, Mazal, beste Hausgehilfin von allen. Sie gewöhnte sich rasch bei uns ein, fand Gefallen an uns, sie wurde ein Mitglied der Familie, was schon daraus hervorging, daß meine Frau auch mit ihr zu streiten begann. Es war alles in bester Ordnung.

Doch dabei blieb es nicht. Eines Tages eröffnete mir meine Frau unter allen Anzeichen heftiger Erregung, daß sie ein Paar Socken von mir vermißte. »Die grauen«, fügte sie hinzu. »Sie sind nirgends zu finden.«

Ein anderer Mann wäre unter der Wucht dieses Schlags vielleicht zusammengebrochen. Nicht so ich. Der geheime Stoßdämpfer, den ich in meinen Organismus eingebaut habe, befähigte mich zu der gleichmütigen Replik:

»Du meinst?«

»Ja. Ich meine. Ich bin sogar sicher. Außer Mazal kommt ja niemand mit der Wäsche in Berührung.«

»Unmöglich. So tief würde sie nie sinken.«

»Woher weißt du das? Die Sache liegt klar zutage. Ich stehle keine Socken. Auch du, so nehme ich an, wirst deine eigenen Socken nicht stehlen. Und den Kindern sind sie zu groß. Also? Also bleibt nur Mazal. Ist dir noch nicht aufgefallen, was für eine große Handtasche sie trägt, wenn sie an ihrem freien Tag das Haus verläßt?«

»Dann mußt du sie feuern.«

»Und das Haus allein in Ordnung halten? Ich denke nicht daran. Mazal ist die tüchtigste, sauberste, verläßlichste Hausgehilfin, die man sich wünschen kann. Soll ich auf sie verzichten, nur weil sie Kleptomanin ist? Nein. Ich mache es anders. Ich werde sie warnen. Ich lege einen Zettel mit ein paar warnenden Worten zu deinen Socken, und du wirst sehen ...«

Was ich sah, als ich am nächsten Tag den Wäscheschrank öffnete, war ein Zettel folgenden Inhalts:

»Mazal. In der Bibel steht: ›Du sollst keine Socken stehlen.‹ Wir wissen alles. Gehen Sie in sich!«

Die beste Ehefrau von allen nahm meine Glückwünsche mit bescheidenem Stolz entgegen.

»Raffiniert gemacht, nicht wahr? Wir wollen sie ja nicht bestrafen. Wir wollen sie erziehen. Wenn sie den Zettel gelesen hat, wird sie wissen, daß wir von ihrem Sockendiebstahl wissen, kann aber so tun, als wüßte sie nicht, daß wir's wissen, kann also ruhig weiter bei uns bleiben und trotzdem ihr Gesicht wahren. Und die grauen Socken wird sie unauffällig zurückgeben.«

Das Raffinement verfehlte seine Wirkung. Tagelang lag der Zettel in meinem Sockenfach. Mazal hatte ihn ohne Zweifel gelesen – aber sie ließ sich nicht das mindeste anmerken, verrichtete ihre Arbeit gleichmütig wie zuvor und sah ganz offenbar keinen Anlaß, meinen Sockenvorrat um ein Paar in Grau zu vermehren.

Die Zeit, so sagt man, heilt alle Wunden, auch solche, die von fehlender Fußbekleidung herrühren. Zweifellos hätten wir die ganze Geschichte allmählich vergessen, wenn nicht ein neues Kapitel hinzugekommen wäre.

»Jetzt hab' ich aber genug!« fauchte eines Morgens die beste Ehefrau von allen, als sie in mein Zimmer gestürmt kam. »Jetzt stiehlt diese Person auch noch Strümpfe von *mir*! Ein Paar erstklassige hellbraune Nylonstrümpfe! Das ist die Höhe!«

Auf meine Beschwichtigungsversuche reagierte sie mit unheilkündender Entschlossenheit:

»Nichts da. Ich weiß, was ich zu tun habe. Ich werde ihre Handtasche durchsuchen. Fräulein Mazal soll mich kennenlernen.«

Damit sauste sie ab.

Schon nach wenigen Minuten kam sie zurück, in der Hand – nein, keine hellbraunen Nylonstrümpfe und keine grauen Socken, sondern einen Zettel, den sie mir stumm überreichte:

»Herr und Frau Kishon!« stand da zu lesen. »Wenn Sie vielleicht glauben, ich brauche Ihre löchrigen Socken oder Ihre schäbigen Strümpfe mit den Laufmaschen, dann haben Sie vielleicht einen Vogel. Gehen *Sie* in sich, Herr und Frau Kishon, statt daß Sie meine Handtasche durchsuchen! Mazal.«

»O Gott«, stöhnte Frau Kishon, und Herr Kishon schloß sich an. »Aber wie konnte Mazal wissen, daß wir ihre Handtasche durchsuchen würden?«

»Wir? Wieso wir?« fragte ich, besann mich aber eines Friedlicheren und fuhr nachsichtig fort: »Na ja, dann legen wir den Zettel jetzt wieder in ihre Handtasche zurück und tun, als wüßten wir nicht, daß sie weiß, daß wir die Tasche durchsucht haben. Damit wahren wir alle beteiligten Gesichter.«

Das hatten wir denn auch bitter nötig. Es stellte

sich nämlich heraus, daß die beste Ehefrau von allen bei ihrer Socken- und Strumpf-Bestandsaufnahme das je eine Paar, das wir an diesem Tag trugen, nicht mitgezählt hatte.

Reumütig nahmen wir einen Bogen des schönsten Papiers zur Hand und legten ihn mit folgender Botschaft ins Wäschefach:

»Liebe Mazal! Sie haben recht. Bitte verzeihen Sie uns. Herr und Frau Kishon.«

Postwendend kam via Handtasche die Antwort:

»In Ordnung. Vergessen wir's Mazal.«

Und seither leben wir wie drei Turteltauben.

Feminine Nomenphobie

Mit manchen ihrer Eigenschaften gehen mir die Frauen doch auf die Nerven, das muß ich schon sagen. Ich denke da an erster Linie an ihre krankhafte Neugier.

Zum Beispiel berichte ich einer hingerissen lauschenden Runde vom großen Feuer in Kalkutta, und zwar berichte ich als einer, der beinahe selbst dabei war. In lebhaften Farben schildere ich, wie ein Wolkenkratzer gleich einem Kartenhaus zusammenstürzte, wie wagemutige Feuerwehrmänner in den Flammen umkamen, wie ein verzweifelter Vater, den ich fast mit eigenen Augen gesehen habe, nach seinen Kindern suchte, wie eine bildschöne junge Frau aus dem Fenster sprang –

An dieser Stelle erfolgt von seiten einer anwesenden Zuhörerin unweigerlich die Frage:

»Wer war die Frau?«

Es ist mir völlig unklar, warum sich jemand für die Personaldaten einer Frau im brennenden Kalkutta interessiert. Und da ich in meiner Geschichte fortfahren will, sage ich:

»Keine Ahnung. Irgendeine Frau. Eine Inderin.«

»Eine, die dort gelebt hat?«

»Wahrscheinlich.«

»War sie allein?« fragt die Wißbegierige.

Sie fragt noch vieles. Sie blockiert mit ihren Fragen meine Geschichte, beraubt sie der Spannung, verpatzt sie.

Und ich hätte doch so gerne vom Feuer in Kalkutta erzählt, das mir aus meinen wiederholten Schilderungen perfekt geläufig ist, mit allen dramatischen Details, die zu einem Großbrand gehören. Aber ich komme nie bis zu den ausgebrochenen Elefanten im Flammeninferno. Bei der schönen, jungen Frau und ihrem Fenstersprung gerät meine Erzählung hoffnungslos ins Stocken. Ich habe schon versucht das »schön« wegzulassen, aber es half nichts.

Bis mich eines Tages, ganz plötzlich, ein genialer Einfall überkam. Als eine meiner detaildurstigen Zuhörerinnen wieder wissen wollte, wer diese atemberaubende indische Schönheit war, antwortete ich mit der größten Selbstverständlichkeit:

»Rivka Weinreb.«

Und zum erstenmal seit zweitausend Jahren konnte ich meine Geschichte beenden.

Damals entdeckte ich eine Grundregel für ein langes, glückliches Leben: Frauen wollen Namen hören, das ist ihre Besessenheit. Wann immer ich seither auf dem Höhepunkt einer Geschichte von der weiblichen Frage »Wer war das?« unterbrochen wurde, reagiere ich mit der prompten Auskunft »Sarah Pickler« oder »Joel Kaminski« und erzähle weiter.

Ich empfehle allen meinen Geschlechtsgenossen, die unter der krankhaften Neugier ihrer Zuhörerinnen leiden, immer ein paar Namen in Reserve zu haben. Sie sichern sich damit den ungestörten Fluß ihrer Erzählung und den inneren Frieden. Miriam Blumenthal ist besonders effektvoll.

Nullcommunicatio

Was ich da entdeckt habe, geht – wie so manche bedeutende Entdeckung in der Psychologie – auf einen Zufall zurück. Ich saß an einem Tisch des vor kurzem neu eröffneten Restaurants Martin & Maiglock und versuchte ein Steak zu bewältigen, das es an Zähigkeit getrost mit Hannibal aufnehmen könnte. Von den beiden Inhabern beaufsichtigte Herr Martin den Küchenbetrieb, während Herr Maiglock gemessenen Schrittes im Lokal umherwandelte und jeden Gast mit ein paar höflichen Worten bedachte. So auch mich. Als er meinen Tisch passierte, beugte er sich vor und fragte:

»Alles in Ordnung, mein Herr? Wie ist das Steak?«

»Grauenhaft«, antwortete ich.

»Vielen Dank. Wir tun unser Bestes.« Maiglock setzte ein strahlendes Lächeln auf, verbeugte sich und trat an den nächsten Tisch.

Zuerst vermutete ich einen Fall von gestörtem Sensorium oder von Schwerhörigkeit, wurde jedoch alsbald eines anderen belehrt, und zwar in der Redaktion meiner Zeitung. Dort war gerade eine stürmische Debatte über das Wiederengagement eines kurz zuvor entlassenen Redakteurs namens Schapira im Gang.

Sigi, der stellvertretende Chefredakteur, eilte mir entgegen und packte mich bei den Rockaufschlägen:

»Hab ich dir nicht gesagt, daß Schapira in spätestens drei Wochen zurückkommen wird? Hab ich dir das gesagt oder nicht?«

»Nein, du hast mir nichts dergleichen gesagt.«

»Also bitte!« Triumphierend wandte sich Sigi in die Runde. »Ihr hört es ja!«

Sie hören eben nicht, unsere lieben Mitmenschen. Das heißt: Wie schon im letzten Kapitel angeführt, sie wollen alle nur reden, nicht hören. Der folgende Dialog ist längst nichts Außergewöhnliches mehr:

»Wie geht's!«

»Miserabel.«

»Freut mich, freut mich. Und die werte Familie?«

»Ich habe mit ihr gebrochen.«

»Das ist die Hauptsache. Hoffentlich sehen wir uns bald.«

Niemand hört zu. Ich erinnere nur an das letzte Fernsehinterview unseres Finanzministers.

»Herr Minister«, sagte der Reporter, »wie erklären Sie sich, daß trotz der gespannten Lage unsere Bürger ehrlich und ohne zu klagen ihre enormen Steuern bezahlen?«

»Mir ist dieses Problem sehr wohl bewußt«, antwortete der Minister. »Aber solange wir zu unseren Rüstungsausgaben gezwungen sind, ist an eine Steuersenkung leider nicht zu denken.«

Tatsächlich: Die Menschen können sich kaum noch miteinander verständigen. Sie reden aneinander vorbei. Sie drücken auf einen Knopf und lassen den vorbereiteten Text abschnurren. Ein durchschnittlich gebildeter Papagei oder ein Magnetophonband täten die gleichen Dienste.

Vorige Woche suchte ich den kaufmännischen Direktor unserer Zeitung auf und verlangte, wie jeder andere auch, eine Erhöhung des monatlichen Betrages für meinen Wagen. Der Herr Direktor blätterte in den Papieren auf seinem Schreibtisch und fragte:

»Wie begründen Sie das?«

»Die Versicherung ist gestiegen«, erklärte ich. »Und außerdem ist nicht alles Gold, was glänzt. Nur Morgenstunde hat Gold im Munde, Eile mit Weile und mit den Wölfen heule.«

»Damit wird die Verlagsleitung nicht einverstanden sein«, lautete die Antwort. »Aber ich will sehen, was sich machen läßt. Fragen Sie Ende Oktober wieder nach.«

Niemand hört zu. Man könnte daraus ein anregendes Gesellschaftsspiel machen. Ich würde es den »Magnetophontest« nennen. Zum Beispiel trifft man einen unserer früheren Theaterkritiker und beginnt erregt auf ihn einzusprechen:

»Es gibt im Theaterbetrieb keine festen Regeln, Herr. Sie können ein Vermögen in ein neues Stück hineinstecken, können die teuersten Stars engagieren und für eine pompöse Ausstattung sorgen – trotzdem wird es ein entsetzlicher Durchfall. Umgekehrt kratzt eine Gruppe von talentierten jungen Leuten ein paar hundert Pfund zusammen, holt sich die Schauspieler aus einem Seminar, verzichtet auf Bühnenbilder, auf Kostüme, auf jedes sonstige Zubehör – und was ist das Resultat? Eine Katastrophe.«

»Ganz richtig«, stimmte der Kritiker begeistert zu. »Die jungen Leute haben eben Talent.«

Niemand hört zu. Wollen Sie sich selbst eine Bestätigung holen? Dann wenden Sie sich, wenn Sie nächstens beim Abendessen sitzen, mit schmeichelnder Stimme an Ihre Frau:

»Als ich nach Hause kam, Liebling, hatte ich keinen Appetit. Aber beim ersten Bissen deiner rumänische Tschorba ist er mir restlos vergangen.«

Die also Angeredete wird hold erröten:

»Wenn du willst, mein Schatz, mache ich dir jeden Tag eine Tschorba.«

Offenbar kommt es nicht auf den Inhalt des Gesagten an, sondern auf den Tonfall:

»Wie war die gestrige Premiere?«

»Zuerst habe ich mich ein wenig gelangweilt. Später wurde es unerträglich.«

»Fein. Ich werde mir Karten besorgen.«

Als ich unlängst auf dem Postamt zu tun hatte, trat ich dem Herrn, der in der Schlange hinter mir stand aufs Hühnerauge. Ich drehte mich um und sah ihm fest in die Augen:

»Es war Absicht«, sagte ich.

»Macht nichts«, lautete die Antwort. »Das kann passieren.«

Niemand hört zu. Wirklich niemand. Erst gestern gab ich der Kindergärtnerin, die gegen das Temperament meines Töchterchens Renana etwas einzuwenden hatte, unzweideutig zu verstehen, was ich von ihr hielt:

»Liebes Fräulein«, schloß ich, »ein Lächeln meiner kleinen Tochter ist mir mehr wert als alle Übel der Welt.«

»Sie sind ein Affenvater«, sagte die Kindergärtnerin.

Und da hatte sie zufällig recht.

Eine echte Krankheit.

Infantilismus gravis

Die Spannung im Finanzkomitee stieg mit jeder Minute. Schließlich sollte an diesem Abend über das 3,5-Millionen-Dollar-Notbudget des Kulturministeriums entschieden werden. Ich ließ meinen Blick über die sorgenverhangenen Gesichter meiner Kollegen schweifen und vertiefte mich in das streng vertrauliche Informationsmaterial.

»Meine hochverehrten Damen und Herren«, eröffnete der Vorsitzende, Professor Schleswig-

Holstein, die Notstandssitzung. »Die geistige Aristokratie unserer Nation ist hier und heute aufgerufen, in der brennenden Problematik der drohenden Krise im Erziehungswesen eine schicksalhafte Wende herbeizuführen …«

Die heisere Stimme des jungen Kulturreferenten Dr. Schächtermann unterbrach das Plädoyer:

»Mit Verlaub, Herr Vorsitzender, es gibt Stimmen, die Ihrem Amt schwerwiegende moralische Mißgriffe nachsagen.«

Mit einigen erlesenen Zitaten aus dem Bericht des Untersuchungsausschusses wehrte Professor Schleswig-Holstein die kompromittierende Anklage ab und trieb so die Atmosphäre auf Hochspannung. Der Parlamentarier T. L. Slotschkowsky reichte unverzüglich eine persönliche Interpellation ein. In dieser kritischen Phase der Sitzung tippte mich meine Nachbarin an. Die führende Prosadichterin Jelena Krausz-Klostermann schob mir ein gefaltetes Blatt zu, das allen Anzeichen nach aus den geheimen Kongreßunterlagen stammte:

»Eine Nachricht für Sie.«

Ich schaute mich vorsichtig um. Dr. Schächtermann machte sich mit einem diskreten Fingerzeichen bemerkbar. In der ausgeschriebenen Handschrift des jungen Kulturreferenten stand auf dem entfalteten Blatt:

»Mein Schwiegervater sah Sie mit Ihrer Tochter vorgestern im Lunapark. Sagen Sie, wird Ihnen auf der Achterbahn nicht übel?«

Dr. Schächtermann fixierte mich erwartungsvoll. Ich riß die Einleitung des letztjährigen Protokolls aus meinen Akten und notierte auf der Rückseite:

»Keinesfalls. Habe immer ein Stück Brot dabei.«

Die Botschaft ging über Jelena Krausz-Klostermann an den Absender zurück. Die Antwort des Kulturreferenten ließ nicht lange auf sich warten:

»Brot macht dick. Versuchen Sie es mal mit Crackers.«

Inzwischen hatte T. L. Slotschkowsky das Wort ergriffen und verurteilte auf's schärfste die Schlampereien der bundesweiten Erziehungsplanung. Professor Schleswig-Holstein saß mit zusammengepreßten Lippen inmitten des Sturmes. Der betagte Staatsanwalt Dr. Wechsler jun. klopfte mit seiner Pfeife auf den Tisch und drohte, sich mit einer Petition an den Obersten Gerichtshof zu wenden. Anschließend spickte er mir einen Zettel über den Tisch:

»Kennen Sie den schon?«, fragte er per Kugelschreiber. »Zwei Flöhe kommen aus dem Kino. ›Gehen wir zu Fuß?‹, fragte der eine. ›Nein‹, meinte der andere, ›wir nehmen einen Hund.‹ – Gut, was?«

Ich sandte ein höfliches Lächeln in Richtung des Staatsanwalts. In diesem Augenblick beugte er sich gerade über den Konferenztisch und forderte die definitive Stellungnahme des Verwaltungsrates. Ich befürchtete, daß er mein Lächeln übersehen hatte und schickte ihm sicherheitshalber eine schriftliche Bestätigung nach:

»Ha, ha, ha. Großartig!«

Ich blickte herum und stellte fest, daß der Zettelverkehr wuchs. Inmitten der schicksalhaften Budgetverhandlungen waren die Komiteemitglieder mit der Bearbeitung von Papierstücken unterschiedlicher Formate beschäftigt, die sie dann im Tiefflug, knapp unter der Radarzone über die polierte Tischfläche gleiten ließen. Einige besonders wichtige Zettel wurden sogar persönlich überreicht, wobei der Überbringer das Hindernis einiger Stuhllehnen bewältigen mußte. Das Wichtigste war schließlich, den Verlauf der Konferenz nicht mit unziemlichen Privatgesprächen zu stören.

Der Aushilfskellner servierte mir einen Zettel:

»Seien Sie so gut«, schrieb Dr. Schächtermann, »vernichten Sie sofort Schwiegervater auf Achterbahn.«

»Gerne«, antwortete ich mit Bleistift und vollem Verständnis. Schließlich war sein Schwiegervater der amtierende Verteidigungsminister.

Dr. Wechsler verfolgte mit sichtlicher Unruhe, wie ich den Lunapark in kleine Fetzen riß und sorgfältig in den Aschenbecher streute. Tatsächlich war es Zeit, Vorsicht walten zu lassen: Einige Konferenzteilnehmer, die sich im Feuer des öffentlichen Lebens schon bewährt hatten, waren intensiv mit dem Abfangen zerstückelter Geheimbotschaften beschäftigt, um damit zu Hause in aller Stille das Privatdossier zu bereichern.

Bald flatterte Dr. Schächtermanns nächste Botschaft bei mir ein:

»Beseitigen Sie bitte auch den Zettel, in dem ich Sie um Vernichtung der Achterbahn bat.«

Ich leitete unverzüglich eine Inspektion meiner Zettelsammlung ein und fand das kompromittierende Schächtermanndokument unter der zerlegten gelben Zigarettenschachtel des Vizevorsitzenden. Während der Debatte über die Verfassungswidrigkeit des Notstandbudgets konsultierte er mich mit Filzstift in einer nicht unbedeutenden Angelegenheit:

»Wo kaufen Sie Ihre Tennisschuhe?« stand in des Vizevorsitzenden Handschrift auf dem gelben Kartonstück. »Ich finde nur schwer meine Größe, da die große Zehe meines linken Fußes länger gewachsen ist als üblich. Vermutlich Vererbung, da meine beiden Stiefbrüder väterlicherseits das gleiche Problem haben.«

Ich schickte ihm eine unverbindliche Antwort. Inzwischen lief die Notstandsitzung auf Hochtouren. Kein Wunder, daß einige der Zettel falsche Adressen anliefen. So zum Beispiel die halbe Visitenkarte, die der Kellner unter meine Kaffeetasse geschoben hatte.

»Verehrtes Fräulein, hätten Sie nicht Lust auf ein Glas Riesling, wenn diese Scheißsitzung zu Ende ist?«

Ich schrieb auf die Rückseite: »Lassen Sie mich gefälligst in Ruhe!« und schickte es per Kellner an Absender zurück. Ich habe für derlei Zufallsbekanntschaften wirklich nichts übrig.

Der gestreßte Ober war übrigens seit einigen Stunden nur mit Zustellungen von Eilbriefen beschäftigt, obwohl bereits einige Sonderaktionen auf privater Basis liefen. Als beispielsweise der Parlamentarier T. L. Slotschkowsky gerade seinen revolutionären Gesetzesentwurf an den Mann brachte, tauchte eine haarige Hand vor meiner Nase auf und schwenkte ein Rundschreiben. Die haarige Hand gehörte Dr. Wechsler jun., der in den Untergrund gegangen war und seine Aktivitäten von den Tiefen des Tisches aus betrieb. Er erfüllte seine Mission mit bewundernswerter Orientierungsfähigkeit und überraschte auch mit seinem zeichnerischen Können: Der schwerbebrillte Gaul auf seinem Zettel zeigte unmißverständlich Ähnlichkeit mit Professor Schleswig-Holstein. Aus dem Maul des Vorsitzenden kam eine kunstvolle Sprechblase:

»Ich habe deshalb lange Ohren, weil ich als Esel bin geboren!«

Das gefiel mir sehr. Ich legte das Maultier in meinem Archiv unter der Rubrik »Persönliches« ab. Dies brachte mich auf die Dringlichkeit einer Erweiterung meiner Bürokapazität. Für die nächsten Sitzungen benötigte ich dringend eine elektrische Schreibmaschine und einen flinken Boten zu meiner persönlichen Verfügung. Auch eine vorpräparierte, umfangreiche Zettelkollektion für alle denkbaren Umstände würde mein Arbeitspotential im Rahmen des Finanzkomitees wesentlich steigern können. Aber das war Zukunftsmusik ...

Ich wandte mich höflich an Jelena Krausz-Klostermann, ob sie für eine kleine Gelegenheitsarbeit zu gewinnen wäre:

»Ich brauche dringend jemanden, der mein Zettelarchiv nach Schlagwort, Quelle und Eingangszeit katalogisiert.«

»Aber natürlich«, antwortete die sympathische Dichterin. »Ich möchte nur vor der Abstimmung noch meine Expertise zum dezentralisierten Generationskonflikt vorlegen.«

Tatsächlich, die Zeit war fortgeschritten. Alle Teilnehmer waren von Erschöpfung gezeichnet, besonders der Aushilfskellner, der flach auf dem

Vorlegeteppich ausgestreckt lag. Damit schien der organisierte Tischnachrichtendienst endgültig zusammengebrochen zu sein. Die letzten Zettel wurden zu Flugzeugen gefaltet. Manchmal gab es in der Luft Zusammenstöße, was ein wenig peinlich berührte.

»Die Stunde der historischen Entscheidung hat geschlagen, meine sehr verehrten Damen und Herren«, erklärte der Vorsitzende. »Das kulturelle Überleben der Nation steht auf dem Spiel. Wer für das revidierte Notbudget stimmt, möge seine Hand heben.«

Die Mehrzahl der Abgeordneten schrieb auf einen Zettel: »Ich hebe meine Hand« und stimmte ein Kinderlied an.

5.

Neurotisches Selbstporträt
Senilität keine Altersfrage
Parapsychologische Orgie
Schlaflose Narkose
Mit Calcium sulfuricum
zum Heldentum

Fast schon gesellschaftsfähig ist heute eine der verbreitetsten psychischen Erkrankungen: die Neurose. Besonders populär ist sie allerdings in Künstlerkreisen.

Naturgemäß also auch bei Schriftstellern und am stärksten ausgeprägt bei Humoristen. Als abschreckendes Beispiel stelle ich mich gerne zur Verfügung, da ich mich auf dem Gebiet der praktizierten *Neurose* für unschlagbar halte.

Das kann ich sofort begründen, beginnend bei der Kernfrage: Wie schreibt man eine lustige Geschichte? Genauer gefragt: Warum schreibt man sie? Die Antwort lautet: Weil man einen Vertrag hat. Der humoristische Schriftsteller bezieht von einem der sogenannten Massenmedien – Zeitungen, Rundfunk, Fernsehen – ein bestimmtes Gehalt und muß dafür wöchentlich einen erstklassigen humoristischen Beitrag liefern, spätestens Donnerstag um 9.30 Uhr. Soweit ist alles klar.

Das Problem des Lieferanten besteht nun darin, daß er nicht weiß, worüber er schreiben soll. Er besitzt jedoch ein kleines gelbes Notizbuch, in das er mit Hilfe eines Kugelschreibers die brillanten Ideen einträgt, die ihm – oder einem seiner Bekannten – plötzlich eingefallen sind. Wenn der

Zeitpunkt der Ablieferung herannaht, beginnt der Humorist fieberhaft in seinem Notizbuch zu blättern und findet nichts. Deshalb bezeichnet man diesen Zeitpunkt als »Stunde Null«.

Was den Humoristen besonders erbittert, sind jene eilig hingekritzelten Einfälle, die er nicht mehr versteht. Ich, zum Beispiel, stoße in meinem Ideenfriedhof immer wieder auf rätselhafte Notizen wie: »Plötzliche Geburt, ungültig« oder: »Verzweifelt. Hohlkopf führt Hund Gassi. Schweißperlen.« Es ist mir längst entfallen, was diese geheimnisvollen Inschriften bedeuten sollen. Ich habe keine Ahnung, warum und wozu ein Hohlkopf in längst vergangenen Tagen einen Hund spazieren geführt haben könnte.

Welch ein Beruf!

Nach dem Fiasko mit dem Notizbuch begebe ich mich auf die Jagd nach neuen, ergiebigen Einfällen. Die Jagd bleibt erfolglos. Mein Kopf ist leer. Er erinnert mich an den Hohlkopf. Was war's mit dem? Ich weiß es nicht. Ich denke vergebens nach.

Kommt noch hinzu, daß mich ein unüberwindliches Schlafbedürfnis befällt, sowie ich mich hinsetze, um eine lustige Geschichte zu schreiben. Vermutlich handelt es sich hier um einen psychosomatisch-literarischen Müdigkeitskomplex oder dergleichen. Es beginnt im Kopf und breitet sich mit Windeseile bis zu den Zehenspitzen aus. Ich habe schon mehrere prominente Psychiater konsultiert.

»Die Sache ist die«, so beichte ich ihnen, »daß ich nicht das geringste Bedürfnis verspüre, lustige Geschichten zu schreiben. Und zum Schluß schreibe ich sie trotzdem. Glauben Sie, daß ich krank bin?«

Die Psychiater sind sofort mit einer Erklärung zur Hand. Sie sagen, daß mir meine Mutter in meiner Kindheit einen Witz erzählt hat, den ich nicht verstanden habe, und daraus hat sich bei mir ein traumatischer Widerstand gegen jede Art von Humor entwickelt. Sagen sie. Aber auch das hilft mir nicht weiter.

Der Vorteil solcher Konsultationen besteht darin, daß man bequem auf einer Couch liegt und daß dank Sigmund Freud die Mütter an allem schuld sind.

Übrigens veranstalte ich auch die Jagd nach lustigen Themen mit Vorliebe liegend. Das Blut strömt in diesem Zustand leichter und besser ins Hirn, besonders wenn man die Füße ein wenig hebt und den Kopf ein wenig senkt. Man braucht dann nur noch auf die Einfälle zu warten, die mit dem Blut ins Hirn strömen, und binnen kurzem schläft man ein.

Eine andere Lösung bietet der Schaukelstuhl. Man schaukelt sich halb blöd und hört zu denken auf. Sobald dieser Punkt erreicht ist, greife ich nach dem gelben Notizbuch und beginne zu blättern. Als Ergebnis verzeichne ich in den meisten Fällen zwei Drittel Perestroika und ein Drittel Steuerreform.

Was war das für ein Hund? Und warum hat ihn der Hohlkopf verfolgt?

Ich begebe mich zur Hausapotheke und schlucke ein Aspirin. Dann öffne ich das Fenster, damit, wenn schon kein Blut ins Hirn, so doch etwas feuchte, heiße Luft ins Zimmer strömt.

Dann spitze ich sorgfältig alle Bleistifte im Haus, wobei ich die Klinge des Bleistiftspitzers zweimal wechsle, um bessere Resultate zu erzielen. Während ich mir mit demonstrativer Langsamkeit die Nägel schneide, entdecke ich im Durcheinander auf meinem Schreibtisch eine kleine Schachtel. Ich öffne sie und zähle die darin befindlichen Büroklammern. Es sind 46. Ich esse ein Biskuit. Ich esse eine saure Gurke. Ich frage mich, was ich sagen wollte. Richtig: Ich wollte eine lustige Geschichte schreiben. Aber worüber?

Es dunkelt. Kein Zweifel, daß diese Zeit sich nicht für schöpferische Arbeit eignet. Das ist ja überhaupt die Schwierigkeit mit dem Schreiben lustiger Geschichten: Am Morgen ist man noch verschlafen, zu Mittag erfolgt die Nahrungsaufnahme, der Nachmittag eignet sich nicht zum Schreiben, und am Abend ist man müde. In der Nacht schläft man.

Wann soll ich also schreiben? Ich frage: wann?

Mit Riesenschritten naht die Stunde Null. Das leere Papier auf meinem Schreibtisch starrt mir anklägerisch entgegen. Ich muß mich konzentrieren. Ich muß, es geht nicht anders. Aber auch so geht es nicht. Was ist in der letzten Zeit geschehen? Was ist mit der Steuerreform geschehen? Und mit Perestroika? Und wie komme ich auf den Gedanken, daß das lustig sein könnte?

Auf dem Fensterbrett liegt eine Fliege, lang ausgestreckt, die Füße ein wenig höher, den Kopf ein wenig tiefer. Sie denkt nach. Jetzt spitzt sie ihre Beine, obwohl sie um 9.30 Uhr keine lustige Geschichte abzuliefern hat. Ist es eine männliche oder eine weibliche Fliege? Oder ein Transvestit? Ich unternehme einen diskreten Erkundungsversuch, der zu nichts führt. Sodann beschließe ich, die Fliege zu ermorden. Es ist das erste interessante Ergebnis des heutigen Tags. Zu dumm, daß ich schon mindestens ein Dutzend Geschichten über Fliegen geschrieben habe. Aber wenn ich's recht bedenke, habe ich im Verlauf meiner letzten 80 Lebensjahre schon über alles geschrieben, was es gibt.

Mir fällt ein, daß ich die Topfpflanzen gießen muß. Kein sehr zweckdienlicher Einfall, aber in Zeiten der Not darf man nicht wählerisch sein. Ich gehe ins Badezimmer, fülle ein Glas mit Wasser und gieße die Topfpflanzen. Und da ich schon bei der Behandlung von Pflanzen bin, gehe ich in den Garten und entferne drei verwelkte Blätter vom Hibiskusstrauch. Hierauf gehe ich ins Zimmer zurück, setze mich an den Schreibtisch und weiß nicht, was ich schreiben soll.

Leider bin ich Nichtraucher, sonst könnte ich jetzt zuviel rauchen. Nun, es gibt ja immer noch den Kaffee, wenn man sich unbedingt selbst vergiften will. Ich gehe in die Küche, koche einen sehr starken Kaffee und trinke ihn aus, ohne Milch und ohne Zucker. Dann warte ich auf die Ideen, die mit dem Kaffee in mein Hirn strömen müßten. Sie strömen nicht. Statt dessen werde ich nervös und merke, daß meine Hand zu zittern beginnt. Ich hole mir eine Flasche Bier und beruhige mich.

Vielleicht sollte ich etwas Politisches schreiben? Über Perestroika? Als Fliegentöter?

Das Bier macht mich schläfrig. Ich brauche einen Sliwowitz, um wieder lebendig zu werden. Außerdem brauche ich eine Tablette gegen Herzflattern, eine Tasse Kakao und ein Glas Wasser, um die Topfpflanzen zu gießen. Ich will das Fenster öffnen, aber es ist schon offen. Ich höre ein paar alte Schallplatten und rufe ein paar alte Freunde an, um mich zu erkundigen, was es Neues gibt. Es gibt nichts Neues. Ich esse einen Pfirsich, ich esse einen überreifen Camembert, putze die andere Hälfte von meinem Hemd weg, möchte wissen, wie Käse hergestellt wird, schaue in der Enzyklopaedia Judaica nach und finde keinen Käse. Es ist eine Schande.

Nachdem ich noch einen Kaffee, noch einen Kakao und noch ein Bier getrunken habe, rasiere ich mich. Das macht mir den Kopf frei. Einem medizinischen Fachmann zufolge gibt es funktionelle Ersatzhandlungen fürs Schlafen. Wenn man beispielsweise ein reines, weißes Hemd anzieht, so hat das den gleichen Erfrischungswert, als ob man eine halbe Stunde geschlafen hätte. Eine kalte Dusche ersetzt eine volle Stunde, ein heißes Bad eine weitere, und eine Stunde Schlaf ist so gut wie zwei Stunden. Aber dazu habe ich jetzt keine Zeit.

Ich torkle in das Zimmer der besten Ehefrau von allen und frage sie, ob sie nicht zufällig eine Idee für eine lustige Geschichte hat.

»Warum?« murmelt sie schlaftrunken. »Wieso? Es gibt doch eine Menge von politischen Themen ...«

»Welche?« brülle ich. »Welche? !«

»Was weiß ich. Perestroika.« Und sie schläft weiter.

Warum muß ich eigentlich eine lustige Geschichte schreiben? Wo steht es geschrieben, daß ich lustige Geschichten schreiben muß? In meinem Vertrag. Die Stunde Null steht vor der Tür. Schon gut, schon gut. Ich reiße mich zusammen. Papier... Bleistift... Radiergummi... noch ein Bleistift... jetzt kann nichts mehr passieren. Alles ist vorbereitet. Die schöpferische Arbeit kann beginnen. Disziplin. Konzentration.

Der Hund war noch nicht draußen. Der Hund muß Gassi gehen. Aufatmend nehme ich Franzi an die Leine. Keine Eile, sage ich mir. Laß dir Zeit, Franzi. Ich denke inzwischen darüber nach, was »Humor« eigentlich bedeutet. Die Wörterbücher behaupten, daß das Wort aus dem Lateinischen kommt und ursprünglich »Feuchtigkeit« bedeutet. Was soll das? Ich zum Beispiel habe einen trockenen Humor. Aber ich habe kein Thema.

Es ist Zeit, einen endgültigen Entschluß zu fassen. Ich entschließe mich deshalb für eine kalte Dusche. Das Wasser überschwemmt mich mit einer Flut von Einfällen. Leider, und ohne daß ich es beeinflussen könnte, kreisen sie alle um die farbige Figur des internationalen Playboys Gunther Sachs. Wahrscheinlich planscht der gerade an der französischen Riviera herum, in Gesellschaft wunderschöner Mädchen, die Füße ein wenig aufwärts, den Kopf ein wenig gesenkt. Ich hasse Gunther Sachs, reibe mir den Rücken mit einem rauhen Badetuch ab und trinke einen Sliwowitz. Jetzt ist es soweit. Endlich!

Schweißperlen. Wenn ich nur wüßte, was damals mit den Schweißperlen los war.

Die kalte Dusche hat, wie es ja auch ihre Aufgabe ist, mein Schlafbedürfnis gesteigert. Ich kann nicht weiter. Ein Glück, daß das Fernsehen jetzt bald die Nachrichten bringt. Vielleicht ergibt sich da etwas Brauchbares, Perestroika oder so.

Wieder nichts. Ich bin um eine große Hoffnung ärmer. Und vom nachfolgenden Krimi ist noch weniger zu erwarten. Weniger als nichts. Genau das, was ich um 9.30 Uhr nicht abliefern kann.

Ich habe mir einen neuen, diesmal noch stärkeren Kaffee zubereitet, sehe nach, ob die Kinder schlafen, wecke sie auf, schimpfe mit ihnen, weil sie noch wach sind, gehe in mein Arbeitszimmer zurück, um zu arbeiten, erkundige mich bei der telefonischen Zeitansage nach der genauen Zeit, mit dem Pfeifton wird es null Uhr vierzig Minuten und fünfzehn Sekunden, um 9.30 Uhr muß ich abliefern, und ich muß noch mit dem Hund Gassi gehen, mein Kopf ist hohl, ich perle Schweiß, ich schwitze Perlen... Wo habe ich es gelesen, um Gottes willen wo?

Es ist mir längst entfallen...

In jedem Fall, so entsteht eine lustige Geschichte. Allerdings genügt es, um dahin zu kommen, nicht, neurotisch zu sein. Eine Spur Senilität gehört auch noch dazu.

Es tut mir leid, Sie enttäuscht zu haben.

Ja, Vergeßlichkeit wird allgemein als ein Altersleiden hingestellt: Das Gehirn wird weicher, je härter die Arterien werden, oder so ähnlich. In unseren subtropischen Breitengraden hat sich die Vergeßlichkeit jedoch zu einer liebgewordenen Gewohnheit entwickelt, man könnte fast sagen, zu einer Regionalleidenschaft. Vor einiger Zeit wurde eine Gruppe bedeutender Psychiater damit beauftragt, eine Untersuchung über Ursache und Wirkung dieses Phänomens durchzuführen, doch die Sache geriet irgendwie in Vergessenheit, ich weiß nicht mehr warum.

Ich traf Weinreb oben auf der Treppe vor der Oper. Ich stürzte sofort auf ihn zu und erinnerte ihn daran, sich unbedingt morgen früh mit dem Rechtsanwalt in Verbindung zu setzen.

»Mach' ich«, sagte Weinreb. »Wenn ich's nicht vergesse.«

»Was heißt, wenn ich's nicht vergesse?« fragte ich fassungslos. »Sie wissen so gut wie ich, von welcher enormen Wichtigkeit es ist, daß Sie sich . . .«

»Weiß ich«, entgegnete Weinreb beschwichtigend. »Aber ich habe in letzter Zeit so viel um die Ohren, daß ich bis morgen die Sache längst wieder vergessen habe. Das Beste wird sein, Sie rufen mich morgen früh um sechs Uhr an und erinnern mich noch mal.«

»Um sechs bin ich im Badezimmer. Absolut unabkömmlich. Wäre es nicht im Bereich der Möglichkeit, daß Sie sich selbst erinnern, es nicht zu vergessen?«

»Versuchen kann ich es, aber ich kann nichts versprechen. Ich bin so früh am Morgen immer noch im Halbschlaf und weiß nicht, wo ich bin und wer ich bin, bevor ich meine erste Tasse Kaffee getrunken habe.«

»Und wie ist es nach dem Kaffee?«

»Da weiß ich, wo ich bin. Ich verlasse auf der Stelle das Haus und –«

»Und setzen sich mit ihm in Verbindung!« frohlockte ich.

»Mit wem?«

»Mit dem Rechtsanwalt.«

»Gut, daß Sie mich erinnern. Ich hatte ihn vollkommen vergessen. Hören Sie, es hat keinen Zweck. Machen Sie sich keine Illusionen. Ich weiß genau, morgen habe ich so viel zu erledigen, daß die Sache mit dem Rechtsanwalt mir wieder glatt entfallen wird.«

»Was tun wir also?«

»Keine Ahnung.«

Wir gingen ein paar Stufen hinab, gesenkten Hauptes und in bedrücktem Schweigen. Durch mein Gehirn schossen die abenteuerlichsten Ideen.

Plötzlich kam mir die Erleuchtung. »Ich hab' es, Weinreb!« rief ich triumphierend. »Wie wäre es, wenn Sie sich einen Knoten in Ihr Taschentuch machten?«

Weinreb sah zu mir auf. Sein müdes, gütiges Lächeln bewegte mich zutiefst.

»Und wer«, fragte er zögernd, »wer, bitte erinnert mich, was der Knoten zu bedeuten hat? Nein, die einzige Lösung, die ich im Augenblick sehe, ist leider die: Sie rufen mich um sechs Uhr früh an.«

»Also gut, vielleicht.«

»Wieso vielleicht?«

»Weil ich möglicherweise den Anruf vergesse. Sie glauben nicht, wie auch mein Gedächtnis in diesem Sommer nachgelassen hat. Wissen Sie was? Es ist alles kein Problem, wenn Sie mich morgen früh um zehn vor sechs anrufen und mich erinnern, Sie anzurufen.«

»Gern. Nur, Sie wissen, ich werde es vergessen.«

»Dann notieren Sie es sich irgendwo.«

»Und was soll mich daran erinnern, daß ich mir etwas notiert habe?«

»Das!« fauchte ich, hob meinen rechten Fuß und hieb ihm die Schuhspitze voll gegen das Schienbein. »Jetzt«, fügte ich erläuternd hinzu, »dürften Sie kaum noch einen Schritt machen können, ohne zu humpeln. Sie werden beim Humpeln ständig daran denken, warum Sie humpeln. Und warum? Weil Sie mich um zehn vor sechs ...«

»Das wird nicht klappen«, seufzte Weinreb, während er auf der untersten Treppenstufe hockte und sich das Schienbein rieb, »wie ich mich kenne, werde ich auch das Humpeln vergessen. Deshalb wäre es das Beste, wenn Sie mich, sagen wir, um fünf Uhr vierzig morgen früh anrufen würden, um mich zum Humpeln zu bringen. Okay?«

»Okay. Wenn ich's nicht vergesse.«

Um alle Mißverständnisse von vornherein auszuräumen: Senilität ist keine Schande, im Gegenteil: Sie ist eine mathematische Folge der Anhäufung von Jahren. Noch dazu üben pflichtbewußte Hausärzte ab einem gewissen Alter ihrer Patienten leichten Druck auf diese aus, daß es doch höchste Zeit wäre, sich ein paar deutliche Zeichen von Verkalkung zuzulegen, andernfalls würden sie den Cholesterinspiegel nächstens besonders kritisch prüfen.

Der folgenden Geschichte wollte ich den Titel »Auf Hasenjagd für Opa« geben, dann aber ist es mir entfallen. Das Schicksal wollte es nämlich, daß ich voriges Jahr über Ostern in Hamburg inmitten meiner Theaterproben steckenblieb. Die beste Ehefrau von allen ergriff die Gelegenheit und fuhr mit ihrem Wagen für drei Tage nach dem schönen Italien, um sich am vierten Tag von der Versicherungsgesellschaft ein nagelneues Autoradio besorgen zu können. Ich blieb also in der Hansestadt allein zurück.

In diesen trostlosen seelischen Zustand griff das befreundete Ehepaar Schultheiß aus humanitären Gründen ein und schlug mir vor, das Osterfest im Kreise ihrer Familie zu verbringen. Unter vier Augen machte ich Viktor Schultheiß darauf aufmerksam, daß meine streng mosaische Religion keine diplomatischen Beziehungen zu Osterhasen zuläßt.

»Macht nichts«, beruhigte mich Viktor, »es ist für jedermann ein unvergeßliches Erlebnis, wenn unser kleiner, süßer Klaus-Dieter sein Osternest sucht ...«

Ich ließ mich also nicht mehr lange überreden

und stieß am Ostersonntag in der Funktion eines neutralen Beobachters zu den Schultheiß. Der feierliche Akt der Osternestsuche sollte im Salon stattfinden, der neben dem überwältigenden Osterbaum mit äußerst seltenen venezianischen Spiegelimitationen und in den Ecken mit zwei imposanten Barockfauteuils ausgestattet war. Ein reich geschmückter Tisch deutete darauf hin, daß das Osterfest bereits seinen Lauf genommen hatte. Hinter vorgehaltener Hand fragte ich Viktor, wohin er als diensthabender Osterhase die Eier gelegt hätte.

»Dafür ist seit dem ersten Weltkrieg mein Vater zuständig«, informierte mich Viktor und stellte mich Opa Ludwig vor.

Ich bemerkte sofort, daß der neunzigjährige Opa nicht ganz stubenrein war, zumindest, was seine Grauzellenkapazität betraf. So verlief auch unser Gespräch ein wenig verwirrend:

»Opa, Opa«, brüllte Viktor Opa ins Ohr. »Herr Kishon ist unser Gast.«

»Was?«

»Der Herr – bleibt – heute – bei uns!«

»Gelobt sei der Name des Herrn«, bestätigte Opa und maß mich mit feindlichem Blick: »Aber was, zum Teufel, sucht der hier?«

Glücklicherweise brachte Opas volle Blase eine erfreuliche Wende in unsere kurze Plauderei. Frau Schultheiß nutzte die Erholungspause und schickte den kleinen Liebling Klaus-Dieter schnell auf Eierjagd.

»Wie ich meinen klugen Jungen kenne, wird er das Osternest im Nu finden«, prophezeite mit unverhülltem Stolz Gunhild Schultheiß und flüsterte mir zu: »Der verkalkte Alte versteckt es Jahr für Jahr im Fauteuil.«

»Eiskalt. Kalt. Lauwarm. Warm. Heißer. Heiß.«, plapperte Klein-Klaus-Dieter dem Ritual folgend auf seinem Routinegang zum Fauteuil herunter, angefeuert von den aufmunternden Zurufen seiner beiden Erzeuger. Mit der Sicherheit jahrelangen Trainings griff Klaus-Dieter tief in die Polster des Fauteuils und nestelte mit steigender Unruhe darin herum.

»He, was soll das?«, hob das Kind schließlich seinen Blick. »Da ist nichts!«

»Aber es muß da sein, es ist doch immer da«, insistierte Mutter Schultheiß und begann, die Polster systematisch auseinanderzunehmen. Viktor stürzte ins Vorzimmer und polterte hysterisch an die Klotür:

»Opa, Opa«, hörten wir ihn brüllen. »Wo hast du es versteckt?«

»Was?«, hörte man aus dem Klo. »Wie?«

»Wo – sind – die Eier?«

»Was für Eier?«

Panik brach aus. Mutti und Klaus-Dieter arbeiteten sich tief ins Unterbewußtsein des Fauteuils, bis eine gelöste Feder ihre Selbstbeherrschung verlor und Klaus-Dieter kurzerhand hinauskatapultierte.

»Scheiße!« meinte der Kleine nach seiner Notlandung. »Jemand hat mein Nest gestohlen«, und schickte einen drohenden Blick in meine Richtung.

Da wurde mir klar, daß ich mich der allgemeinen Fahndungsaktion nicht mehr entziehen konnte und kroch gehorsam unter den Fauteuil.

Viktor kam mit einem mittelgroßen Küchenmesser zurück und begann die Nähte des Stoffes aufzutrennen. »Sechs Schokoladeneier können sich doch nicht so mir nichts, dir nichts in Luft auflösen«, murmelte das Familienoberhaupt vor sich hin und spuckte Holzwolle.

Jetzt schon mußte ich mir eingestehen, daß dieses Osterfest ein unvergeßliches Erlebnis sein würde.

»Jedes Jahr derselbe Mist!« heulte Klaus-Dieter, während seine Eltern den unglücklichen Fauteuil in Scheiben tranchierten. Opa Ludwig erschien für einen Augenblick an der Tür, schaute verständnisvoll zu und stimmte bewegt das Lied an:

»O Tannenbaum, o Tannenbaum ...«

Es war wirklich einmalig. Nach einer weiteren Viertelstunde gaben wir unsere fruchtlosen Recherchen auf.

»Nächstes Jahr klappt es bestimmt«, tröstete mich Gunhild Schultheiß. Während sich ihr Gatte erfolglos gegen die Schläge von Klein-Klaus-Dieter wehrte, legte sich Opa Ludwig zum Mittagsschläfchen in die Badewanne ...

Ich zog mich auf Zehenspitzen vom Schlachtfeld in eine entfernte Ecke zurück und ließ mich erschöpft in den zweiten Fauteuil fallen.

Kratsch ...!

Sechs stramme Schokoladeneier gaben unter mir ihren Geist auf. Ich wagte nicht, mich zu rühren und sann mit geschlossenen Augen darüber nach, wie es diese raffinierten Hühner geschafft hatten, ihre lästigen Eier den Osterhasen anzudrehen.

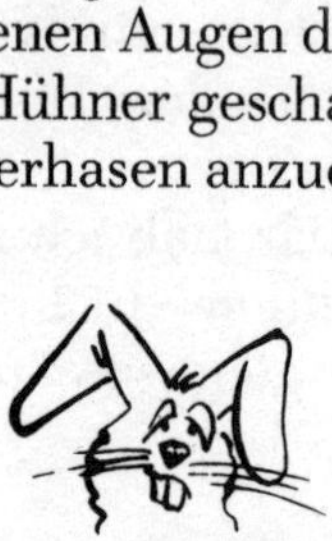

Um ältere Leser nicht zu kränken, soll aber hier angemerkt werden, daß es Gott sei Dank auch vorzeitige Senilität gibt. Manchmal beginnt sie schon mit der ersten Schulstufe, auch wenn der kleine Patient diese gar nicht besucht hat.

Das ganze Unglück fing damit an, daß ich an einer neuen Sorte amerikanischer Schuhe, ihrer Gummisohlen wegen allgemein »Rubber Soles« genannt, besonderen Gefallen fand. Ich wollte mir unbedingt ein Paar kaufen und betrat zu diesem Zweck das Schuhgeschäft Leicht in der Stadtmitte.

»Herr Leicht«, sagte ich, »ich möchte ein Paar echte Rubber Soles, sämisch, mit amerikanischen Spitzen.«

»Einen Augenblick«, sagte Herr Leicht und begann seine Regale zu durchstöbern.

Es zeigte sich, daß Herr Leicht Rubber-Soles-Schuhe, Sämischlederschuhe und Schuhe mit amerikanischen Spitzen auf Lager hatte, aber kein einziges Paar, das alle drei Qualitäten in sich vereinigte. Angesichts meiner deutlich zur Schau getragenen Enttäuschung erklärte er sich bereit, einen Botenjungen in sein Filialgeschäft zu schicken, welches sich gegenüber der Hauptpost befand.

»In ein paar Minuten haben Sie Ihre Schuhe«, sagte er wörtlich und winkte den Botenjungen heran, einen kleinen Jemeniten von etwa vierzehn Jahren, dessen außergewöhnlich geringer Intelligenzgrad sich sofort feststellen ließ.

»Höre, Achimaaz«, sagte Herr Leicht langsam und deutlich. »Du gehst jetzt in unser Zweiggeschäft gegenüber vom Hauptpostamt und verlangst dort ein Paar Rubber Soles, sämisch, amerikanisch, Nummer 7. Die bringst du her. Hast du verstanden?«

»Wozu?« antwortete Achimaaz.

»Na ja.« Herr Leicht wandte sich entschuldigend an mich. »Es ist vielleicht besser, wenn wir dem kleinen Schwachkopf Ihre Schuhe mitgeben, sonst bringt er die falsche Größe.«

Ich zog meine Schuhe aus, die Herr Leicht in eine leere Schachtel tat und dem blutjungen Senilen übergab.

»Also, Achimaaz: Rubber Soles, sämisch, amerikanisch, Nummer 7. Wirst du dir das merken? Ja? Dann lauf.«

»Herr Leicht«, stammelte Achimaaz, »ich weiß nicht, wohin ich gehen soll, Herr Leicht.«

»Du weißt doch, wo die Hauptpost ist?«

»Ja, das weiß ich.«

»Also. Auf was wartest du noch. Es eilt!«

Nach zwei Stunden und zwanzig Minuten, in denen ich ohne Schuhe dasaß, wußten weder Herr Leicht noch ich, worüber wir noch sprechen sollten, um unsere Nervosität zu verbergen. Alle gängigen Konversationsthemen, vom Wachstum Tel Avivs bis zur Aufnahme der Schweiz in die UN, waren bereits erschöpft. Endlich wurde die Tür aufgerissen und Achimaaz stand auf der Schwelle, vollkommen atemlos und mit vollkommen leeren Händen.

»Nu? !« Herr Leicht sprang auf ihn zu. »Wo sind die Schuhe?«

»Mit Luftpost abgegangen«, sagte Achimaaz und holte tief Atem.

Die sofort angestellten Nachforschungen ergaben folgenden Hergang: Der verwirrte Knabe war in strikter Befolgung der letzten Instruktionen, die Herr Leicht ihm erteilt hatte, direkt aufs Hauptpostamt gerannt und hatte sich dort in die Schlange vor dem Schalter Nummer 4 eingereiht, weil sie die längste war. Er kam nur langsam vorwärts, denn am Schalter 4 werden die eingeschriebenen Briefe abgefertigt und ein Bote des Postministeriums hatte ihrer gerade 1200 mitgebracht. Endlich aber war Achimaaz doch an der Reihe.

Erlöst schob er dem Beamten die Schachtel mit meinen alten Schuhen unter die Nase und sagte brav das Eingelernte auf:

»Rubber Soles Sämisch Amerika Nummer 7.«

»Schalter 8«, sagte der Beamte. »Weitergehen.«

Achimaaz wechselte zur Schlange vor dem Schalter 8, wo die übergewichtigen Briefe gewogen werden. Auch dort wiederholte er sein Sprüchlein:

»Rubber Soles Sämisch Amerika Nummer 7.«

»Das ist kein Brief«, sagte der Beamte. »Das ist ein Paket.«

»Macht nichts«, sagte Achimaaz. »Herr Leicht will es so.«

»Na schön.« Der Beamte zuckte die Schultern und legte die Schachtel auf die Waage.

»Das wird dich ein Vermögen kosten. Wohin soll's gehen?«

»Rubber Soles Sämisch Amerika Nummer 7.«

Der Beamte sah im Postgebührenverzeichnis unter »Amerika« nach und errechnete die Luftpostgebühr für das entsprechende Gewicht.

»12 Shekel 40. Mit Eilzustellung?«

»Warum eil?«

»Ist es eilig?«

»Sehr eilig.«

»Macht 4 Shekel mehr. Hast du so viel Geld bei dir, Junge?«

»Ich glaube schon.«

Erst jetzt merkte der Beamte, daß auf der Schachtel keine wie immer geartete Adresse angebracht war.

»Was soll das? Warum hast du keine Adresse geschrieben?«

»Ich kann nicht sehr gut schreiben«, entschuldigte sich Achimaaz und wurde knallrot. »Wir sind acht Kinder. Mein ältester Bruder ist im Kibbuz und –«

»Schon gut«, unterbrach ihn der Beamte, dessen weiches jüdisches Herz soeben die Oberhand gewonnen hatte, und griff nach einer Feder, um das Paket selbst zu adressieren. »An wen geht das also?«

»Rubber Soles Sämisch Amerika Nummer 7«, flüsterte in wachsender Verschüchterung der Knabe Achimaaz.

»Rabbi Sol Sämisch, USA«, schrieb der Beamte auf das Paket und knurrte etwas von diesen amerikanischen Juden, die sogar ihre biblischen Vornamen abkürzen und statt »Solomon« nur »Sol« sagen; dann unterbrach er sich aufs neue: »Welche Stadt, zum Teufel. Welche Straße?«

»Herr Leicht hat gesagt: gegenüber vom Hauptpostamt.«

»Das genügt nicht.«

»Rubber Soles Sämisch Amerika Nummer 7«,

wiederholte Achimaaz tapfer. »Mehr hat Herr Leicht nicht gesagt.«

»Wirklich ein starkes Stück...« Der Beamte schüttelte den Kopf und vervollständigte mit erfahrungssatter Sicherheit die Adresse: Postfach No. 7, Brooklyn, N. Y., USA. (In Israel herrscht nämlich die Überzeugung, daß fast alle amerikanischen Juden in Brooklyn leben. Und was tut Gott? Fast alle amerikanischen Juden leben in Brooklyn.)

»Wer ist der Absender?«

»Herr Leicht.«

»Wo wohnt Herr Leicht?«

»Ich weiß nicht. Sein Geschäft ist auf dem Mograbi Square.«

Das war der Hergang, soweit er sich rekonstruieren ließ.

Als ich vor einigen Tagen wieder am Schuhgeschäft Leicht vorbeikam, winkte mich Herr Leicht in den Laden und zeigte mir stolz einen Brief von Rabbi Sämisch aus Hartford, Connecticut. (Die falsche Brooklyner Adresse war von der findigen amerikanischen Post richtiggestellt worden.) Rabbi Sämisch bedankte sich herzlich für das hübsche Geschenk, bemerkte jedoch, daß er im allgemeinen neue Schuhe vorzöge, weil sie länger hielten. Im übrigen hätte ihn die kleine Aufmerksamkeit, obwohl er sich seit jeher lebhaft für die zionistische Bewegung interessierte, doch ein wenig überrascht.

Psychologie ohne Parapsychologie ist wie Fernsehen ohne Antenne. Diese noch nicht ganz exakte Wissenschaft eröffnet dem Bewußtsein unterbewußte Fenster. Das Problem ist allerdings, daß das Bewußtsein sie meistens nicht mehr schließen kann.

Mein diesbezügliches Erlebnis nahm seinen Anfang, als ich auf dem Heimweg Kunstetter begegnete. Wir plauderten eine Weile über den erfreulichen Anstieg des Dollarkurses und den bevorstehenden Weltuntergang. Dann zuckte Kunstetter die Schultern:

»Eigentlich interessiert mich das alles nicht. Ich bin Spiritist.«

Aus meinem Gesichtsausdruck muß klar hervorgegangen sein, wofür ich ihn hielt, denn er zeigte sich beleidigt.

»Ihr blödsinniges Grinsen«, sagte er, »beweist mir nur, daß Sie ein vollkommener Ignorant sind. Was wissen Sie denn überhaupt vom Spiritismus?«

»Nicht viel«, gestand ich. »Ein paar Leute setzen sich zusammen, beginnen mit den Geistern der Verstorbenen zu reden und verraten niemandem, wie der Schwindel zustande kommt.«

Kunstetters Gesicht verfärbte sich. Mit rauhem Griff packte er mich am Arm und schleppte mich ab. Ich protestierte leidenschaftlich, ich machte geltend, daß ich zum Medium völlig ungeeignet und überdies ein Skeptiker sei – es half nichts ...

In dem kleinen Zimmer waren fünf traurige Männer und drei schläfrige Frauen versammelt. Erst nachdem er mich vorgestellt hatte, ließ Kunstetter meinen Arm los und sagte:

»Dieser Bursche glaubt nicht an –«

Er brauchte nicht weiterzusprechen. Das empörte Murren der Anwesenden nahm ihm das ab.

Einer von ihnen informierte mich, daß auch er vor fünfzehn Jahren so ein hochnäsiger Zweifler gewesen sei; aber dann hätte Rabbi Akiba bei einer Séance auf Befragen seine Telefonnummer auswendig gewußt (die des Fragestellers, versteht sich) und seither hätte er Nacht für Nacht jeden beliebigen Geist beschworen. Dadurch wäre er innerlich so gefestigt, daß die Welt, was ihn beträfe, getrost in Trümmer gehen könnte.

Ich erkundigte mich bei den Mitgliedern des Cercles, ob sie schon einmal einen wirklichen, lebendigen Geist gesehen hätten. Sie lächelten nachsichtig, etwa so, wie ein milder Vater seinem zurückgebliebenen Kind zulächelt. Kunstetter verdunkelte das Zimmer und bedeckte den Tisch mit einem Wachstuch, auf dem sämtliche Buchstaben des Aleph-Beths, sämtliche Ziffern von 0 bis 9, einige gebräuchliche hebräische Abkürzungen, die Worte »Ja« und »Nein«, sowie ein Fragezeichen aufgemalt waren. Dann stellte er ein leeres Glas auf den Tisch und sprach:

»Wir werden uns jetzt um den Tisch setzen und mit unseren Fingerspitzen ganz leicht das Glas berühren. Drücken ist überflüssig, denn schon nach wenigen Minuten werden wir Kontakt mit einem Geist hergestellt haben, und das Glas wird sich von selbst bewegen.«

Minutenlang saßen wir reglos im geheimnisvollen Halbdunkel. Nur die Spitzen der glimmenden Zigaretten bewegten sich wie nervöse Glühwürmer. Dann begann mein rechter Arm einzuschlafen. Ich wechselte auf den linken.

»Nun?« fragte ich. »Nun?«

Ein vielfaches »Pst‹!« zischte mich nieder, und die Kontaktsuche ging weiter.

Eine Viertelstunde später, als meine Nerven das Schweigen nicht länger ertrugen, kam mir ein großartiger Einfall: Ich stieß mit der Spitze meines Zeigefingers ganz leicht gegen das Glas. Wunder über Wunder: Es bewegte sich.

»Kontakt!« verkündete Kunstetter und wandte sich an den Geist. »Sei gegrüßt in unserer Mitte, teurer Bruder. Gib uns ein Zeichen deiner Freundschaft.«

Das Glas begann zu wandern und hielt auf einer der hebräischen Abkürzungen inne. Höchste Spannung ergriff die Runde. Auch ich fühlte einen seltsamen Druck in der Magengrube.

»Danke, teurer Bruder«, flüsterte Kunstetter. »Und nun sage uns, wo du bist und wie du heißt.«

Wieder rutschte das Glas auf dem Wachstuch hin und her, um von Zeit zu Zeit auf einem bestimmten Buchstaben stehenzubleiben. Eine der Spiritistinnen setzte das Ergebnis zusammen. Es lautete:

»M-R-4-K-?-L-L-L-.«

»Komischer Name«, bemerkte ich. Kunstetter klärte mich auf:

»Offenbar handelt es sich um einen Spion. Spione haben immer chiffrierte Namen, damit man sie nicht erkennt.«

Sodann nahm er das Gespräch mit dem Geist des Spions wieder auf:

»Aus welchem Land kommst du, teurer Bruder?«

Das Glas zögerte einen Augenblick, dann entschloß es sich zu einer Art Pendelverkehr zwischen zwei Buchstaben:

»B-L-B-L-B-L.«

»Der arme Kerl scheint ein Stotterer zu sein«, stellte Kunstetter fest. »Aber es ist klar, daß er aus Belgien kommt.«

»Wieso spricht er dann hebräisch?« fragte ich.

»Teurer Bruder!« Aus Kunstetters Stimme zitterte unterdrückter Ärger. »Sprichst du Hebräisch?«

Unverzüglich sprang das Glas auf »Nein«. Es war eine sehr peinliche Situation, die Kunstetter nur dadurch zu bereinigen wußte, daß er den Geist kurzerhand entließ.

»Danke, teurer Bruder. Komm wieder, wenn du Hebräisch sprechen kannst. In der Zwischenzeit sende uns jemand anderen . . .«

Der Geist machte sich eilends davon, und die Kontaktsuche nahm ihren grimmigen Fortgang. Kunstetter fragte, mit wem wir jetzt am liebsten sprechen würden. Ich beantragte Moses, vor allem deshalb, weil er des Hebräischen mächtig war. Mein Vorschlag wurde aus Gründen der Pietät abgelehnt.

Schließlich einigten wir uns auf Moses' Bruder Aaron, legten unsere Finger an den Rand des Glases und warteten. Um diese Zeit war ich bereits mit den wissenschaftlichen Grundlagen des Spiritismus vertraut. Blitzartig hatte mich die Erkenntnis überkommen, daß das Glas sich nur bewegte, wenn es geschoben wurde. Warum sollte sich auch ein ganz gewöhnliches Wasserglas ohne fremde Hilfe bewegen? Ein Glas und ein Ringelspiel. Um die ganze Wahrheit zu sagen: Das Eingeständnis des Spions, daß er nicht Hebräisch spräche, war mein Werk gewesen. Und? Gibt es vielleicht ein Gesetz gegen gute Medien?

Als ich meinen rechten Arm kaum noch spürte, erschien Aaron. Er begrüßte uns regelgerecht auf der entsprechenden hebräischen Abkürzung und erklärte sich zu jeder Mitarbeit bereit.

»Woher kommst du, teurer Bruder?« fragte Kunstetter mit begreiflicher Erregung (sprach er doch zu einem nahen Verwandten unseres Lehrers Moses).

Das Glas vollzog die Antwort S-I-N-A-I. Es waren erhabene Augenblicke. Wir wagten kaum zu atmen. Eine der Frauen kreischte auf, weil sie über dem Blumentopf einen grünlichen Schimmer gesehen hatte. Nur Kunstetter blieb ruhig.

»Die richtige Antwort überraschte mich nicht«, sagte er.

»So ist es immer, wenn wir einen vollkommenen Kontakt hergestellt haben... Teurer Bruder!« wandte er sich an Aarons Geist. »Sage uns, welche Juden dir die liebsten sind!«

Unter lautloser Stille kam Aarons Antwort:

»K-Ö-N-I-G D-A-V-I-D... S-A-L-O-M-O-N D-E-R W-E-I-S-E... B-E-N G-U-R-I-O-N... E-P-H-R-A-I-M K-I-S-H-O-N...«

Zornige Blicke trafen mich, als wäre es meine Schuld, daß Aaron gerne gute Satiren las. Die Finger schmerzten mich, denn Kunstetter hatte durch außerordentlich starken Gegendruck die für mich so schmeichelhafte Äußerung Aarons zu hintertreiben versucht.

Jetzt war die Reihe an mir.

»Aaron, mein teurer Bruder«, fragte ich, »glaubst du an Spiritismus?«

Kein Geist sah jemals solchen Streit der Finger. Meine Handmuskeln sind nicht die schwächsten, aber Kunstetter leistete verzweifelten Widerstand. Selbst im Halbdunkel konnte ich sehen, wie sein Gesicht purpurrot anlief – mit solcher Anstrengung wollte er eine negative Antwort des Geistes verhindern. Denn ein Geist, der nicht an Spiritismus glaubt, wäre ja wirklich kein Geist.

Ich war entschlossen, nicht nachzugeben, und sollte es mein Handgelenk kosten. Mit übermenschlicher Kraft drückte ich das Glas in die Richtung »Nein«, während Kunstetter es zum »Ja« hinmanövrieren wollte.

Minutenlang tobte der stumme Kampf im Niemandsland des Fragezeichens.

Dann brach das Glas entzwei.

»Der Geist ist böse«, sagte jemand. »Kein Wunder bei solchen Fragen.«

Kunstetter massierte sich die verkrampften Finger und haßte mich. Ich wollte wissen, ob ich eine Frage stellen könnte, deren Antwort nur mir allein bekannt wäre. Kunstetter bejahte widerwillig und warf ein frisches Glas in den Ring.

»Was hat mir mein Onkel Egon zur Bar-Mizwah geschenkt?« fragte ich.

»Teurer Bruder Egon, gib uns ein Zeichen!« Kunstetters Stimme klang flehentlich in die Dunkelheit. »Erscheine, Onkel Egon! Erscheine!«

Ich zog meine Hand zurück, um nicht verdächtigt zu werden, daß ich den Gang der Ereignisse beeinflusse.

Und dann geschah es. Nach einigen Minuten

erschien Onkel Egons Geist, das Glas bewegte sich, und die Antwort lautete: »P-I-N-G-P-O-N-G.«

Draußen auf dem Balkon kam ich wieder zu mir. Der triumphierende Kunstetter flößte mir gerade ein drittes Glas Brandy ein.

An meinem dreizehnten Geburtstag, zur Feier meiner Mannwerdung, hatte ich von Onkel Egon tatsächlich ein Ping-Pong geschenkt bekommen.

Schweißgebadet verließ ich die Séance. Ich kann mir das alles bis heute nicht erklären. Auch Onkel Egon, der in Jaffa lebt und sich bester Gesundheit erfreut, weiß keine Antwort.

Ja, meine Familie ist durch und durch gesund, nur nicht der Familienvater. Obwohl nach den jüngsten statistischen Erhebungen Ehemänner länger, Junggesellen nur glücklicher leben. Es bedarf daher schon außergewöhnlicher Umstände, wenn ein Ehemann im Kreis seiner segenspendenden Familie bis zur Spitalsreife erkrankt.

Ich jedenfalls saß friedlich am Familientisch, als ohne ersichtlichen Grund etwas in mir aufstieß. Ich machte »Hick!« und hatte damit den Grundstein zu einer nicht endenwollenden Schluckauf-Serie gelegt.

Meine Familie schritt sofort zu den in solchen

Fällen erprobten Gegenmaßnahmen. Die beste Ehefrau von allen ließ dicht an meinem Ohr zahlreiche Papiersäcke explodieren, die Kinder brüllten in meinem Rücken bis zur Erschöpfung des Überraschungsmoments »Buh!«. Ich selbst blieb beim »Hick«.

In der Nacht konnte ich nicht schlafen. Am Morgen ging ich ins Spital.

Nach einigem Hin und Her wurde mir die Vergünstigung einer Bettstatt am Ende des Korridors zuteil. Eine junge Krankenschwester schob mir ein Kissen unter den Nacken und forderte mich energisch auf, mich zu entspannen.

»In wenigen Minuten« sagte sie, »beginnt Professor Oppit die Morgenvisite. Sie werden im Nu geheilt sein.«

Hierauf steckte sie mir ein Thermometer in den Mund und entschwand.

Tatsächlich sah ich bereits nach einer Stunde am anderen Ende des Korridors die weißgekleideten Gestalten des Professors und seiner Gefolgschaft auftauchen.

Professor Oppit, eine majestätische Erscheinung mit durchdringendem Blick und dröhnender Stimme, beauftragte zunächst einen Wärter, die Scherben meines Thermometers vom Boden aufzulesen. Dann trat er an mich heran. Hinter ihm ballten sich die devoten Assistenzärzte und eine Schar wißbegieriger Studenten zusammen.

»Schluckauf«, diagnostizierte er mit der unfehlbaren Sicherheit des großen Mediziners. »Singultus excessivus. Ein typischer Fall. Beachten Sie den pfeifenden Atem.«

Er zog mich an den Haaren hoch. Ich bezog eine

sitzende Position und pfiff gehorsam. Sollte ich eine Kapazität seines Ranges vielleicht Lügen strafen?

»Das Pfeifen«, verkündete er, »könnte binnen kurzem in ein Stöhnen übergehen, falls sich die Respirationsorgane durch eine Verengung der Stimmbänder stärker zusammenziehen.«

»Hick«, entgegnete ich.

Der Professor nahm es mit einem kaum merklichen Nicken zur Kenntnis und fuhr fort:

»Unter bestimmten Voraussetzungen ergibt sich aus den daraus resultierenden Reflexen eine völlige Unfähigkeit des Patienten, durch den Mund zu atmen.«

Er griff zu Demonstrationszwecken nach meiner Nase und klemmte sie zwischen Daumen und Zeigefinger ein:

»Das Gesicht verfärbt sich bis zu tiefem Blau, die Membrane reagiert mit periodischen Spasmen. In extremen Fällen kann der fortgesetzte Sauerstoffentzug die Augen des Patienten in Mitleidenschaft ziehen und die Hornhaut beschädigen.«

Gebannt beobachtete die Suite des bedeutenden Mannes meine Versuche, ohne Atemtätigkeit zu überleben. Als ich nicht mehr weiterkonnte, gab ich ein paar höfliche Grunzlaute von mir, denen sich eine wilde »Hick«-Salve anschloß.

»Bitte, Herr Professor«, ließ ein Student sich vernehmen, »wie lange können solche Schluckauf-Attacken dauern?«

»Je nachdem. Wochen. Monate. Sogar Jahre.«

»Mit tödlichem Ausgang?«

»Auch das.«

Professor Oppit zog mir die Pyjamajacke aus,

drückte mich nieder und setzte sich mit vollem Gewicht auf meinen Unterleib. Ich konnte ein leises Wimmern nicht unterdrücken und spürte deutlich, wie die Matratze nachgab.

»Im Augenblick«, nahm Professor Oppit die Live-Übertragung wieder auf, »befinde ich mich direkt über der Gallenblase. Wenn die umliegenden Gewebe degenerieren, was sehr wahrscheinlich ist, dringt der Nitrogenüberschuß in die Leber, wo er zur Bildung von Stärke führt.«

Hier unterbrach der Professor seinen Vortrag, erhob sich, packte meinen Kopf und zwängte ihn zwischen meine Knie. Die Menge schwärmte zur anderen Seite des Bettes, um nichts von mir zu versäumen.

Als alle Zuschauer ihre Plätze bezogen hatten, stemmte Professor Oppit mit Hilfe eines Bleistifts meinen Mund auf, steckte seine Hand hinein und kam mit meiner Zunge ans Licht, was mich zu heftigem Wehklagen nötigte. Bei dieser Gelegenheit nahm er endlich meine Anwesenheit zur Kenntnis.

»Hallo«, grüßte er. »Wie fühlen Sie sich?«

»Hick«, antwortete ich wahrheitsgemäß.

Ich lag noch immer zusammengekrümmt da, mit heraushängender Zunge und bis zum Rand mit Stärke gefüllt. Professor Oppits Finger rochen nach Seife und strahlten gleichzeitig Äther und Autorität aus.

»Die an Verwelkung grenzende Trockenheit der Zunge« – damit winkte er das Publikum zu näherem Augenschein an mein Bett – »ist eine Folge der unzulänglichen Speichelzufuhr. Das bewirkt in sechzig Prozent der Fälle deutliche Lähmungserscheinungen und ein völliges Aussetzen der normalen Reflexe.«

Zum Beweis seiner These nahm er aufs neue meine Zunge, drehte mir den Kopf ins Genick und klopfte mehrmals an meine Hirnschale, die tatsächlich jeden Reflex vermissen ließ. Ein Assistenzarzt sprang eilfertig herzu, um meine Augen, sollten sie mir aus den Höhlen fallen, sofort aufzufangen.

Der Anblick einer an meinem Bett vorüberfahrenden Leiche weckte meinen Selbsterhaltungstrieb. Mit einer letzten Kraftanstrengung riß ich meine Zunge an mich:

»Der Schluckauf hat aufgehört!« rief ich. »Verbinden Sie mich mit unserer Botschaft!«

Professor Oppit gab meinen Kopf frei und ließ mich zurückfallen, wobei ich verschiedene Gliedmaßen um mich streute.

»Hier, meine Herren, können Sie die tragischen Auswirkungen eines Schluckaufs feststellen«, schloß er seine Demonstration. Dann wandte er sich an einen der Sekundarärzte: »Schaffen Sie den Mann in die orthopädische Abteilung«, ordnete er an und begab sich unter dem Beifall der Menge zu seinem nächsten Objekt.

Ich begann meine Gliedmaßen zu sammeln, fand alle bis auf einen ohnehin schon gebrauchten Daumen und wurde von der jungen Krankenschwester, nachdem sie meine Arme und Beine richtig eingeschraubt hatte, vorsichtig auf den Boden gestellt.

»Die einzig mögliche Heilmethode für Schluckauf«, erklärte sie stolz, während sie mich zum Ausgang geleitete, »ist Schockbehandlung. Eine

Spezialität unseres Professors. Er ist auf diesem Gebiet einsame Spitze.«

Hoffentlich bleibt er's.

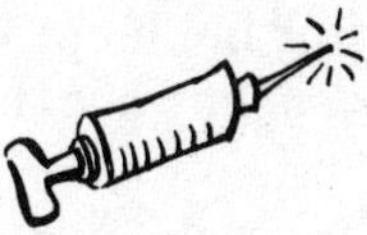

Anästhesie ist nicht die geheimnisumwitterte Tochter des letzten Zaren, sondern ein medizinischer Vorgang, der dazu dient, den Patienten für die Dauer der Operation in Schlaf zu versetzen. Der nachstehend geschilderte Alpdruck, eigentlich ein Horror-Einakter, entstand, als sein Verfasser die Rachenmandeln einbüßte und sich nicht dazu aufraffen konnte, dem Chirurgen während der Operation mitzuteilen, daß die Anästhesie nicht gewirkt hatte. Der Chirurg wäre sonst nervös geworden.

PERSONEN: Der Chirurg
Sein Assistent
Die Operationsschwester
Der Patient

ORT DER HANDLUNG: Ein Operationssaal

Alles ist für die Operation vorbereitet. Die Tür steht offen. In der Ecke ein kleiner Radioapparat.

SCHWESTER *(bereitet die Instrumente vor).*

ASSISTENT *(durch die Tür)*: Schwester! Der Blinddarm vom zweiten Stock kommt angerollt. Ist alles vorbereitet?

SCHWESTER: Jawohl.

ASSISTENT: Genug Äther für die Anästhesie?

SCHWESTER *(geht zum Regal)*: Zwei Flaschen sind voll, in einer ist nur noch ein kleiner Rest. *(Hebt die zuletzt beschriebene hoch)* Höchstens ein paar Tropfen ...

ASSISTENT: Das lohnt sich nicht mehr. Füllen Sie die Flasche mit Wasser auf, und wir verwenden sie zur Desinfektion.

SCHWESTER: In Ordnung. *(Tut es. Plötzliches Glokkenzeichen. Sie stellt die Flasche zu den Instrumenten)* Der Patient! *(Läuft hinaus)*

CHIRURG *(tritt mit dem Assistenten ein, beide maskiert)*: Fertig? *(Prozedur des Händewaschens)*

ASSISTENT: Es ist alles vorbereitet, Herr Professor. *(Ruft)* Herein mit ihm!

CHIRURG: Ein leichter Fall. Darf uns nicht lange aufhalten. Ich habe heute noch drei Operationen.

STIMME DES PATIENTEN *(von draußen)*: Es wird weh tun. Ich weiß, daß es weh tun wird. *(Der Patient wird hereingerollt)*

SCHWESTER: Beruhigen Sie sich, Herr Neumann, es wird *nicht* weh tun. Es ist eine ganz leichte Operation. Glauben Sie mir.

PATIENT: Warum soll ich Ihnen glauben? Sind Sie eine medizinische Autorität? Sie sind eine Krankenschwester. Ich möchte es von einem Fachmann hören. Welcher von den Herren ist der Professor?

CHIRURG: Ich. Und ich kann Ihnen versichern, daß Sie von der Operation überhaupt nichts spüren werden.

PATIENT: Das sagen Sie nur, um mich zu beruhigen. Schwören Sie!

CHIRURG: Seien Sie nicht kindisch, mein Lieber. *(Zur Schwester)* Schläfern Sie ihn ein.

SCHWESTER: Sofort, Herr Professor. *(Nimmt die mit Wasser gefüllte Flasche)*

PATIENT: Einen Augenblick! Wenn der Herr Professor sich weigert, zu schwören, dann möchte ich in mein Zimmer zurückgebracht werden. Dann lasse ich mich nicht operieren. Entweder der Herr Professor schwört, daß er mir nicht weh tun wird, oder die Operation findet nicht statt.

CHIRURG: Also gut, ich schwöre.

PATIENT: Auf was?

CHIRURG: Auf die Bibel.

PATIENT: Das genügt nicht. Schwören Sie bei Ihrer Karriere.

CHIRURG *(nachsichtig, wie zu einem harmlosen Narren)*: Ich schwöre es bei meiner Karriere.

PATIENT: Sind Sie verheiratet?

CHIRURG: Ja.

PATIENT: Dann schwören Sie bei der Gesundheit Ihrer Frau!

CHIRURG *(wie oben)*: Ich schwöre bei der Gesundheit meiner Frau.

PATIENT: Kinder?

ASSISTENT: Jetzt ist es aber genug, Herr Neumann. *(Zum Professor)* Vergessen Sie nicht, daß wir heute noch drei Operationen haben.

CHIRURG: Richtig. *(Zur Schwester)* Legen Sie ihm die Äthermaske auf.

PATIENT *(wehrt sich verzweifelt)*: Ich laß' mich nicht einschläfern, ich laß' mich nicht einschläfern. Wenn ich schlafe, bekomm' ich Alpdrücken.

Chirurg: Machen Sie weiter, Schwester.

Patient: Herr Professor, versprechen Sie mir wenigstens, daß Sie mich aufwecken, wenn ich im Schlaf schreie. Ich schreie immer: »Oj, Spiegel!«

Assistent: Wer ist Spiegel?

Patient: Keine Ahnung. Ich kenne ihn nur aus meinen Alpträumen. Er verfolgt mich immer mit einem gezückten Messer. Ich versuche davonzurennen und schreie: »Oj, Spiegel! Oj, Spiegel!« Bitte wecken Sie mich auf, wenn Sie das Stichwort »Oj, Spiegel!« hören.

Chirurg: Gut, ich werde Sie aufwecken.

Patient: Schwören Sie.

(Assistent und Schwester drücken die Äthermaske auf sein Gesicht. Die Schwester tränkt sie mit der Flüssigkeit aus der Desinfektionsflasche.)

Chirurg: Und jetzt beginnen Sie zu zählen, lieber Freund. Wollen mal sehen, wie weit Sie kommen.

Patient: Was heißt das, wie weit ich komme? Ich war in meiner Klasse immer der Beste in Mathematik. Ich habe ein kolossales Gedächtnis für Ziffern, Herr Professor.

Chirurg *(gibt der Schwester ein Zeichen, weiterzuschütten)*: Das trifft sich gut. Dann sagen Sie uns ein paar Ziffern und überlassen Sie alles weitere uns.

Patient: 53, 846, 701, 60, 503 ...

Chirurg: Was machen Sie da?

Patient: Ich nenne Ziffern, Herr Professor.

Chirurg: Sie sollen *zählen*, verstehen Sie?

Patient: Ach so. Ich dachte, das spielt keine Rolle. Aber wenn die Reihenfolge so wichtig ist – mir kann's recht sein. 1, 2, 3 ... *(Flüsternd)* ... 4, 5, 6,

7 ... *(Beinahe unhörbar)* ... 8, 9, 10, 11, 12, 13 ... *(Der Professor nimmt das Skalpell und schickt sich an, mit der Operation zu beginnen, als Herrn Neumanns Stimme sich plötzlich belebt)* 14, 15, 16 ... *(laut)* ... 17, 18, 19, 20, 21.

CHIRURG: Um Himmels willen, Schwester, was ist das für eine Anästhesie? Wieso schläft der Patient noch nicht?

PATIENT: Vielleicht habe ich in der Nacht zuviel geschlafen. Ich leide an einer Überdosis von Schlaf.

SCHWESTER *(schüttet weiter)*: Das müßte für ein Pferd ausreichen, Herr Professor.

CHIRURG: Zählen Sie.

PATIENT: Wo bin ich stehengeblieben? Sehen Sie, jetzt kann ich mich nicht erinnern. Sie reden zuviel. Das verwirrt mich.

CHIRURG: 24.

PATIENT: Nein, nein. Ich weiß ganz genau, daß 24 noch nicht herausgekommen ist. Wie soll man in diesem Durcheinander arbeiten? Also ich beginne bei 30.

CHIRURG: Bitte.

PATIENT: 31, 32, 33 ... *(Seine Stimme wird schwächer)* ... 34, 35, 36. *(Er verstummt)*

CHIRURG: Endlich! *(Beugt sich über den Patienten. Lautstark)* Wie heißen Sie?

PATIENT *(noch lautstärker)*: Samuel Neumann.

SCHWESTER *(schreit auf)*.

ASSISTENT: Ich werde verrückt.

CHIRURG: Geben Sie ihm noch mehr Äther.

ASSISTENT *(schüttet)*.

PATIENT: Vielleicht gehört das nicht hierher, aber ich werde mir demnächst den Namen ändern lassen. Wissen Sie einen schönen hebräischen Namen für mich? Ich hatte noch keine Zeit, darüber nachzudenken.

CHIRURG: Zählen Sie!

PATIENT: Wie Sie wünschen. 37, 38, 75, 100, 200 …

CHIRURG: Was ist denn *das* schon wieder?

PATIENT: Ich überspringe die unwichtigen Ziffern, damit ich schneller einschlafe. 300, 400, 500, 750, 1000 … *(Er verstummt)*.

CHIRURG *(aufatmend)*: Gott sei Dank! Jetzt können wir anfangen.

PATIENT *(setzt sich auf)*: Wissen Sie, Herr Professor, ich war nicht nur in Mathematik sehr gut, sondern auch in Geographie. Ich kenne die Namen aller bedeutenden Hafenstädte der Welt. Soll ich sie hersagen?

CHIRURG: Meinetwegen.

PATIENT: Aden, Bombay, Port de Galle, Mandalay, Calcutta, Rangun, Singapur, Pago-Pago, Batavia, Surabaja, Pandang, Madagaskar, Dar-es-Salam, Bagamoya, Sansibar, Togo, Mombasa …

ASSISTENT: Hören Sie auf mit dem Unsinn. Schlafen Sie.

PATIENT *(legt sich hin und richtet sich sofort wieder auf)*: Punta Aranhas, Valparaiso, Buyaquil, Panama, Tehuantepec, Acapulco, Guadalajara, San Francisco, Honolulu.

ASSISTENT *(wütend)*: Mund halten! Hinlegen!

PATIENT *(liegend)*: Malaga, Valencia, Marseilles, Toulon, Genua, Livorno, Neapel, Palermo, Cagliari, Piräus, Haifa … Bitte alles für die Zollinspektion vorbereiten … *(Verstummt)*

CHIRURG: Jetzt sind wir aber soweit! Skalpell – Jod – Schere ... *(Er macht sich ans Werk)*

PATIENT *(lacht)*: Kitzeln Sie mich nicht, Herr Professor! Ich zähle noch immer.

CHIRURG: Was? Wieso? Ich habe Sie nicht gehört.

PATIENT: Weil ich im Geist weitergezählt habe.

CHIRURG *(schreiend)*: Äther! Schütten Sie drauflos!

SCHWESTER: Ich schütte ja die ganze Zeit.

ASSISTENT: Das ist doch nicht zu fassen ... Zählen Sie!

PATIENT: 1500, 1750, 2000. *(Verstummt)*

CHIRURG *(wie zuvor)*: Wie heißen Sie?

PATIENT: Pst. Ich schlafe.

CHIRURG: Na endlich. *(Nimmt seine Tätigkeit wieder auf)* Das war vielleicht eine Anstrengung. So etwas von Widerstand hab' ich noch bei keinem Patienten erlebt. Aber jetzt müssen wir uns beeilen ... *(Zum Assistenten)* Übrigens habe ich Sie gestern im Theater gesehen. Wie fanden Sie das Stück?

PATIENT: Großartig.

ASSISTENT *(steht wie vom Schlag gerührt)*.

SCHWESTER *(ebenso)*.

CHIRURG *(macht weiter, als ob er nichts bemerkt hätte)*: Podmanitzky war so gut wie schon lange nicht.

PATIENT: Ja, das stimmt. Er hat alle an die Wand gespielt.

CHIRURG: War das Ihre Frau, die neben Ihnen gesessen ist?

ASSISTENT: Nein. Meine Freundin.

CHIRURG *(wirft erst jetzt einen Blick auf den immer noch reglos dastehenden Assistenten)*: Was höre ich? Sie sind erst seit zwei Monaten verheiratet und zeigen sich in aller Öffentlichkeit mit einer Freundin?

Patient: Mir scheint, Sie verwechseln mich mit irgendjemandem, Herr Professor. Ich bin seit zehn Jahren geschieden.

Chirurg: Äther!

Schwester *(schüttend)*: Ich versteh' überhaupt nichts mehr.

Assistent: Herr Professor... Mir ist übel... Ein Schwindelanfall... *(Wankt)*

Chirurg: Zählen Sie, zum Teufel!

Patient: 2500, 3000, 5000... Darf ich wieder von vorn anfangen?

Chirurg: Äther! Noch mehr Äther! Oder ich lasse alles stehen und liegen!

Schwester *(schüttet. Ein paar Sekunden vergehen.)*

Patient *(leise, aber gut hörbar)*: Oj, Spiegel! Oj, Spiegel!

Chirurg: Jetzt schläft er.

Patient *(setzt sich auf)*: Keine Spur. Ich wollte Sie nur auf die Probe stellen. Ich wollte sehen, ob Sie mich wecken, wenn ich »Oj, Spiegel« riefe. Sie haben mich nicht geweckt. Und jetzt werde ich nie mehr einschlafen.

Assistent: Ich falle ihn Ohnmacht.

Chirurg: Äther! Warum schütten Sie nicht?

Schwester: Es hilft nichts, Herr Professor. Der Mann ist schlimmer als ein Elefant. Er scheint gegen Schlaf immun zu sein.

Chirurg: Schlafen Sie! Schlafen Sie!

Patient: Ich habe genug geschlafen. Jetzt will ich aufstehen.

Chirurg: Äther!

SCHWESTER: Nichts mehr da. Er hat fünf Liter bekommen.

ASSISTENT: Herr Professor, ich gebe meine Stellung auf. *(Schlüpft aus dem Operationskittel)*

SCHWESTER *(ebenso)*: Ich gehe nach Hause. Was zuviel ist, ist zuviel. Man hat mir sowieso einen Posten im Kindergarten angeboten.

CHIRURG: Warten Sie! Es gibt eine Notlösung für extreme Dringlichkeitsfälle. *(Zum Assistenten)* Bitte drehen Sie das Radio auf.

ASSISTENT *(tut es)*.

RADIO *(im bekannt langweiligen Tonfall regierungsoffizieller Verlautbarungen)*: ... Und wie wir alle wissen, läßt sich das Rad der Geschichte nicht rückwärts drehen. Die Initiative des ebenso aufbauwilligen wie unternehmungstüchtigen Geistes, der unser Volk sowohl durchdringt als auch beherrscht, ist nicht auf die Vergangenheit gerichtet, sondern auf die Zukunft. Wir schauen vorwärts, nicht rückwärts oder seitwärts. Ohne das Erbe unserer großen Tradition zu verraten, stehen wir mit beiden Beinen auf dem Boden jener unwiderleglichen Tatsachen, die uns von der Fortsetzung unserer Kontinuität auferlegt sind. Wir haben diese Herausforderung vor aller Welt angenommen und werden sie erfüllen, auch wenn wir dabei die größten Opfer bringen müssen ...

CHIRURG *gähnt, setzt sich auf den Operationswagen, zieht nach einer Weile die Beine hoch und legt sich neben den laut schnarchenden* PATIENTEN. ASSISTENT *und* SCHWESTER *folgen in kurzen Abständen.*

Allgemeines rhythmisches Schnarchen.

Wie bereits mehrfach ausgeführt, ist dieses Buch für Gesunde geschrieben, ohne dabei im geringsten legitime Krankheiten diskriminieren zu wollen.

In Ausnahmezuständen, zum Beispiel im Krieg, kann ein gutgetimeter Beinbruch als höchst erfreulich bezeichnet werden.

Das folgende medizinische Heldenlied begann an einem Morgen gegen Ende September, nicht lange vor Ausbruch des Jom-Kippur-Kriegs. Ihr Held – in des Wortes anrüchigster Bedeutung – ist Ing. Glick. Er verließ an jenem Morgen sein Haus in tiefen Gedanken über die herrschende Zementknappheit, denn Ing. Glick ist im Bauwesen tätig. Seine Gedanken nahmen ihn so sehr in Anspruch, daß er nicht auf den Weg achtgab und in den Graben fiel, der vom Magistrat, Abteilung Straßenbau, vor seinem Haus ausgeschaufelt worden war, um später einmal in einen Abflußkanal umgewandelt zu werden.

Ing. Glick brach sich das linke Bein an zwei Stellen oberhalb des Knöchels. Man brachte ihn ins Krankenhaus, wo er die beste Pflege erfuhr und in der zweiten Oktoberhälfte wieder entlassen wurde. Er trug einen Gipsverband über dem linken Bein und ging auf Krücken, aber er ging.

Während seines Spitalaufenthaltes hatte sich im Nahen Osten einiges abgespielt. Auch der Graben vor seinem Haus war durch den geplanten Kanal samt Gitter ersetzt worden.

Kaum hatte Ing. Glick im Fond des Taxis, das ihn nach Hause bringen sollte, Platz genommen, als der Fahrer sich zu ihm umwandte und teilnahmsvoll fragte:

»Wo ist es passiert? Oben oder unten?«

»Zwei Stellen oberhalb des Knöchels.«

»Das meine ich nicht. Ich meine: oben auf den Golan-Höhen oder unten am Suez?«

Schon wollte Ing. Glick antworten, daß er in der Hajarden-Straße in Tel Aviv verwundet worden sei – da obsiegte aber seine tief verwurzelte Abneigung gegen Gespräche aus der Intimsphäre; er begnügte sich mit den Worten:

»Sprechen wir nicht darüber. Was soll's.«

Der Fahrer schwieg respektvoll. Erst als sie in der Hajarden-Straße angekommen waren, erlaubte er sich die Bemerkung:

»Kerle wie Sie sind eine Stütze der Nation!«

Für die Fahrt nahm er keinen Pfennig, hingegen half er seinem Fahrgast aus dem Wagen und geleitete ihn bis zum Haustor, das er fürsorglich öffnete.

Damit begann das Gips-Festival des Ing. Glick.

Wenn er in einen Laden humpelte, wurde er sofort bedient, die Kellner im Restaurant lasen ihm seine Wünsche von den Augen ab, die Angestellten öffentlicher Dienste umsorgten ihn mit der Hilfsbereitschaft einer Privatkrankenschwester. Jedermann hatte das Bedürfnis, den Dank der Nation, oder wenigstens einen kleinen Teil davon, an ihn abzustatten, jedermann empfand es als persönliche Beleidigung, wenn er für etwas Gekauftes oder Geleistetes zahlen wollte.

Nach einiger Zeit hatte sich Ing. Glick an diesen Zustand gewöhnt. Schwierigkeiten entstanden nur noch dann, wenn die Rede darauf kam, wo er sich seine Verletzung zugezogen hatte. Glick, ein ehrenwerter Charakter und der Lüge abhold, reagierte auf allzu detaillierte Fragen nach der Herkunft seiner Wunde in der Regel mit einem müden Lächeln, das ungefähr besagen wollte: »Es gibt Dinge, die ein Mann lieber vergißt.« Manchmal verstand er sich auch zu verbalen Abwehrversuchen wie: »Ach, lassen Sie doch« oder: »Wozu darüber reden«.

Ende November tauschte er die Krücken gegen einen Stock aus, aber der weiße Gipsverband leuchtete in alter Pracht vom Knöchel aufwärts und verschaffte ihm beim Philharmonischen Konzert einen selbst für ihn überraschenden Empfang. Glick war erst knapp vor Beginn eingetroffen und humpelte den Mittelgang entlang, als das Publikum plötzlich wie ein Mann aufstand und ihm eine donnernde Ovation bereitete. Errötend ließ er diesen Ausbruch nationaler Begeisterung über sich ergehen und dankte mit einem Winken seiner freien Hand. Nach Schluß des Konzerts fand er sich von Autobesitzern umringt, die um die Ehre stritten, ihn nach Hause bringen zu dürfen. Nachdem der Gewinner ihn im Wagen verstaut hatte, streckte Glick sein Gipsbein aus und entdeckte auf dem Verband eine Aufschrift, die sein Sitznachbar in der Dunkelheit hingekritzelt haben mußte:

»Das Volk steht tief in Ihrer Schuld. Wir danken Ihnen.«

Allmählich begann die Erinnerung an den Hergang der Dinge in Glicks Gedächtnis zu verschwimmen. Als ein populärer Schlagersänger, der ihn in einer Hotelhalle sitzen sah, sich vor ihm aufpflanzte und gratis drei Lieder zum besten gab, konnte Glick nur mit Mühe ein Schluchzen unterdrücken und murmelte vor sich hin:

»Es war die Mühe wert... und ich täte es wieder...«

Auch für die Anschaffung von Eiern, die in jener Zeit zu den schwer erhältlichen Konsumgütern gehörten, sorgte der Gipsverband, indem er einen anonymen Spender auf den Plan rief. Jeden Montag läutete eine freundliche alte Dame an Ing. Glicks Türe, übergab ihm einen Korb voll frischer Eier und flüsterte unter Tränen:

»Gott segne Sie, junger Mann!«

Dann wandte sie sich ab und entzog sich mit raschen Schritten seinem Dank. Nur einmal blieb sie etwas länger stehen, nahm all ihren Mut zusammen und fragte:

»Wo wurden Sie verwundet, mein lieber Junge?«

Und Ing. Glick antwortete:

»Am Kanal.«

Damit war sowohl der Wahrheit wie den patriotischen Bedürfnissen der Spenderin Genüge getan.

Ing. Glick erwog, auch nach der endgültigen Heilung seines Knöchels den Gipsverband noch ein paar Monate lang zu tragen. Am liebsten behielte er ihn für alle Ewigkeit. Oder gar bis zum Abschluß des Friedensvertrags.

Wenn wir schon beim Gips sind, sollten wir auch den Ort besichtigen, wo er verteilt wird. Besser als Besucher denn als Kranker, weil sonst die Suche zu einfach wäre.

Damit komme ich zu meiner Tante Ilka, jener liebenswerten alten Dame, die vor einigen Jahren, als sie gerade mit der Säuberung ihres Fußbodens beschäftigt war, einen leisen Pfiff ausstieß und sich nicht mehr aufrichten konnte. Ihr Meniskus oder etwas dergleichen hatte Schaden genommen, und Tante Ilka mußte ins Spital gebracht werden, wo man sie in der Abteilung 14 unterbrachte.

Kaum untergebracht, trug Tante Ilka der Oberschwester auf, uns alle telefonisch ans Krankenlager zu berufen und uns an ihre, Tante Ilkas, Vorliebe für Käsebrötchen zu erinnern, die vom Spital nur bei schweren Herzattacken verabreicht würden.

Der Familienrat entschied, daß ich der richtige Mann für diesen Auftrag sei. Man händigte mir ein Paket mit in Asche gebackenen Käsebroten aus, und bald darauf stand ich vor der doppelten Stacheldrahtumzäunung, die das Areal des Krankenhauses umgab.

Das eiserne Tor war geschlossen. Erst nach längerem höflichem Pumpern erschien ein stämmiger Portier und sagte: »Besuchszeiten Montag und Donnerstag nachmittag von 2 Uhr 45 bis 3 Uhr 30.«

»Danke sehr«, sagte ich. »Aber jetzt bin ich schon hier.«

»Lieber Herr«, sagte der Türhüter, »es liegt im Interesse der Patienten. Besuche regen sie auf und verzögern den Heilungsprozeß. Stellen Sie sich doch vor, was geschehen würde, wenn wir pausenlos Besuche einließen.«

»Sie haben vollkommen recht«, sage ich, »das wäre schrecklich. Und jetzt lassen Sie mich bitte hinein.«

»Nein«, sagte er. »Ich habe strengen Auftrag. Sie betreten das Gebäude nur über meine Leiche.«

»Das möchte ich nicht. Ich möchte zu meiner Tante Ilka.«

»Nichts zu machen. Aber um 2 Uhr werde ich abgelöst. Vielleicht haben Sie bei meinem Nachfolger mehr Glück.«

Der Mann war nicht nur ein Fanatiker, er war auch noch stolz darauf. Ich wandte mich ab, Haß im Herzen und zornige Flüche auf den Lippen.

»Mögen alle hier vertretenen Krankheiten dich gleichzeitig heimsuchen, du tobsüchtiger Maniake!« fluchte ich. »Und wenn du zerspringst: Ich komme zu Tante Ilka hinein.«

Etwas später klopfte ich wieder an das Eingangstor, verfiel aber nicht in meinen früheren Fehler, sondern sagte dem neuen Portier:

»Ich bin von der Redaktion der ›Jerusalem Post‹ und soll einen Artikel über Ihr Spital schreiben.«

»Einen Augenblick«, sagte der Torhüter II. »Ich rufe Dr. Gebennehmer.«

Dr. Gebennehmer, ein Mann von gewinnenden Umgangsformen, empfing mich auf die netteste Weise und erbot sich sofort, mir das Institut zu zeigen.

»Vielen Dank, Herr Doktor«, sagte ich. »Aber ich finde mich lieber selbst zurecht. Das ist die neue Reportertechnik, wissen Sie, unmittelbare

Eindrücke sammeln. Machen Sie sich bitte keine Mühe.«

»Es macht mir gar keine Mühe. Es ist mir ein Vergnügen.« Dr. Gebennehmer schob freundlich seinen Arm unter den meinen. »Außerdem brauchen Sie gewisse fachliche Informationen. Kommen Sie.«

Er schleppte mich durch die Abteilungen 11, 12 und 13 und sprach dabei sehr anregend über die Hauptaufgabe der Presse, die seiner Meinung nach darin lag, dem Publikum besseres Verständnis für die Medizin im allgemeinen und für die Gebarung der Krankenhäuser im besonderen beizubringen. Ich folgte seinen Ausführungen mit zustimmendem Nicken und machte mir von Zeit zu Zeit Notizen, etwa des Wortlauts: »Eins bis drei und vier bis sechse, Großmama war eine Hexe« oder etwas Ähnliches, meistens Gereimtes.

Die vorbildliche Ordnung, die in sämtlichen Abteilungen herrschte, wurde nur durch die Unzahl der Besucher ein wenig gestört. Im Durchschnitt saßen zwei komplette Familien an jedem Bett.

»Dabei ist jetzt gar keine Besuchszeit«, erklärte Dr. Gebennehmer. »Ich weiß wirklich nicht, wie alle diese Leute hereingekommen sind.«

»Macht nichts, macht nichts«, beruhigte ich ihn.

Plötzlich klang aus einem der Betten die Stimme einer alten Dame an mein Ohr:

»Hallo, Feri! Hast du den Käs mitgebracht?«

Es war eine eher peinliche Situation. Dr. Gebennehmer sah mich mit einem unangenehm fragenden Gesichtsausdruck an.

»Schalom, Tante Ilka!« rief ich aus. »Was für ein phantastischer Zufall!«

»Zufall? Hat die Nurse nicht angerufen? Wo ist der Käs?«

Ich übergab ihr rasch das Paket und versuchte Dr. Gebennehmer davon zu überzeugen, daß ich immer ein Paket mit Käsebroten bei mir trüge, aber er zuckte nur wortlos die Schultern und ging.

Tante Ilka verzehrte den Inhalt des Pakets in bemerkenswert kurzer Zeit und bestellte für den nächsten Tag eine Ladung Pfefferminzbonbons. Auch meine Schwiegereltern sollte ich mitbringen. Und natürlich meine Frau. Als ich zaghaft einwarf, daß morgen keine Besuchsstunden wären, deutete Tante Ilka mit einer vielsagenden Geste auf das Gewimmel im Raum und schickte mich nach Hause.

Wir gingen sofort an die Arbeit. Meine Schwiegermutter nähte auf ihrer Maschine kleine weiße Schwesternhauben, dann holte sie von ihrem Friseur drei weiße Kittel, schließlich verfertigten wir mit Hilfe zweier Besenstiele eine Tragbahre. Das war alles, was wir brauchten.

Am nächsten Tag brachte uns ein Taxi in die Nähe des Spitals, wo wir unsere Verkleidung anlegten. Meine Frau wurde auf Patrouille geschickt und meldete, daß der tobsüchtige Maniake von gestern, den ich ihr genau beschrieben hatte, jetzt wieder das Tor bewachte. Ich nahm auf der Tragbahre Platz und wurde mit einem weißen Leintuch zugedeckt. Die Schwiegereltern trugen mich, meine Frau hielt mir die Hand und befeuchtete von Zeit zu Zeit meine fiebrig vertrockneten Lippen. Die Invasion glückte. Der maniakische Bulle fiel auf unseren primitiven Trick herein und ließ uns glatt passieren.

Aus Sicherheitsgründen machten wir einen Umweg durch mehrere andere Abteilungen. Gerade als Abteilung 14 in Sicht kam, riß jemand mit derber Hand mein Leintuch zurück:

»Sie sind schon wieder da? !« brüllte Dr. Gebennehmer. »Sie sind wohl wahnsinnig?«

»Jetzt ist nicht der Augenblick zum Scherzen«, sagte ich gepreßt. »Ich sterbe.«

»Was ist geschehen?«

»Eine Schlange hat mich gebissen.«

Dr. Gebennehmer erbleichte und zog mich persönlich in sein Ordinationszimmer. Gerade, daß ich die Pfefferminzbonbons noch an die beste Ehefrau von allen weitergeben konnte.

»Rasch«, flüsterte ich, »und küßt Tante Ilka von mir...«

Die andern machten sich aus dem Staub und ließen mich in Dr. Gebennehmers Klauen. Dr. Gebennehmer hantierte bereits an seinen Spritzen und Phiolen herum und kündigte an, daß er mich jetzt mit Curare vollpumpen werde, dem einzigen zuverlässigen Antitoxin gegen Schlangengift. Mir wurde ein wenig unbehaglich zumute. Mehr als das: Ich begann mich zu fragen, ob ich mich hier wirklich malträtieren und vielleicht vergiften lassen müsse, nur weil Tante Ilka vor ihrer Operation unbedingt Pfefferminzbonbons lutschen wollte? Ich entschied diese Frage mit Nein, war mit einem Satz aus dem Zimmer draußen, rannte in den Hof und sprang auf einen der Trolleywagen, die den Verkehr zwischen den einzelnen Abteilungen besorgten.

»Los!« zischte ich dem Fahrer zu. »Egal wohin! Fahren Sie!«

In einer entfernt gelegenen Abteilung mischte ich mich unter die Besucher und entkam.

Am Abend stieß ich wieder zu meiner Familie. Tante Ilka, so hörte ich, wäre in bester Verfassung und nur etwas beleidigt, weil ich sie nicht besucht hatte. Sie wünschte sich Schweizer Illustrierte. Meine Schwiegereltern schlugen vor, einen Schacht unter den Stacheldraht zu graben; aber das hätte mindestens drei Tage in Anspruch genommen, und so lange konnten wir Tante Ilka unmöglich ohne Besuch und ohne Illustrierte lassen. Andererseits konnten wir jetzt keine Kollektivbesuche mehr riskieren, sondern mußten uns mit Einzelaktionen begnügen. Also warf ich mich am nächsten Tag wieder in den Friseurmantel, der am Rücken zugeknöpft wurde, und vollendete meinen Habitus mit einer dicken Brille und einer Zuckerbäckermütze.

Am Spitaltor stand wieder der bullige Maniake. Rasch band ich mir ein Taschentuch vors Gesicht, ging in teutonischem Stechschritt an ihm vorbei und ließ ein scharfes »Jawohl« hören, worauf er die Hacken zusammenschlug. Ich stelzte inspizierend durch die Abteilungen 11 und 12 und näherte mich der Abteilung 13, als ich mich am Arm gepackt fühlte.

»Gott sei Dank, daß Sie hier sind, Herr Professor! Kommen Sie schnell! Eine dringende Operation...«

»Bedaure, Dr. Gebennehmer«, murmelte ich hinter meiner Maske hervor, »ich bin außer Dienst«.

»Aber es ist ein dringender Fall, Herr Professor!«

Dr. Gebennehmer zerrte mich in den Operationssaal, und ehe ich wußte, wie mir geschah, hatte ich mir die Hände gewaschen und stand unter den Scheinwerfern. Da wurde auch schon das Bett mit dem Patienten hereingerollt.

»Hast du die Schweizer Illustrierten mitgebracht?« fragte Tante Ilka.

»Sie halluziniert bereits«, sagte Dr. Gebennehmer und versetzte Tante Ilka eilig in den Zustand der Bewußtlosigkeit.

Auch ich fühlte mich einer Ohnmacht nahe. Schließlich hatte ich noch nie einen Meniskus operiert, schon gar nicht an meiner eigenen Tante.

Als die Operationsschwester mich fragte, ob ich ein kleines oder ein großes Skalpell wünsche, wandte ich mich in plötzlichem Entschluß zu Dr. Gebennehmer.

»Bitte übernehmen Sie.«

Dr. Gebennehmer errötete vor Stolz und Freude. Es war das erstemal, daß ein Professor ihm freie Hand für eine Operation ließ, und er begann sofort Tante Ilkas Knie aufzuschneiden. Das Gefühl, das dabei in mir hochstieg, glich jenem, mit dem ich gelegentlich in unserer Küche das Tranchieren von Hühnerschenkeln beobachtete, obwohl ich sie dann ganz gerne esse, am liebsten mit Gurkensalat.

»Entschuldigen Sie«, sagte ich mühsam und verließ ein wenig taumelnd den Operationssaal. Draußen nahm ich sofort die Maske ab, um Atem zu holen. In diesem Augenblick kam der maniakische Portier vorbei, klopfte mir freundlich auf die Schulter und sagte:

»Sehen Sie – heute können Sie Ihre kranke Tante besuchen!«

Ich hatte vollkommen übersehen, daß es Donnerstag war und kurz nach 2 Uhr. Eigentlich hätte mir das auffallen müssen. Es war nämlich kein einziger Besucher im ganzen Spital.

6.

Streß lebenslänglich
Seine Hoheit der Blutdruck
Diastole und Systole, die lustigen Zwillinge
Medizin in Kinderschuhen
Genekologie · Ein klinisches Wunder
Nekrolog für den Autor

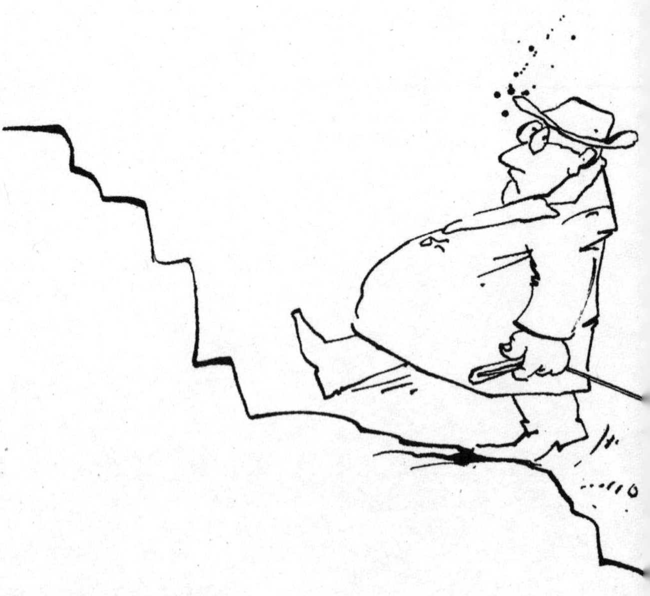

Man muß nicht unbedingt neben einer Apotheke wohnen – was, unter uns gesagt, in heutigen Großstädten fast nicht zu vermeiden ist – um festzustellen, daß zwei Drittel der jüngsten Wunderpräparate gegen Abgespanntheit, Schlaflosigkeit, Nervosität, Erschöpfungszustände, Alterserscheinungen, Konzentrationsschwäche und Prostataleiden hergestellt werden. All diese Schaufensterdekorationen sind die direkte Folge des unmenschlichen Streß', unter dem die Menschheit seit Millionen von Jahren zu leiden hat.

Um den Grund für die ungewöhnliche Beliebtheit des Streß' zu verstehen, muß man nur einmal das Durchschnittsleben eines Durchschnittsbürgers von der Wiege bis zur Bahre verfolgen.

Der Durchschnittsbürger Josef K. kam unter größten Anstrengungen an seinem Geburtstag zur Welt. Vor diesem Zeitpunkt weilte er an einem engen und dunklen Ort.

Schon bei seinen ersten Bewegungen übte er mit allen ihm zur Verfügung stehenden Kräften einen starken Druck auf seine direkte Umgebung aus und erblickte zum vorgesehenen Zeitpunkt mit einem schrillen Schrei das levantinische Tageslicht.

Über die näheren Umstände seiner Geburt hatte sich der kleine Jossi niemals Gedanken gemacht. Er selbst lernte die Bedeutung des Wortes »Druck« erst im zarten Alter von drei Jahren kennen. Und zwar an jenem denkwürdigen Tag, als er, kaum der Sprache mächtig, seinen Eltern unwirsch mitteilte, daß er dringend eine Trommel bräuchte.

Aus verständlichen Gründen waren Jossis Eltern nicht bereit, diesem Wunsch Rechnung zu tragen. Also brach der kleine Jossi, von einem sicheren Instinkt geleitet, in Tränen aus und begann, einige Stunden lang aus Leibeskräften draufloszubrüllen.

Jossis Vater blieb unnachgiebig:

»Von mir aus kannst du plärren, solange du willst, du Dickschädel«, sagte der pensionierte Schlittschuhschleifer, »wir werden ja sehen, wer von uns beiden als erster genug hat.«

Nach knapp 48 Stunden bekam der Kleine seine Trommel. Schließlich wollten seine Eltern endlich Ruhe im Hause haben. In diesem Augenblick wurde Josef K. schlagartig bewußt, welche Funktion der Druck im täglichen Leben spielen kann.

In der siebten Schulklasse sollte er ein »Ungenügend« in Betragen bekommen. Jossi ging zu seinem Klassenvorstand und teilte ihm mit, daß von einem ungenügenden Betragen seinerseits keine Rede sein könne, denn er sei, ganz im Gegenteil, schon immer höchst folgsam und brav gewesen. Der Klassenvorstand war anderer Ansicht. Daher sah Jossi sich gezwungen, heftige Hustenanfälle einzusetzen und zusätzlich eine Zeugin für sein vorbildliches Betragen ins Treffen zu führen. Seine Mutter ging zum Klassenvorstand und teilte diesem mit, daß ihr Junge schon immer höchst folgsam und brav gewesen sei. Sie schlug dem Klassenvorstand einen großen Regenschirm über den Schädel. Es war Herbst mit kapriziösem Wetter. Der Getroffene beharrte weiterhin auf seiner Meinung, also bekam er es mit einem zusätzlichen Zeugen zu tun, nämlich Jossis Vater. Dieser warnte den sturen Pädagogen, daß sein Sprößling wie irr zu toben beginnen würde, wenn das Schulzeugnis nicht auf sein stets auffallend braves Benehmen Bedacht nähme. Bei dieser Gelegenheit zeigte er dem Klassenvorstand auch ein ärztliches Zeugnis, daß er, d.h. der Vater, nicht zurechnungsfähig sei. Der Klassenvorstand begann zu schwanken und versprach, den Fall noch einmal zu überdenken.

Als Jossi ihm freundlich andeutete, daß er noch eine ganze Reihe von ebensogut präparierten Verwandten als Zeugen aufbringen könnte, taute der Klassenvorstand endlich auf und korrigierte die Note auf »Genügend«, womit sich Jossi widerwillig zufriedengab.

Als Jossi in das Alter kam, da er seinen Wehrdienst absolvieren sollte, weigerten sich die Militärärzte, ihn für tauglich zu erklären, weil ihnen sein Gesundheitszustand bedenklich erschien. Jossis Stolz war zutiefst verletzt. Er holte sich bei einem befreundeten Arzt ein Attest, aus welchem hervorging, daß gerade er besonders tauglich wäre, und legte es dem Militärarzt vor. Dieser blieb unbeeindruckt. Also holte sich Jossi ein Attest von einem befreundeten Oberarzt und legte es dem Militärarzt vor. Vergebens. So sprang Jossi zum Fenster hinaus und brach sich ein Bein.

Da erkannte der Militärarzt den Ernst der Lage, korrigierte sein Urteil und erklärte Jossi für volltauglich, so daß er ordnungsgemäß seinen Wehrdienst antreten konnte.

Kurz nach seiner Genesung mußte der gemeine Soldat Josef K. jedoch erkennen, daß das Soldatenleben nicht annähernd so bequem war, wie er es sich immer vorgestellt hatte. Vor allem die Kampfübungen fand er so ermüdend, daß er sich wieder zum Militärarzt begab, um aus gesundheitlichen Gründen eine Versetzung in eine Verwaltungseinheit zu beantragen. Der Militärarzt stellte nach gründlicher Untersuchung fest, daß hierfür kein Grund vorläge, da der Antragsteller völlig gesund wäre. Um Zeit und überflüssige Worte zu sparen, sprang Jossi sofort zum Fenster hinaus, fiel jedoch auf einen Komposthaufen und blieb unverletzt. Der Militärarzt aber wollte Komplikationen vermeiden und setzte Jossis Tauglichkeitsgrad wegen unüberwindlicher Sprungsucht um zwei Stufen herab. Worauf der gemeine Soldat Josef K. in den Stallungen der Bürohengste verschwand.

Nach seiner Entlassung aus der Armee faßte Jossi den Entschluß, sich im bürgerlichen Leben zu etablieren. Er begab sich also zur Stadtverwaltung und bat den für ihn zuständigen Unterabteilungsleiter um Zuweisung einer Wohnung. Dieser teilte ihm bedauernd mit, daß Wohnungen ausschließlich an gediente Soldaten vergeben würden. Daraufhin ging Jossi stehenden Fußes zur Schwester des Unterabteilungsleiters, die er zufällig kannte, und erzählte ihr von seinen Nöten. Worauf die Schwester ihren Bruder anrief, um ihm mitzuteilen, daß Josef K. ein gedienter Soldat sei.

Der Unterabteilungsleiter blieb hart. In forschem Ton teilte er seiner Schwester mit, daß es bei ihm keine Protektion gäbe. Dies um so mehr, als die Fenster seines Büros mit Gittern versehen wären.

Josef K. war so leicht nicht zu beugen. Er ersuchte die Schwester, auch weiterhin mindestens einmal pro Tag anzurufen, damit die Sache am Kochen bliebe, während er selbst sich vor dem Rathaus zu einem Sitzstreik niederließ. Neben sich pflanzte er ein großes Plakat auf mit der Aufschrift: »Warum bekommen nur gediente Soldaten Wohnungen?« Zur Sicherheit warf er jede Nacht ein paar verblichene Katzen durch das Schlafzimmerfenster des Unterabteilungsleiters, um diesen davon zu überzeugen, daß er, Josef K., ein gedienter Soldat sei.

Er verließ sich mehr und mehr auf persönlichen Druck. Die besagte Schwester wurde gebeten, drei- bis viermal täglich anzurufen. Josef hingegen setzte sich vor die Bürotür des Unterabteilungsleiters und schlug während der gesamten Bürozeit auf seine Trommel ein. Nachts warf er zusätzlich zu den verblichenen Katzen auch noch einige alte Schuhe durch das Schlafzimmerfenster des unkooperativen Beamten. Donnerstag war endlich der Zeitpunkt gekommen, wo ihm keine andere Möglichkeit zu bleiben schien, als die Bürotür aufzustemmen, um mit einem Drei-Zoll-Leitungsrohr die Zertrümmerung der Büroeinrichtung zu beginnen.

Der verängstigte Unterabteilungsleiter rief sofort nach der Polizei, doch die Beamten waren mit der Fußballmeisterschaft überbeschäftigt. Also blieb ihm nichts anderes übrig, als endlich zur Kenntnis zu nehmen, daß Josef K. ein gedienter Soldat war.

So kam unser Held zu einer netten, zentral gelegenen Zwei-Zimmer-Wohnung mit Küche und Nebenräumen. Er richtete die Wohnung äußerst geschmackvoll ein, was sogar der Unterabteilungsleiter zugeben mußte, als er ihn zur Einweihungsparty, gemeinsam mit seiner Schwester, besuchte.

In jenen Tagen lernte Josef K. ein für allemal, daß Streß nicht nur ein Mittel ist, das vom Zweck geheiligt wird, sondern auch eine Art von Lebensform, die ihre eigenen Spielregeln und Statuten hat.

Wie nicht anders zu erwarten, hatte sich Josef K. inzwischen in die Schwester des Unterabteilungsleiters verliebt und wollte sie sogar ehelichen. Doch die hochgewachsene junge Frau lehnte seinen Antrag mit der Begründung ab, daß er kein Einkommen hätte. Daraufhin ging Josef zum Unterabteilungsleiter und ersuchte ihn, seine Schwester zweimal täglich anzurufen, um ihr zu erklären, daß er, Josef, sehr wohl ein Einkommen habe. Doch die Angebetete blieb kalt. Daraufhin verfaßte Josef ein vierundzwanzig Strophen langes

Liebesgedicht in Hexametern und sandte es an seine spröde Auserwählte. Vergebens, denn sie blieb auch weiterhin bei der Meinung, daß er kein Einkommen habe.

»Ein Liebesgedicht, egal welcher Länge, sei keine Garantie für die Fähigkeit, eine Familie zu ernähren«, sagte die hochgewachsene junge Frau.

So wurde Josefs nächstes Gedicht achtundvierzig Strophen lang. Er sandte es gemeinsam mit einem überdimensionalen Blumenstrauß an seine Angebetete, mit demselben Mißerfolg. Auch eine sechsundneunzig Strophen lange Ode in Verbindung mit einem riesigen eingetopften Kaktus erreichte keinen Meinungsumschwung, besonders da Josefs künftige Braut sich mittlerweile weigerte, mit ihrem Bruder telefonisch zu sprechen.

Was konnte Josef K. anderes tun, als mit einem Band selbstverfaßter Sonette in der Hand persönlich bei seiner Geliebten aufzutauchen? In der anderen Hand hielt er ein geladenes Luftdruckgewehr.

»Geben Sie endlich zu, daß ich ein Einkommen habe?« fragte er die hochgewachsene junge Frau, während er den Mündungslauf an seine Schläfe preßte.

»Natürlich«, flüsterte Shoshanna hold errötend, und die beiden schritten spontan zum Rabbiner des nächstgelegenen Standesamtes.

Josef K. wurde somit zum Ehemann, der sein Weib streng, wenn auch nicht ganz lieblos behandelte.

Sofort nach der Eheschließung ging Josef K. auf die Suche nach einem Einkommen. Nach einigen Überlegungen suchte er um die Konzession für die Eröffnung eines Eiskremkiosks im Zentrum von Tel Aviv an. Selbstverständlich wurde ihm diese Konzession nicht so ohne weiteres erteilt, denn solche Vergünstigungen waren ausschließlich jungen, verheirateten Männern vorbehalten, die nachweisbar ihren Militärdienst absolviert hatten. Josef K. wußte schon, was zu tun war. Er holte sich sofort ein Empfehlungsschreiben von seinem Onkel und ging damit zum zuständigen Beamten. Dieser sah den Zettel lange an und behauptete, den Onkel nicht zu kennen. Ohne Zeitverlust wandte sich unser Held an ein Mitglied der Gewerkschaftsexekutive mit der Bitte um ein persönliches Schreiben, in dem ausdrücklich vermerkt sein sollte, daß der zuständige Beamte besagten Onkel sehr wohl kenne. Doch der Beamte erwiderte, daß er auch von jenem Herrn der Gewerkschaftsexekutive noch niemals gehört habe. Daraufhin machte Josef den Beamten mit dem Gewerkschaftsführer bekannt, letzterer hinwiederum stellte dem Beamten Josefs Onkel vor, und alles schien sich auf eine positive Entwicklung hinzubewegen. Aber just zu diesem Zeitpunkt wurde der Beamte in den Süden versetzt, um dortselbst die Leistungsfähigkeit des Staatsapparates zu vermindern. Sein Nachfolger war zufällig ein alter Freund von Josefs Onkel und ließ daher sein Empfehlungsschreiben unbeachtet liegen, woraufhin Josef K. sofort den Schreibtisch des neuen Beamten in Brand steckte.

Die damit erzielte Regelung war leider nur provisorischer Natur. Der neue Beamte gab zwar Josef K. eine Empfehlung an sich selbst, aber in unleserlicher Handschrift. Der enttäuschte Jossi entschied sich für das juristische Vorgehen und erhob beim Bezirksgericht Anklage gegen die ganze Bande. Gleichzeitig beantragte er beim Obersten Gerichtshof eine Einstweilige Verfügung, derzufolge das Bezirksgericht begründen sollte, warum es nicht bereit sei, die Klage des Josef K. zuzulassen. Darüber hinaus beantragte er beim Obersten Rabbinat einen Bannfluch gegen das Oberste Gericht, falls dieses nicht bereit sei, die Einstweilige Verfügung gegen das Bezirksgericht zu erlassen. Um aber ganz sicher zu gehen, suchte er nochmals den zuständigen Beamten auf. Bei dieser Gelegenheit brachte er einen verrosteten Kanister mit und begoß den Staatsdiener mit einer Mischung aus Wundbenzin und giftgrüner Acrylfarbe.

Zum Erstaunen aller Beteiligten wurde er daraufhin verhaftet und verbrachte fast eine ganze Woche im Gefängnis. Als er endlich gegen stark ermäßigte Kaution entlassen wurde, rannte er unverzüglich mit dem verrosteten Kanister zum Beamten zurück und erhielt sofort die Konzession für die Errichtung des Eiskremkiosks im Zentrum von Tel Aviv. Zwar handelte es sich nur um ein bescheidenes Unternehmen, doch sicherte es Herrn K. und seiner kleinen Familie ein angemessenes Einkommen.

Mittlerweile war die hochschwangere Gattin des Josef K. bereits ins Krankenhaus eingeliefert worden. Der werdende Vater stürzte sich sogleich auf den Oberarzt mit dem Ersuchen, dafür Sorge zu tragen, daß seine Frau unbedingt einen Sohn in die Welt setze.

»Warum einen Sohn?« fragte der Mediziner.

»Weil nur ein Mann in der Lage ist, den Streß im Leben zu ertragen«, antwortete Jossi K.

Der Oberarzt behauptete, darauf keinen Einfluß zu haben. Also ging Jossi mit dem verrosteten Kanister wieder zu seinem Freund, dem Beamten von der Konzessionserteilung, um diesen durch die bewährte Mischtechnik um einige telefonische Empfehlungen zu bitten.

Der Oberarzt blieb ungerührt und weigerte sich unsinnigerweise, auf die warmen Empfehlungen einzugehen. Und zwar so lange, bis Josef K., einen gutvorbereiteten Nervenzusammenbruch erlitt, in die Oberschwester biß und laute Klagelieder anstimmte. Damit erreichte er endlich sein Ziel, der Arzt gab seinen Widerstand auf, und Josef K. wurde Vater eines strammen Sohnes.

In diesem gemächlichen Stil ging das Leben des Durchschnittsbürgers Josef K. jahrelang weiter. Viele seiner Bekannten glaubten, daß Josef K. ein Glückspilz wäre, dem Fortuna Erfolg beschert, doch er selbst wußte genau, daß jedes Gelingen nur unter äußerstem Streß erfolgt war.

Der andauernde Druck unterwanderte schließlich seine Gesundheit, und eines Tages brach er zusammen.

Ehe Josefs müdes Herz zu schlagen aufhörte, lächelte er vor sich hin und dachte: »Endlich erreiche ich hierzulande etwas, ohne Druck auszuüben.«

Und damit schloß er seine Augen für immer.

Der Arzt notierte als Todesursache: hoher Blutdruck.

Ja, das diensthabende Schreckgespenst dieses Jahrhunderts ist zweifellos der Bluthochdruck. Es gibt zwei Spielarten davon: Die Diastole und die Systole. Die zweite ist die gefährlichere, niemand versteht warum, aber die erste ist gleichfalls eine nicht zu verachtende Waffe in den Händen eines erfahrenen Hausarztes.

Jedesmal nämlich, wenn der Arzt keine Ahnung hat, wovon die Rede ist, windet er dem Patienten die Manschette um den Oberarm, pumpt sie auf und murmelt mit besorgtem Gesichtsausdruck in sich hinein: »Hm, das gefällt mir gar nicht.« So nebenbei läßt er noch den medizinischen Joker »Virus« fallen und geht.

Unverzüglich läuft dann der Patient zum Bücherregal und entnimmt ihm in Panik »Den kleinen Hausarzt« in zwei Bänden.

Was er dort liest, erhöht seinen Blutdruck um ein Drittel. Und das ist die eigentliche Hauptursache für diese modische Krankheit unserer Zeit.

Hin und wieder gibt es noch andere Gründe für Bluthochdruck, dann allerdings zumeist wirtschaftliche.

Die Premiere war vorüber. Nachdem wir in den Künstlergarderoben pflichtgemäß unsere Glückwünsche abgeliefert hatten, versammelten wir uns beim Bühnenausgang, um ernsthaft über die Dinge zu reden. Wir befanden uns in bester Stimmung, denn das Stück hatte einen einwandfreien Durchfall erlitten. Jetzt galt es, die Ursachen zu analysieren.

Plötzlich fragte Kunstetter (ich erinnere mich ganz genau, daß die Frage von Kunstetter kam):

»Wie wär's, wenn wir eine Kleinigkeit miteinander essen gingen?«

Sein Vorschlag fand allgemeinen Beifall. Jemand empfahl das neu eröffnete »Balalaika«-Restaurant, das – wie schon der Name vermuten ließ – feinste französische Küche offerierte. Die Preise in einem solchen Lokal liegen zwar etwas über dem Durchschnitt, aber nach einem schlechten Stück will man wenigstens gut essen.

Schon rein äußerlich machte die »Balalaika« einen erstklassigen Eindruck. Die holzgetäfelten Wände waren mit Gobelins geschmückt, das Licht kam aus hohen Kerzenhaltern und die Kellner aus Südfrankreich. Sechs Tische wurden zusammengeschoben, und bei dieser Gelegenheit zeigte sich, daß unsere Gesellschaft aus mehr als zwanzig Personen bestand, darunter eine Anzahl völlig Unbekannter. Das ist schon so beim Theater. Gewisse Randfiguren des Betriebs hängen sich immer an die Berühmtheiten an.

Obwohl die Preise unsere schlimmsten Befürchtungen übertrafen, bestellten wir allerlei kalte und warme Hors-d'œuvres und als Hauptgericht die Spezialitäten des Hauses. Alles schmeckte vorzüglich, der Wein war spritzig, die Konversation desgleichen, das Leben war schön, und zur Hölle mit kleinlicher Pfennigfuchserei.

Ich hatte gerade den letzten Bissen meines Steak au poivre mit einem kräftigen Schluck Pommard hinuntergespült, als meine Ehefrau, die beste von allen, mich am Ärmel zupfte.

»Ephraim«, flüsterte sie. »Schau!«

Tatsächlich: Einige Plätze am Tisch waren leer. Ihre Inhaber mußten sich nach Beendigung der Mahlzeit verflüchtigt haben. Insgesamt tafelten noch zwölf Personen.

»Die als erste gehen, werden fallen«, lautet ein altes militärisches Wahrwort. Aber es ist nirgends die Rede davon, daß sie vorher zu zahlen haben ...

Meine Blicke suchten den Oberkellner und fanden ihn. Er hatte sich in eine strategisch wichtige Ecke plaziert und stand in seinem einwandfreien Frack beinahe reglos da. Nur von Zeit zu Zeit hob er die buschigen Augenbrauen und machte Notizen.

Ich merkte, daß auch die Blicke der anderen auf ähnliche Art beschäftigt waren wie die meinen. Ihr sonderbares Flackern schien eine geheime Furcht auszudrücken, die sich nicht in Worte fassen läßt oder höchstens in die: »Wer wird das bezahlen?«

Die nächste Bestandsaufnahme ergab zehn Verbliebene. Im Schutz der intimen Kerzenbeleuchtung hatte ein weiteres Paar den Raum verlassen.

Immer schleppender wurde die Konversation, immer dumpfer die Spannung, die über der Tafel lag, kurz gesagt, der Blutdruck begann seinen Veitstanz. Niemand wagte, seinen Nachbarn anzusehen. Fast glaubte man das Klicken der inneren Registrierkassen zu hören, die den Preis der einzelnen Bestellungen zusammenrechneten.

Nach und nach richteten sich alle Augen auf Kunstetter. Rein moralisch betrachtet, müßte eigentlich er für die Rechnung aufkommen. Die Einladung war ja von ihm ausgegangen. Ein anderer wäre gar nicht auf die Idee gekommen, nach einem so miserablen Theaterabend auch noch ein kostspieliges Restaurant aufzusuchen. Wie hatte Kunstetter gesagt? »Kommt, meine Freunde«, hatte er gesagt, »kommt und speist mit mir!« Möglicherweise hatte er sogar hinzugefügt: »Ihr seid meine Gäste« oder etwas ähnliches. Jedenfalls stand fest, daß er der Veranstalter des Unternehmens war. Und er war ein rechtschaffener Mann. Er würde zahlen. Bestimmt würde er zahlen. Oder?

Neun Augenpaare hefteten sich auf ihn, die Stirnschlagadern begannen zu pulsieren.

Kunstetter beendete mit nervenzermürbender Gelassenheit seine Mahlzeit und bestellte Kaffee. Wir hielten den Atem an. Hätte Kunstetter sich jetzt mit der Frage, ob jemand Kaffee wünsche, an die Runde gewandt, so hätte er sich damit eindeutig als Gastgeber deklariert und die Verantwortung für die finanzielle Seite der Angelegenheit auf sich genommen.

Kunstetter tat nichts dergleichen. Gleichmütigen Gesichts schlürfte er seinen Kaffee und plauderte Belangloses mit Madame Kunstetter.

Unterdessen hatten noch ein paar Ratten das sinkende Schiff verlassen. Die Passagierliste war auf sieben verlorene Seelen geschrumpft.

Wer zahlt?

Längst waren alle Gespräche versickert. Dann und wann fiel eine kurze Bemerkung über den Terrorismus oder über das jüngste Ehescheidungsgerücht, aber das wahre Interesse der Anwesenden galt nur noch eben dieser Anwesenheit: Jede weitere Verminderung würde für die Zurückbleibenden ein Anwachsen der Zahlungsgefahr bedeuten, dessen waren sich alle bewußt.

Eine der Geiseln, Ben-Zion Ziegler, erhob sich mit demonstrativer Gleichgültigkeit:

»Entschuldigen Sie mich bitte«, sagte er. »Ich muß einen dringenden Anruf machen.«

Ohne Hast, als wäre es das Selbstverständlichste von der Welt, schlug er die Richtung zu der nahe beim Ausgang gelegenen Telefonzelle ein.

Kalter Schweiß trat auf unsere Stirnen. Erst jetzt fiel uns auf, daß Ziegler ohne seine Frau gekommen war, was ihm erhöhte Bewegungsfreiheit gewährte.

Er kam nie zurück. Wochen später berichtete ein angeblicher Augenzeuge, daß Ziegler tatsächlich die Telefonzelle betreten und hernach zu unserem Tisch zurückgewinkt hätte, bevor er das Lokal verließ. Niemand hatte ihn winken gesehen. Hat er überhaupt gewinkt? Und wenn er überhaupt gewinkt hat: was soll's?

Wer zahlt?

Die Runde bröckelte weiter ab, die dumpfe Spannung nahm weiter zu. Ich schätzte meine Systole auf 190 im Schatten und verfluchte die Unachtsamkeit, die meine Frau und mich verführt hatte, unsere Plätze so zu wählen, daß die Kellner in unserem Rücken standen und daß wir nicht sehen konnten, was sie dort planten. Wir waren in größter Gefahr, ihrer Verschwörung zum Opfer zu fallen. Jeden Augenblick konnte sich der Oberkellner von schräg seitwärts über mich beugen und mir die vornehm unter einer Serviette verborgene Rechnung zuschieben. Ich hatte keine Ausweichmöglichkeit. Ich war wehrlos.

Und dann geschah etwas Entsetzliches.

Mit dem Ausruf »Um Himmels willen!« sprang Kunstetter auf, wobei er einen besorgten Blick auf seine Uhr warf. »Unser Babysitter!«

Und eh wir uns dessen versahen, hatte er mit seiner Frau den Tisch verlassen.

Ingenieur Glick öffnete den Mund, als ob er ihm etwas nachrufen wollte, brachte aber nur ein unartikuliertes Gurgeln hervor und sank aschfahl in seinen Sessel zurück. Kunstetter war unsere letzte Hoffnung gewesen. Jetzt, nach seiner feigen Flucht,bestand die Zahl der Eingeschlossenen aus drei Ehepaaren: den Glicks, den Bar-Honigs und uns. Ich sah mich um. Der Oberkellner stand noch immer in seiner Ecke und fixierte uns unter buschigen Augenbrauen. Nie im Leben habe ich so buschige Augenbrauen gesehen.

Wie hoch die Rechnung wohl sein würde? Kalte und warme Vorspeisen, Steaks vom Infragrill, gepflegte Weine ...

Plötzlich begann Frau Bar-Honig mit ihrem Gatten polnisch zu reden. Man brauchte keinen Dolmetscher, um zu verstehen, worum es ging.

Ich war entschlossen, nicht nachzugeben. Wie zur Bekräftigung fühlte ich die Hand der besten Ehefrau von allen in der meinen. Es tut gut, in echten Streßsituationen, die uns das Schicksal auferlegt, nicht allein zu sein. Ich erwiderte ihren Händedruck. Wir wußten, daß jetzt der Kampf auf Tod und Leben begonnen hatte. Ein achtloser Schritt – und du bist verloren. Aufgepaßt, alter Junge! Wer jetzt eine Andeutung innerer Schwäche erkennen läßt oder vielleicht gar eine kleine Gebärde macht, die der Ober als Zeichen von Zahlungswilligkeit mißdeuten könnte, hat es sich selber zuzuschreiben. Vor meinem geistigen geröteten Auge tauchten die vielen tragischen Fälle auf, in denen ein Unschuldiger die Rechnung für eine ganze Gesellschaft zahlen mußte, nur weil er unbedachterweise die Hand gehoben hat, um eine Fliege zu verscheuchen: schon war mit einem Satz der Kellner da und drückte ihm den unheilvollen Wisch in die Hand. Also keine Handbewegung. Überhaupt keine Bewegung. Eiserne Ruhe nach außen hin. Drinnen 210 im Schatten.

Es ging auf drei Uhr früh. Obwohl unser Tisch schon seit zwei Stunden der einzige noch besetzte war, fühlten wir uns untereinander völlig isoliert. Niemand wollte es riskieren, den Aufbruch vorzuschlagen. Wer solches täte, würde unweigerlich die Aufmerksamkeit des Oberkellners auf sich ziehen und müßte die Rechnung zahlen.

Da – was war das? Bar-Honig und Ingenieur Glick sprachen plötzlich mit auffallender Lebhaftigkeit aufeinander ein, ihre Gattinnen unterbrachen sie, fielen ihnen und sich selbst ins Wort, steigerten das Gespräch zu immer größerer Intensität. Es war klar, was hinter dem Manöver steckte: der Kellner mußte sich auf den Weg zu unserem Tisch gemacht haben, und da die anderen so tief in ihr Gespräch verwickelt waren, würde er sich an mich als an den einzig Zugänglichen wenden.

Mir blieben nur noch wenige Sekunden. Mein Hirn arbeitete fieberhaft. Und dann hatte ich einen meiner bekannt genialen Einfälle. Ich würde die anderen glauben machen, daß ich tatsächlich bereit wäre, die Rechnung zu übernehmen, würde mittels einiger gezückter Geldscheine ihr Vertrauen gewinnen, und einer oder der andere würde sich schließlich dazu verleiten lassen, aus purer Formalität eine Floskel zu murmeln wie: »Nein... lassen Sie doch...« oder dergleichen. Zu seiner namenlosen Bestürzung würde ich daraufhin mit einem eilfertigen »Bitte sehr, ganz wie Sie wünschen!« die Rechnung an ihn weiterschieben und würde zusammen mit meiner Frau sofort verschwinden. Diese Endspielvariante ist allgemein als »Bukarester Gambit« bekannt, weil sie von einem dortigen Industriellen anläßlich einer Silvestereinladung zum ersten Mal praktiziert wurde.

Ich wandte mich also halb um und rief laut und deutlich: »Herr Ober! Die Rechnung bitte!«

Die Ehepaare Bar-Honig und Glick verstummten augenblicklich und lehnten sich erleichtert zurück, während ich mit unnachahmlicher Eleganz meine Brieftasche hervorzog und scheinbar unbeteiligt auf den Effekt des Bukarester Gambit wartete.

Diesmal versagte es kläglich. Weder Glick noch Bar-Honig rangen sich auch nur zu einem Ansatz jener guten Manieren durch, die man von halbwegs zivilisierten Menschen füglich erwarten darf. Sie saßen stumm und mit gesenkten Augen, nur ihre Nasenflügel vibrierten ein wenig, das war alles. Um die Mundwinkel Ingenieur Glicks glaubte ich sogar ein schäbiges Lächeln spielen zu sehen, aber das war wohl schon eine Fiebervision, wie sie auf einen zum Untergang Verurteilten mit einem Blutdruck von 230 eindringt.

Mit zwei Fingern lüftete ich die Serviette, gerade weit genug, um die Endsumme der Rechnung ins Blickfeld zu bekommen.

Sie belief sich auf ein Vermögen.

»Bitte nur zu unterschreiben, Monsieur«, flüsterte der Kellner. »Herr Kunstetter hat alles auf sein Konto setzen lassen.«

Ich krallte meine freie Hand ins Tischtuch. Nie werde ich Kunstetter diese Nacht verzeihen. Nie. Warum hat er das getan? Warum hat er uns stundenlang in qualvollen Ängsten schmoren lassen? Was für ein sadistischer Schuft muß er sein, um auf eine solche gesundheitsgefährdende Tücke zu verfallen!

Gleichmütig signierte ich die Rechnung, steckte meine Brieftasche wieder ein und verließ den Tisch, ohne mich nach den schäbigen Schnorrern umzusehen, die in starrer Bewunderung dasaßen. Jetzt hatten sie endlich einmal gesehen, wie ein echter Gentleman sich als Herr der Lage zeigte.

Mein Ruf ist seither allenthalben gestiegen. Auch Sie werden schon davon gehört haben. »Man kann« – so heißt es immer wieder –, »man kann über Kishon sagen was man will: Aber großzügig ist er. Wirklich großzügig.«

Es ist nur für blutige Laien überraschend, daß im Privatleben unsere engsten Freunde bedeutend mehr zur Steigerung des Bluthochdrucks beitragen als die erklärten Feinde.

Im allgemeinen gelte ich als verschlossen, fast schon als mürrisch. Aber das stimmt nicht. Was so mürrisch wirkt, ist in Wahrheit meine Seriosität. Ich plappere kein dummes Zeug, meine Ansichten sind wohlfundiert und gemäßigt, ich grinse nicht vor mich hin – ich bin, kurz gesagt, ein erwachsener Mensch, abhold allen Exzessen. Trotzdem: An jenem Tag hatte ich das Gefühl, als gehörte mir die Welt. Ich weiß nicht warum. Vielleicht hatte ich infolge eines Irrtums gut geschlafen, oder der Feuchtigkeitsgehalt der Luft hatte nachgelassen, oder mein Blutdruck war plötzlich in Ordnung – jedenfalls fühlte ich mich schon am Morgen ganz großartig. Die Sonne schien, die Bäume blühten, die Vögel zwitscherten nicht, es herrschte angenehme Ruhe, und ich war sowohl mit mir selbst wie mit dem Leben im allgemeinen zufrieden.

Und dann kam der Anruf von Schlomo, meinem besten Freund. Ich hob den Hörer ab und sagte: »Hallo.«

»Ephraim«, antwortete Schlomo, »was ist los mit dir?«

»Mit mir? Gar nichts. Was soll mit mir los sein?«

»Ephraim«, wiederholte Schlomo, »ich kenne dich. Ich kenne dich in- und auswendig. Ich brauche am Telefon nur deine Stimme zu hören und weiß sofort, daß irgend etwas bei dir nicht stimmt. Was ist los?«

»Es ist alles in bester Ordnung.«

»Ephraim!«

»Ich weiß nicht, wovon du sprichst. Was willst du?«

»Du klingst, als ob du schrecklich nervös wärst.«

»Ich bin nicht nervös. Aber wenn du mich noch lange fragst, warum ich nervös bin, dann werde ich's.«

»Ich dachte, es würde dir guttun, dich mit jemandem über deinen Kummer auszusprechen.«

»Ich habe keinen Kummer, verdammt noch einmal.«

»Gut für dich, daß du deine Stimme nicht hören kannst. Du hast die Stimme eines Hysterikers. Ich hoffe nur, daß es nichts Ernstes ist.«

»Bitte reden wir von etwas anderem.«

»Du glaubst, damit wäre das Problem gelöst?«

»Ja.«

»Also schön. Was machst du heute abend? Willst du auf einen Sprung zu uns kommen?«

»Gerne, Schlomo.«

»Hör zu, Ephraim.« In der Stimme meines Freundes schwang ein Unterton leiser Gekränktheit mit. »Das kann jetzt endlos so weitergehen, dieser Austausch von Platitüden. ›Willst du zu uns kommen – gerne – was ist los – nichts ist los –‹. Stundenlang. Ich war immer der Meinung, daß wir das nicht nötig hätten. Und jetzt sag schon endlich, was dir über die Leber gekrochen ist.«

»Wenn du mich noch einmal fragst, wem ich über die Leber gekrochen bin, hänge ich ab.«

»Weißt du, was du jetzt gesagt hast? Habe ich dich gefragt, wem du über die Leber gekrochen bist? Ich habe gefragt, was *dir* –«

»Das habe ich ja auch gemeint.«

»Gemeint, aber nicht gesagt. Du weißt nicht mehr, was du sprichst. Du bist völlig durcheinander.«

Damit hatte Schlomo nicht ganz unrecht. Er sprach ruhig, gelassen, gesammelt – ich hingegen stotterte herum wie ein verängstigtes Kind mit hohem Cholesterinspiegel.

»Nimm's nicht zu schwer«, fuhr Schlomo fort. »Glaub mir, solange du gesund bist und atmen kannst, besteht kein Grund zur Verzweiflung. Manchmal geht's hinauf, manchmal hinunter, so ist das Leben. Ich kenne dich. Du wirst schon wieder in Ordnung kommen. Kopf hoch, alter Junge! Keep smiling!«

»Aber ich schwöre dir –«

»Ephraim!«

Außer der Frage ›Was ist los mit dir,‹ macht mich nichts so rasend, wie wenn jemand mit tiefer Stimme und tiefer Anteilnahme meinen Namen ruft. Es macht mich rasend und zugleich lähmt es mich.

Ich schwieg.

»Vor allem«, nahm Schlomo das Wort wieder auf, »mußt du dir selbst gegenüber ehrlich sein. Du mußt dir sagen: das und das ist geschehen, das und das könnte geschehen, das und das habe ich zu tun.«

»Das und das und das«, hörte ich mich murmeln. Mein Blick fiel in den Spiegel. Ein aschgraues, faltiges Gesicht glotzte mir entgegen.

Und da kam abermals Schlomos Stimme:
»Warst du schon beim Arzt?«
»Wieso? Bei welchem Arzt?«
»Ich bitte dich, Ephraim, nimm dich zusammen. Für einen Freund ist es schrecklich, beobachten zu müssen, wie du aus dem Leim gehst.«
»Aber ich hab' dir doch schon gesagt, daß bei mir alles in Ordnung ist. Das hab' ich dir doch schon gesagt. Oder?«
Schlomo antwortete nicht. Wahrscheinlich mußte er seine Tränen niederkämpfen. Wir sind sehr gute Freunde. Endlich sagte er:
»Ephraim, was ist los mit dir?«
Jetzt war es an mir, nicht zu antworten.
»Ephraim, laß dich um Himmels willen zu keinen übereilten Schritten hinreißen. Du bist noch jung, wenigstens geistig, das Leben liegt noch vor dir. Verscheuch die finsteren Gedanken, frag nicht viel warum, wozu, für wen. Das Leben ist schön. Wirf's nicht von dir. Ephraim ...«
Ich erhob mich und überlegte, ob ich mich aufhängen sollte, entschloß mich aber, statt dessen ins Kino zugehen. Noch an der Türe glaubte ich Schlomos Stimme zu hören:
»Ephraim, Ephraim! Warum antwortest du nicht? E-p-h-r-a-i-m ...!«
Dieses Gespräch hat vor ungefähr einer Woche stattgefunden. Gestern abend läutete das Telefon. Ich hob ab und sagte:
»Hallo.«
»Ephraim«, sagte Schlomo, »deine Stimme klingt sehr merkwürdig.«
»Kein Wunder«, antwortete ich. »Unser Haus ist abgebrannt.«

»Wie bitte?«

»Außerdem wurde ich auf der Dizengoff-Straße von einem Dreirad überfahren.«

»Wirklich?«

»Wirklich. Und meine Frau ist mir mit dem Seiltänzer vom japanischen Zirkus davongelaufen.«

»Macht nichts«, sagte Schlomo. »Das geht vorbei. Willst du heute abend auf einen Sprung zu uns kommen? Wiedersehen.«

Um meine Kollegen nicht zu kränken, will ich rasch hinzufügen, daß auch das Lesen eines aufregenden Buches gesundheitliche Folgen haben kann. Noch gesundheitsschädigender ist nur, wenn man das aufregende Buch nicht gelesen hat.

Die Sache mit Tola'at Shani zum Beispiel bedrückte mich seit langem. Nein, das war wirklich nicht schön von mir: Vor einem halben Jahr hatte er mir sein neues Buch geschickt, das ich sofort auf den Schreibtisch oder sonstwohin gelegt hatte – und dort, wo immer es war, setzte es seither Spinnweben an.

Zu Beginn kam ich noch mit den üblichen Ausreden durch:

»Schon bekommen!« rief ich vorbeugend,

wenn ich Tola'at Shani von weitem sah. »Sobald ich ein paar freie Stunden habe, lese ich es!«

Und der vielversprechende junge Autor lächelte mir dankbar zu.

Als ich ihn nach ein paar Wochen unversehens beinahe über den Haufen rannte, ließ ich mich zu der Bemerkung hinreißen, daß ich bereits mitten in der Lektüre sei und daß wir nachher darüber sprechen müßten.

Vor ein paar Tagen, als ich mich um Kinokarten anstellte, fühlte ich mich plötzlich am Arm gepackt. Es war Tola'at Shani, und es gab kein Entrinnen.

»Haben Sie das Buch schon ausgelesen?« fragte er mich.

Ich nickte mehrmals und ernsthaft:

»Wir müssen uns ausführlich darüber unterhalten. Ich habe Ihnen eine ganze Menge zu sagen. Aber hier – in dieser Schlange – auf einem Bein...«

Ich hatte noch nicht zu Ende gesprochen, als an der Kassa die Tafel »Ausverkauft« hochging. Mein Schicksal war besiegelt. Nur ein plötzlich herabstoßender Steinadler hätte mich retten können, und im Nahen Osten gibt es leider keine Steinadler. Hingegen gibt es sehr viele Kaffeehäuser, so viele, daß man in einem von ihnen mit größter Wahrscheinlichkeit einen Tisch für zwei Personen findet. Tola'at Shani, der meinen Arm noch immer nicht losgelassen hatte, fand einen Tisch für zwei Personen. Und jetzt saßen wir einander gegenüber.

»Also«, sagte Tola'at Shani. »Sie wollen mit mir über mein Buch sprechen.«

»Ja«, sagte ich. »Ich bin froh, daß ich Sie endlich getroffen habe.«

Irgendwie erinnerte mich die Situation an den dramatischen Höhepunkt mancher Wildwestfilme, wenn Sheriff und Schurke im Saloon der menschenleeren Hauptstraße zusammenstoßen und die endgültige Abrechnung sich nicht mehr aufhalten läßt. Auch die Straße schien plötzlich menschenleer. Ich kann mich nicht erinnern, sie jemals so entvölkert gesehen zu haben. Kein einziges bekanntes Gesicht wollte auftauchen.

Verzweifelt suchte ich mir das Buch ins Gedächtnis zu rufen, aber vor meinem geistigen Auge erschien immer nur die braune Packpapierhülle, die ich noch nicht entfernt hatte. Wenn ich wenigstens wüßte, um was für eine Art von Buch es sich handelte! War es ein Roman? Eine Sammlung von Kurzgeschichten? Von Gedichten? Ein Theaterstück? Ein Essayband?

Die bleierne Stille drohte mir den Atem abzuschnüren. Ich mußte etwas sagen:

»Etwas muß ich sagen«, sagte ich. »Sie haben enorme Arbeit an dieses Buch gewendet.«

»Drei Jahre«, nickte Tola'at Shani. »Aber das Thema habe ich noch viel länger mit mir herumgetragen.«

»Das spürt man sofort. Es ist ein reifes Werk.«

Stille. Bleierne Stille. Mein Puls raste.

»Sagen Sie mir jetzt bitte Ihre Meinung«, forderte mich der vielversprechende junge Autor mit vor Erwartung bebender Stimme auf.

»Ich bin sehr beeindruckt.«

»Von allem, was drinsteht?«

Im letzten Augenblick entging ich der Falle.

Tola'at Shani beobachtete mich scharf aus den Augenwinkeln. Hätte ich jetzt geantwortet: »Ja, von allem« – er hätte sofort gewußt, daß ich das Buch nicht gelesen habe.

»Ich will jetzt ganz offen sein«, sagte ich. »Den Anfang finde ich nicht gerade überwältigend.«

»Auch Sie?« Tola'at Shani seufzte resigniert. »Das hätte ich nicht gedacht. Ein erfahrener Schriftsteller wie Sie müßte doch wissen, daß jedes Buch eine Exposition braucht.«

»Exposition, Schmexposition«, gab ich ein wenig unbeherrscht zurück. »Die Frage ist, ob man von einem Buch sofort gefesselt wird oder nicht.«

Tola'at Shani senkte den Kopf und sah so traurig drein, daß er mir leid tat. Aber warum schreibt er auch so langweilige Expositionen.

»Später kommt die Sache in Schwung«, tröstete ich ihn. »Ihre Figuren sind sehr gut gezeichnet. Und die Geschichte hat Atmosphäre. Und Rhythmus.«

»Sind Sie auch der Meinung, ich hätte die rein beschreibenden Teile des Buches um die Hälfte kürzen sollen?«

»Wenn Sie das getan hätten, wäre es ein Bestseller geworden.«

»Möglich«, sagte Tola'at Shani frostig. »Aber mir war es wichtiger, ganz genau zu erklären, warum Boris sich den Rebellen anschließt.«

»Boris ist allerdings ein Charakter, den man nicht so bald vergessen wird«, mußte ich zugeben. »Man merkt, daß ihm Ihre ganze Liebe gilt.«

Aus schreckhaft geweiteten Augen starrte Tola'at Shani mich an:

»Liebe? Ich liebe Boris? Dieses Schwein? Diesen Verbrecher? Ich halte ihn für die widerwärtigste Figur, die ich je geschaffen habe!«

»Das glauben Sie nur«, wies ich ihn zurecht. »Lassen Sie sich von mir gesagt sein, daß Sie sich im innersten Kern Ihres geheimen Ichs mit ihm identifizieren.«

Tola'at Shani erbleichte.

»Was Sie da sagen, trifft mich wie ein Keulenschlag«, murmelte er tonlos. »Als ich das Buch zu schreiben begann, habe ich Boris gehaßt, das weiß ich genau. Aber dann, als er in den Streit zwischen Peter und dem Marine-Attaché verwickelt wird und trotzdem seiner Mutter nichts davon erzählt, daß er Abigail vergewaltigt hat... Sie erinnern sich doch?«

»Und ob ich mich erinnere! Er erzählte seiner Mutter nichts...«

»Richtig. Da fragte ich mich also: Ist dieser Boris, mit all seinen Verirrungen und Unzulänglichkeiten, nicht immer noch ein wertvollerer Mensch als der Zoologe?«

»Wir alle sind Menschen«, bemerkte ich tolerant. »Manche sind so, manche sind anders, aber im Grunde sind wir alle gleich.«

»Eben darauf wollte ich ja hinaus. Haarscharf.«

Sollte ich das Buch am Ende doch gelesen haben? Sozusagen unterbewußt, ohne es zu merken? Ich muß dringend einen Spezialisten aufsuchen.

»Man versichert mir von vielen Seiten«, sagte Tola'at Shani zögernd, »daß dieses Buch, zumindest was die Handlung betrifft, mein bisher stärkstes ist.«

Ich sah nachdenklich zur Decke hinauf, als wollte ich die bisherige Produktion des vielversprechenden jungen Autors mit einem einzigen Blick umfassen. Dabei habe ich noch keine Zeile von ihm gelesen. Wozu auch? Wer ist dieser Tola'at Shani überhaupt? Warum schickt er mir seine Bücher? Es galt, die Dinge an ihren Platz zu rükken.

»Ich würde nicht direkt sagen, daß es Ihr stärkstes Buch ist. Aber es ist bestimmt Ihr spannungsreichstes.«

Tola'at Shani zuckte zusammen. Kein Zweifel, ich hatte ihn an seinem empfindlichsten Punkt erwischt. Tut mir leid. Oder soll ich vor Ehrfurcht zusammenknicken wenn er seinen Dilettantismus ins Kraut schießen läßt?

»Ich wußte es. So wahr mir Gott helfe, ich wußte es.« »Die ganze Bitterkeit des Nichtskönners, der sich von einem überlegenen Geist durchschaut weiß, schwang in seiner Stimme mit. »Sie meinen das Abendessen in der Wohnung des Sturmtruppenkommandanten, nicht wahr. Ich hätte schwören können, daß Ihr Chauvinismus an dieser Szene Anstoß nehmen würde. Hätte ich vielleicht die ganzen Ereignisse in diesem von der Flut heimgesuchten Gebirgstal in Saccharin verpacken sollen, damit sie sich angenehmer lesen? Wenn Sie – erinnern Sie sich –«

»Stottern Sie nicht«, ermahnte ich ihn. »Meine Geduld hat Grenzen.«

»Erinnern Sie sich an die Schilderung des nächtlichen Kamelwettrennens um den Harem des Scheichs? Das hat Ihnen doch gefallen, oder nicht?«

»Sogar sehr gut. Das war eine farbige Szene.«

»Und daß Jekaterina die Tischlampe am Kopf

des Richters zerschlägt – auch damit sind Sie einverstanden?«

»Unter Umständen.«

»Dann können Sie unmöglich etwas gegen das Schicksal einzuwenden haben, das ich Meir-Kronstadt und seinesgleichen bereite!«

Heftiger Kopfschmerz befiel mich. Hoppla, mein Junge, dachte ich. Du kannst begeifern, wen du willst – aber Meir-Kronstadt laß mir ungeschoren! Der ganze Verlauf des Gesprächs widerstrebte mir. Viel zu vage und unsachlich war das alles. Jetzt sollten die Funken stieben. Jetzt ging es mit meiner Zurückhaltung zu Ende. »Hören Sie, Tola'at Shani! Ich an Ihrer Stelle wäre auf diese Sache mit Meir-Kronstadt nicht so stolz!«

»Ich bin aber stolz auf ihn!«

Das Blut schoß mir in den Kopf. Unglaublich! Der Kerl wagte mir zu widersprechen!

»Kronstadt ist ein Schwindler«, sagte ich scharf. »Was er tut, überzeugt keinen Menschen. Mehr als das: Er ist überflüssig. Sie könnten ihn ohne Schaden für das Buch vollkommen weglassen.«

»Und wie, wenn ich fragen darf, soll ich dann den eigentlichen Konflikt vorbereiten?«

»Nun – wie? Was glauben Sie wohl?«

»Sie denken wahrscheinlich an den Zoologen.«

»An wen denn sonst.«

»Und Jekaterina?«

»Soll mit dem Richter durchgehen!«

»Im neunten Monat?«

»Nachher.«

»Stellen Sie sich das nicht ein wenig zu einfach vor? Außerdem scheinen Sie zu vergessen, daß Jekaterina ein psychosomatisches Asthma hat!«

»Muß sie denn unbedingt Asthma haben? Gerade sie? Wenn schon jemand Asthma haben soll, dann Abigail.«

»Lächerlich. Was soll das für einen Sinn haben?«

Das war mir zuviel. Das darf man einem Fachmann wie mir nicht sagen. Seit dreißig Jahren lese ich so gut wie ununterbrochen Bücher – und dann kommt so ein Stümper und sagt »lächerlich«.

»Sagten Sie ›lächerlich‹, Sie Stümper? Und Ihr idiotisches Kamelwettrennen ist vielleicht nicht lächerlich? Was sage ich: lächerlich. Ekelhaft ist es! Ich hatte Mühe, nicht zu erbrechen!«

»Ausgezeichnet. Genau das lag in meiner Absicht. Ein Mensch, dem vor sich selber übel wird, lernt sich wenigstens kennen. Und ich meine *Sie*!«

Wir hatten uns auf das unabsehbar weite Feld persönlicher Beleidigungen begeben. Tola'at Shani war gelb vor Ärger. Sein Atem keuchte.

»Ich werde Ihnen sagen, was Ihnen an meinem Buch mißfällt«, gurgelte er. »Daß ich gewagt habe, auf banale Lösungen zu verzichten! Daß ich Boris nicht in der Überschwemmung zugrunde gehen lasse! Stimmt's?«

Boris! Der hat mir gerade noch gefehlt.

»Scheren Sie sich zum Teufel mit Ihrem Boris!« schnarrte ich. »Sie sind diesem Lumpen ja geradezu verfallen! Und wenn Sie es wissen wollen: Seine Liebesaffäre mit Abigail ist ganz und gar unwesentlich!«

»Unwesentlich«, stöhnte der vielversprechende junge Autor. »Zu irgendjemandem muß sie doch gehören!«

»Aber doch nicht zu Boris! Gibt es denn keinen anderen?«

»Wen?« Tola'at Shani sprang mich an, packte mich am Rockaufschlag und schüttelte mich. »Wen?«

»Meinetwegen den Zoologen – wie heißt er gleich – Kronstadt!«

»Kronstadt ist kein Zoologe.«

»Er *ist* ein Zoologe! Und wenn nicht Kronstadt, dann der Sturmtruppenkommandant.«

»Kronstadt ist der Sturmtruppenkommandant!«

»Da haben Sie's! Von mir aus kann er sein, was er will! Und von mir aus kann es jeder sein, nur Boris nicht! Sogar der Marine-Attaché wäre logischer! Peter! Oder Birnbaum!«

»Wer ist Birnbaum?«

»Er ist nicht schlechter als Kronstadt, das garantiere ich Ihnen! Sie glauben offenbar, daß es schon genügt, Papier zu bekritzeln, damit ein Buch daraus wird. Hüten Sie sich! Wie steht's mit der Handlung, Sie Patzer? Mit den Charakteren? Mit den inneren Konflikten? Mit der Tiefe?« Jetzt war es ich, der ihn würgte. »Auf die Tiefe kommt es an – nicht auf Bla-bla und Abrakadabra, wie bei Ihnen! Boris! Boris! Das soll ein Buch sein? Für wen? Für das Publikum gewiß nicht! Kein Mensch liest so ein Buch! Auch ich habe es nicht gelesen!«

»Sie haben es nicht gelesen?«

»Nein. Und ich denke auch gar nicht daran, es zu tun!«

Damit ließ ich ihn sitzen und ging schnurstracks in die gegenüberliegende Apotheke. Nicht im Traum hätte ich daran gedacht, daß ich wegen Boris Beruhigungsmittel schlucken würde.

Es ist unglaublich, wozu Menschen bereit sind, um ihren Stammbaum weiterwachsen zu lassen. Männer sind sogar imstande, zu heiraten oder eine Vaterschaftsklage zu riskieren, während Frauen neun Monate lang Gewichtsprobleme auf sich nehmen, um danach Tag und Nacht Windeln waschen zu dürfen. Jede pflichtbewußte Mutter wird für die Frucht ihres Leibes wie eine Löwin kämpfen, wie es auch die zwei legendären Mütter vor König Salomon bewiesen haben. Vielleicht lohnt es sich die Fortsetzung der berühmten Geschichte zu hören.

An den Vorsitzenden des Königlichen Gerichtshofes, Jerusalem

Euer Ehren!

Als Anwalt der Mutter, zu deren Gunsten das seither berühmt gewordene »Salomonische Urteil« ergangen ist, lege ich hiermit gegen dieses Urteil Berufung und Nichtigkeitsbeschwerde ein.

Wie aus dem Verhandlungsprotokoll hervorgeht, wurde meine Mandantin vor 17 Jahren vor dem Königlichen Gericht einem Kreuzverhör unterzogen, das Seine Majestät mit dem Rechtsentscheid abschloß, den Streitgegenstand – i. e. ein Kleinkind unbestimmter Herkunft – in der Mitte zu teilen und jeder der beiden Mütter, die das Kind für sich in Anspruch nahmen, je eine Hälfte zu übergeben. Bei Bekanntgabe dieser Entscheidung stieß meine Mandantin einen Schreckensschrei aus, der eindeutig erkennen ließ, daß sie unter solchen Umständen ihren Anspruch auf das Kind zurückziehe. Aus Gründen, in die wir keinen Einblick haben, sprach König Salomo daraufhin meiner Mandantin das Kind zu.

Das Kind ist inzwischen 17 Jahre alt geworden. Es ist männlichen Geschlechts, langhaarig, ungewaschen und nachlässig gekleidet. Politisch tendiert der minderjährige junge Mann weit nach links, nimmt gelegentlich an Demonstrationen teil, verbringt jedoch die meiste Zeit in sogenannten »Diskotheken« und raucht ein nach hier importiertes Kraut, das in seinen Kreisen als »Hasch« bezeichnet wird.

Das alles tut er auf Kosten meiner Mandantin, die infolge des seinerzeit ergangenen Urteils zur finanziellen Unterstützung ihres angeblichen Sohnes verpflichtet ist, obwohl nicht der geringste Beweis für ihre Mutterschaft vorliegt.

Ich beantrage daher die Aufhebung und Ungültigkeitserklärung des oberwähnten Salomonischen Urteils.

Meine Mandantin ist bereit, vor dem Königlichen Gerichtshof unter Eid zu erklären, daß sie sich mit ihrem damaligen Aufschrei von jeder verwandtschaftlichen Bindung an das fragliche Kleinkind für alle Zeiten distanziert hat.

Sollte meinem Antrag nicht stattgegeben und das zum Gammler herangewachsene Kind nicht jener anderen Frau – seiner wirklichen Mutter – zugesprochen werden, behält sich meine Mandantin vor, den widerwärtigen Balg, mit dem sie nichts zu tun haben will, aus ihrer Wohnung hinauszuwerfen.

Nicht jede Mutter hat das Glück der Klientin des eben zitierten Anwalts. Manche Eltern müssen aus gynäkologischen Gründen ihr Kind woanders herholen.

Ich wurde mit dem Problem konfrontiert, als mich eines Abends das Ehepaar Steiner besuchte. Es sind nette Leute mittleren Alters, Herr Steiner ist ein ruhiger, bescheidener Mann mit guten Manieren, Frau Steiner ist ein wenig schüchtern und hält sich gern im Hintergrund, vor allem wenn dieser mit der Küche identisch ist. Kurzum: Ein Paar, dem man sein stilles Lebensglück schon von weitem ansieht.

»Es ist wahr«, ließ sich Herr Steiner vernehmen, nachdem wir uns gemütlich niedergelassen hatten. »Wir dürfen zufrieden sein, meine Frau und ich. Wir erfreuen uns bester Gesundheit, sind einander herzlich zugetan, haben ein Dach über dem Kopf und ein kleines Konto auf der Bank. Nicht einmal unsere Steuererklärung bringt einen Mißton in unser friedliches Leben, denn sie wird von meinem Schwager besorgt, einem anerkannten Experten. Und doch, und doch. Es fehlt uns etwas. Wir sind kinderlos. Wie sehr haben wir uns ein Kind gewünscht! Aber es war uns nicht vergönnt.«

Herr Steiner schwieg. Frau Steiner seufzte.

»Es ist immer so ruhig bei uns zu Hause!« Abermals seufzte sie. »Und wir wären glücklich, wenn in diese Ruhe ein wenig Abwechslung käme. Helles Kinderlachen, zum Beispiel. Oder ein süßes Babystimmchen aus der Wiege.«

Frau Steiner schwieg. Herr Steiner seufzte.

»Nach gründlicher Beratung«, sagte er dann,

»haben wir uns entschlossen, ein Kind zu adoptieren.«

»Ich gratuliere«, sagte ich.

»Wir wollen einen Sohn«, sagten Herr und Frau Steiner gleichzeitig.

»Das liegt auf der Hand«, sagte ich.

»Wir haben sogar schon einen Namen für ihn: Efi.«

»Ein schöner Name«, sagte ich.

»Die Sache ist nicht ganz einfach«, sagte Frau Steiner. »Wir sind nicht mehr die Jüngsten, und ich zweifle, ob ich mich noch um ein Baby kümmern kann, weil man sich um ein Baby kümmern muß. Deshalb dachten wir an ein Kind im Alter von zwei bis drei Jahren.«

»Sehr richtig«, stimmte ich zu. »Das Alter ist ein wichtiger Faktor. Mit zwei, drei Jahren ist das Kind noch klein und süß – und dennoch schon imstande, alles aufzunehmen und wieder von sich zu geben.«

»Eben davor fürchten wir uns ein wenig«, warf jetzt Herr Steiner ein. »Das Kleinkind befindet sich ständig in Bewegung und rennt den ganzen Tag herum. Meine Füße aber tragen mich nicht mehr so geschwind wie ehedem. Ein Kind von sechs Jahren« – er hob den Finger, um seine Worte zu unterstreichen – »wäre das richtige. Es ist bereits um vieles selbständiger. Außerdem hat es Spielgefährten.«

»Sie müssen unbedingt ein sechsjähriges Kind adoptieren«, bestätigte ich.

»Mit sechs Jahren«, wandte Frau Steiner ein, »beginnt es allerdings zur Schule zu gehen, und das, wie Sie wissen, ist ein Wendepunkt im Leben eines jeden Kindes. Vielleicht wäre es besser, ein Kind zu adoptieren, das diesen Wendepunkt bereits hinter sich hat, das an Schule und Leben bereits einigermaßen gewöhnt ist. Ein zehn- oder zwölfjähriges Kind.«

»Was Sie sagen, klingt sehr vernünftig«, gestand ich.

Frau Steiner, sichtlich erfreut über meine anerkennenden Worte, fuhr fort:

»Andererseits darf man nicht vergessen, daß ein Kind in diesem Alter bei seinen Schul- und Hausaufgaben der elterlichen Hilfe bedarf. Wer weiß, ob wir – zwei bescheidene Bürgersleute mittleren Alters – dazu noch in der Lage sind?«

»Bestimmt nicht«, sagte Herr Steiner im Brustton der Überzeugung. »Und das bedeutet nicht mehr und nicht weniger, als daß wir einen Jungen adoptieren müssen, der zumindest seine Mittelschulstudien abgeschlossen hat.«

»Nein.« Frau Steiner schüttelte bekümmert den Kopf. »Da wird er ja sofort zum Militär eingezogen.«

»Richtig«, nickte Herr Steiner. »Ich fürchte, wir müssen mit dem Adoptieren bis zur Beendigung seiner Militärdienstzeit warten.«

»Dann«, gab Frau Steiner zurück, »wird er sich um einen Posten kümmern müssen. Vergiß nicht: Er ist um diese Zeit ein erwachsener Mensch ohne jedes Einkommen und ohne finanzielle Mittel. Oder willst du für seinen Lebensunterhalt aufkommen!«

»Das ginge leider über meine Kräfte«, gestand Herr Steiner.

Ich schaltete mich wieder ins Gespräch ein:

»Frau Steiner hat recht. Ein Dreißigjähriger wäre in jeder Hinsicht vorteilhafter.«

»Dessen bin ich nicht so sicher«, widersprach Frau Steiner. »In diesem Alter pflegt man zu heiraten, gründet eine eigene Familie und kümmert sich nicht mehr um seine Eltern.«

»Also was wollen Sie eigentlich?« Ich konnte nicht verhindern, daß in meiner Stimme ein leiser Beiklang von Ungeduld mitschwang.

Das Ehepaar Steiner sah mich verwundert an; dann räusperte sich Herr Steiner und sprach:

»Unserer wohlerwogenen Meinung nach wäre es am besten, ein Kind zu adoptieren, das seinen Platz im Leben und in der Gesellschaft bereits gefunden und seine Fähigkeiten bereits bewiesen hat. Schließlich weiß ja nur Gott allein, was aus einem kleinen Buben werden mag, wenn er heranwächst, und das Risiko ist groß, aber wenn er bereits auf beiden Beinen im Leben steht, hat man nichts mehr zu fürchten. Auf so einen Sohn kann man stolz sein. Auch ist er gegebenenfalls in der Lage, seine Eltern zu unterstützen.«

»Goldene Worte«, sagte ich. »Und haben Sie jemand Bestimmten im Auge?«

»Ja«, sagte das Ehepaar Steiner. »Sie.«

Man kann die Steiners gut verstehen. Ein Adoptivkind wie meine Wenigkeit kann viele psychologischen Verkrampfungen wie Existenzangst oder Geldmangel lösen. Dennoch hat die Sache einen genetischen Haken. In den Adern des Adoptivkindes tummeln sich nicht die Gene seiner Stiefeltern, es ist nicht die exakte Kopie von Papi und Mami.

Wozu dann der ganze Aufwand, nicht wahr?
Ich hingegen bin in ausgezeichneter genekologischer Lage: Meine Kinder sind ganz nach ihrem Vater geschlagen. Was heißt geschlagen – geprügelt!

Wie das Leben nun einmal so spielt, habe ich eine gewisse Schwäche für Kalbshaxen in Sülze. Hier ist allerdings der guten Ordnung halber hinzuzufügen, daß bei mir eine Sülze wirklich gesulzt sein muß und unter keinen Umständen diese undefinierbare, stinkende Soße sein darf, die wir jedesmal wegwerfen müssen, wenn unsere geliebte Tochter Renana die Tür des Kühlschranks wieder einmal offenstehen ließ.

»Ephraim«, sagt die beste Ehefrau von allen, »unsere entzückende Tochter ist ja auch zu einem Drittel deine Tochter, also walte deines Vateramtes und sprich mit dem kleinen Biest.«

Und Ephraim waltet, geht energisch auf seine Tochter zu und sagt zum dritten Mal in ebenso vielen Tagen:

»Wie oft muß ich dir noch sagen, verflixt noch einmal, daß du die Kühlschranktür schließen sollst?«

Worauf Renana mit allem Respekt antwortet: »Uff.«

Sie ist im Nahen Osten geboren, meine kleine Tochter, eine »Sabre«, wie die ortsübliche Bezeichnung lautet. Eine echte, süße Levantinerin, unkontrolliert und unkontrollierbar, von einem bewunderswerten Gleichmut ihrer Umwelt gegenüber.

Montag abend ließ sie natürlich die Tür wieder offen, und ich machte mich sofort daran, dem kleinen Ungeheuer die Leviten zu lesen. Aber statt des üblichen »Uff« bekam ich diesmal zu hören:

»Was willst du eigentlich von mir? Schließlich habe ich doch deine Gene geerbt.«

Nun, ich hätte es voraussehen müssen. Kürzlich hatte ich sie nämlich bei der Lektüre eines pseudomedizinischen Aufklärungswerkes mit dem mörderischen Titel »Tante Ella gibt Auskunft« ertappt. Und vorige Woche fragte Renana wie aus heiterem Himmel, ob ich wohl wüßte, wieviel Flüssigkeit mein Körper enthalte.

»Ein bis zwei Kaffeetassen«, sagte ich auf gut Glück.

»Falsch«, ihr Triumph war unüberhörbar, »zwei Drittel deines Körpers sind flüssig.«

Ich erwiderte, daß ich nichts dagegen einzuwenden hätte. Schließlich war ich nicht bereit, wegen einiger Tassen lauwarmen Wassers unser Familienglück aufs Spiel zu setzen.

Einige Tage danach verlangte unsere Tochter, daß in ihrer Nahrung mehr Kalzium enthalten sein solle, und kurz darauf informierte sie uns, daß sie in Erfahrung gebracht hätte, wie man ein Baby nicht bekommt.

Und dann kam die Sache mit den Genen.

Mit anderen Worten, meine Tochter offenbarte mir, daß sie in keiner Weise für ihre Handlungen verantwortlich gemacht werden könnte, weil ich – ihr eigener Vater – ihren schlampigen Charakter mit meinen ebenso verschlampten Genen verformt hätte.

»Ich wurde eigenhändig von dir gezeugt«, war ihre nicht ganz exakt formulierte genekologische Feststellung. »Du kannst also niemandem, außer deinen eigenen Genen, Vorwürfe machen.«

»Willst du damit sagen, kleines Fräulein, daß ich über Gene verfüge, die darauf programmiert sind, Kühlschranktüren offenzulassen?«

»Natürlich«, sagte Renana, »aber zu deiner Entlastung könntest du geltend machen, daß du deinerseits diese Gene von deinen Vorfahren geerbt hast.«

So ist das also. Einer meiner zahllosen Ahnen dürfte im Jahre 1500 vor unserer Zeitrechnung, irgendwo auf der Sinai-Halbinsel, eine Kühlschranktür offengelassen haben, und seither werden in meiner Familie die für verfaulte Sülze verantwortlichen Gene in ungebrochener Kette über Generationen weitergereicht.

Wahrlich, ein interessanter biologischer Gedanke.

So gesehen, sind wir eigentlich für gar nichts persönlich verantwortlich. Wenn einer zufällig die Gene der Frau Lot geerbt haben sollte, dann geht er eben durch sein Leben mit einem nach hinten gedrehten Kopf oder verwandelt sich langsam in eine Salzsäule. Das alles steht nicht in den Sternen, sondern in den Chromosomen, die ihrerseits diese

Gene enthalten, und diese wiederum stehen in Renanas klugem Pseudo-Buch, das auf Tante Ellas Mist gewachsen ist.

»Du spinnst, mein Engel«, erklärte ich.

»Möglich«, sagte sie. »Darf ich das als deine persönliche Selbstkritik auffassen?«

Am Samstag fand die nächste genetische Auseinandersetzung statt. Der Kellner in unserem Stammlokal, der eben dabei war, unsere Rechnung zu erstellen, fragte Renana, was sie getrunken habe.

»Ein Glas Wasser«, sagte das kleine Biest mit verführerischem Lächeln.

»Was soll das heißen?« protestierte ich lauthals, »du hast zwei ganze Flaschen Orangensaft getrunken.«

»Hör mal, Paps«, zischte mir Renana zu, »zu wem hältst du eigentlich, zu mir oder zum Kellner?«

»Du solltest dich schämen«, wies ich sie zurecht, als wir das Lokal verließen, »das war doch glatter Betrug.«

Natürlich nahm sie wieder den kriminologischen Zweig der Geschichte zu Hilfe und zitierte mir alle einschlägigen Passagen aus Tante Ella.

Aber das Ärgste stand mir noch bevor, denn der Genentick wurde auch von ihrem Bruder übernommen. Nachdem Amir neulich meinen Wagen in eine freie Telefonzelle geparkt hatte, warf er mir einen niederschmetternden Blick zu, der zu fragen schien:

»O Paps, hättest du mir nicht Gene mit etwas mehr Geistesgegenwart vererben können?«

Ich war völlig ratlos und überflog im Geiste

meine ganze genetische Ahnengalerie. Sie sind offensichtlich nicht nur geistesabwesend, meine auf Telefonzellen prallenden Gene, sondern für drei Monate auch ohne Führerschein.

Dann aber gab Renana unserer schwelenden Gen-Affäre eine völlig überraschende Wendung. Zum größten Erstaunen aller Beteiligten, besonders ihrer Lehrerin, erhielt sie in einer Mathematikarbeit die Bestnote. Allgemein sprach man von einem Wunder.

Ein Wunder? Daß ich nicht lache.

Natürlich hatte die kleine Hexe ihre Schularbeit vom Mathematikgenie ihrer Klasse abgeschrieben. Aber um eventuelle Verdachtsmomente von vornherein zu entkräften, schmuggelte sie einen Fehler hinein und korrigierte dabei, ohne es zu ahnen, den einzigen Fehler besagten Genies und wurde zur Heldin des Tages.

»Oho«, triumphierte ich, »es scheint, daß die Gene deines Vaters doch klüger sind, als sie aussehen.«

»Lächerlich«, erwiderte Renana mit eiskalter Überlegenheit, »das sind natürlich Mamis Gene.«

Weibervolk!

Die beste Ehefrau von allen fühlte sich natürlich bemüßigt, ins selbe Horn zu blasen, und bekräftigte ihr Töchterlein bereitwilligst in der Schnapsidee, daß sie von ihrer Seite nur Gene der allerbesten Exportqualität geliefert habe.

»Was deinen Vater betrifft«, äußerte sich die beste Ehefrau von allen, »so kann man seine Chromosomen an einer Hand abzählen.«

In meiner Ratlosigkeit schlug ich ihr vor, daß die elf besten ihrer Gene gegen entsprechende Anzahl und Qualität der meinigen ein freundschaftliches Fußballmatch austragen sollten, um den Fall ein für allemal zu klären. Aber wie immer, wenn ich etwas äußerst Geistreiches vorschlage, bedeutete sie mir, daß man sie mit infantilen Ideen in Ruhe lassen solle.

Heute kam Renana in Tränen aufgelöst von der Schule nach Hause, weil sie bei der Geschichtsprüfung durchgefallen war. Ihre Mutter blickte sie traurig an und seufzte: »Hätte das arme Kind doch ein paar Gene von Henry Kissinger geerbt...«

Ich resigniere.

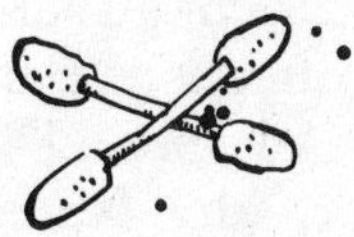

Man kann nicht ununterbrochen über naturwissenschaftliche Errungenschaften forschen, ohne dabei auf das Endziel zu stoßen. Ich weiß nicht, ob es gut oder schlecht ist zu sterben, ich habe es noch nicht ausprobiert. Auch unser Hausarzt hüllt sich in vielsagendes Schweigen, als ob er andeuten wolle, daß er schließlich ein Mann der Tat sei.

Die ideale Lösung wäre natürlich, ins Jenseits zu kommen, ohne zu sterben. Das gelingt allerdings nur sehr selten. Ich persönlich kenne nur einen Fall, und auch dieser wurde nur durch den Teufel erreicht. Durch den Druckfehlerteufel.

»Dieser Jankel bringt ich noch ins Grab!« fluchte Herr Grienbutter, Chefredakteur des »Täglichen Freiheitskämpfers«. »Hundertmal hab ich ihm schon gesagt, daß bei verschiedenen Nachrichten auch die Titel verschieden gesetzt werden müssen, besonders wenn sie auf dieselbe Seite kommen. Und was macht Jankel? Er setzt die Titel ›Gewerkschaft kündigt Neuwahlen an‹ und ›USA von Teuerungswelle bedroht‹ in gleicher Größe und in gleicher Type nebeneinander! Es ist zum Verrücktwerden ...«

Herr Grienbutter riß ein Blatt Papier an sich, um eine eilige Kurznachricht an Jankel hinzuwerfen – wobei er ihn, wie immer in Fällen offiziellen Ärgers, nicht mit dem kosenden Diminutiv anredete, sondern mit der korrekten Namensform: *»Jakob – Titel verschieden (USA, Gewerkschaft)!«* Und um sicherzugehen, daß der solchermaßen zurechtgewiesene Jakob die Botschaft auch wirklich bemerken und berücksichtigen würde, rahmte sie Herr Grienbutter mit dicken, schwarzen Strichen seines Filzschreibers ein. Dann warf er das Blatt zusammen mit dem Bürstenabzug in den Abgangskorb für die Setzerei und eilte aus dem Haus.

Er war bei Spiegels zum Nachtmahl eingeladen und schon eine Viertelstunde verspätet.

Als Herr Grienbutter am nächsten Morgen – wie üblich noch im Bett – die Zeitung öffnete, sank er, vor Schreck fast vom Schlag gerührt, in die Kissen zurück. Von der ersten Seite des »Freiheitskämpfers« glotzte ihm in dickem, schwarzen Rahmen die folgende Todesanzeige entgegen:

JAKOB TITEL
ist plötzlich verschieden.
Er starb auf einer Reise in den USA.

Der Vorstand
des Jüdischen Gewerkschaftsbundes

Zornbebend stürzte Herr Grienbutter in die Redaktion, dort fiel er über Jankel her. Jankel hörte sich die Schimpftirade ruhig an und verwies auf Grienbutters eigenhändige Arbeitsnotiz, die er für den Druck nur geringfügig eingerichtet hatte.

Der unterm Keulenschlag eines irreparablen Schicksals wankende Chefredakteur suchte das Büro des Herausgebers auf, um mit ihm eine Möglichkeit zu besprechen, wie man sich bei den Lesern des »Freiheitskämpfers« für den skandalösen Mißgriff entschuldigen könnte.

Zu seiner Überraschung empfing ihn der Herausgeber mit strahlender Laune. Er hatte soeben von der Annoncenabteilung erfahren, daß bereits 22 hochbezahlte Todesanzeigen eingelaufen waren, die das unerwartete Hinscheiden Jakob Titels beklagten.

Herr Grienbutter wollte kein Spaßverderber sein und empfahl sich schleunigst.

Am nächsten Tag wimmelte es im »Freiheitskämpfer« von schwarzumrandeten Inseraten. Da hieß es etwa:

»Gramgebeugt geben wir den allzu frühen Tod unseres teuren Jakob Titel bekannt. Die Konsumgenossenschaften Israels«. Oder: »Leitung und Belegschaft der Metallröhrenwerke Jad Eliahu betrauern das tragische Ableben Jakob Titels, des un-

erschrockenen Pioniers und Kämpfers für unsere Sache.«

Aber das alles hielt keinen Vergleich mit der folgenden Nummer aus, die um vier Seiten erweitert werden mußte, um die Zahl der Trauerkundgebungen zu bewältigen. Allein die »Landwirtschaftliche Kooperative« nahm eine halbe Seite in Anspruch: *»Der Verlust unseres teuren Genossen Jakob (Jankele) Titel reißt eine unersetzliche Lücke in unsere Reihen. Ehre seinem Andenken!«* Die Beilage brachte ferner das aufrichtige Mitgefühl der Drillbohrer zum Ausdruck: *»Wir teilen euren Schmerz über den Verlust dieses besten aller Arbeiterfunktionäre«*, und enthielt überdies einen ziemlich peinlichen Irrtum: *»Den Titels alle guten Wünsche zur Geburt des kleinen Jakob. Familie Billitzer.«*

Auch die anderen Morgenblätter, waren mit entsprechenden Anzeigen gesprenkelt, ohne indessen dem »Freiheitskämpfer« Konkurrenz machen zu können. Der Chef des hochangesehenen »Neuen Vaterlands«, verärgert darüber, daß sein Blatt den Tod einer so hervorragenden Persönlichkeit des öffentlichen Lebens nicht als erstes gemeldet hatte, überließ den Nachruf seinem Sportredakteur. Dieser erfahrene Reporter durchstöberte ebenso gründlich wie erfolglos den Zettelkasten, setzte alle möglichen Recherchen an, die ihm von seiten der Befragten nur dunkle Erinnerungen an den verewigten Jakob Titel einbrachten, und behalf sich schließlich mit einem sogenannten »Allround«-Nekrolog, der erfahrungsgemäß immer paßt:

»Jakob (Jankele) Titel, der zur Generation der

›alten Siedler‹ unseres Landes gehörte, wurde während eines Besuchs in den Vereinigten Staaten plötzlich vom Tod ereilt und auf dem örtlichen Friedhof zur letzten Ruhe gebettet.

Titel, ein Kämpfer der ersten Stunde, hatte sich praktisch in sämtlichen Sparten der Arbeiterbewegung betätigt. Schon auf der Jüdischen Hochschule in Minsk (Rußland), die er mit vorzüglichem Erfolg absolvierte, galt er als einer der führenden Köpfe der Studentenschaften und rief eine geheime zionistische Jugendgruppe ins Leben.

Ungefähr um die Jahrhundertwende kam ›Jankele‹ zu seiner Familie ins Land, ging als Kibbuznik nach Galiläa und wurde einer der Gründer der damaligen Schüler-Selbstwehren. Später bekleidete er verschiedene Funktionen im Staatsdienst, sowohl daheim wie im Ausland. Nach einer erfolgreichen öffentlichen Laufbahn, zog er sich ins Privatleben zurück und widmete sich den Problemen der Arbeiterorganisation. Er gehörte bis zu seinem Ableben der Verwaltungsbehörde seines Wohnortes an.«

Bekanntlich ehrt das Vaterland seine bedeutenden Männer immer erst, wenn sie tot sind. So auch hier. Außer den Gedenk-Kundgebungen zu Ehren Jakob Titels nannte ihn der Unterrichtsminister »einen tatkräftigen Träumer, einen Bahnbrecher unseres Wegs, einen Mann aus dem Volke und für das Volk«. Als der Männerchor zum Abschluß der Feier Tschernikowskys »Zionsliebe« anstimmte, wurde unterdrücktes Schluchzen hörbar.

Das bald darauf fertiggestellte Gebäude der Gewerkschaftszentrale erhielt den Namen »Jakob-Titel-Haus«; da sich trotz längerer Nachforschungen kein lebender Angehöriger Titels gefunden hatte, übernahm der Bürgermeister von Tel Aviv anstelle der Witwe den symbolischen Schlüssel. Unter dem Porträt des Verstorbenen in der großen Eingangshalle häuften sich die von den führenden Körperschaften des Landes niedergelegten Kränze. Das Bildnis selbst war ein Werk des berühmten Malers Bar Honig. Als Vorlage hatte ihm ein 35 Jahre altes Gruppenfoto aus den Archiven des Gewerkschaftsbundes gedient, auf dem Jakob Titel, halb verdeckt in der letzten Reihe stehend, von einigen Veteranen der Bewegungen identifiziert worden war. Besonders eindrucksvoll fanden zumal die älteren Betrachter das von Bar Honig täuschend ähnlich getroffene Lächeln »unseres Jankele«.

Mit der Herausgabe der Gesammelten Schriften Jakob Titels wurde ein führender Verlag betraut, dessen Lektoren das Material in mühsamer Kleinarbeit aus alten, vergilbten Zeitungsbänden herausklaubten; die betreffenden Beiträge waren anonym erschienen, aber der persönliche Stil des Verfassers sprach unverwechselbar aus jeder Zeile.

Dann allerdings geschah etwas, woran der ganze, vielfältige Nachruhm Jakob Titels beinahe zuschanden geworden wäre:

Als die Straße, in der sich die Redaktion des »Freiheitskämpfers« befand, auf allgemeinen Wunsch in »Jakob-Titel-Boulevard« umbenannt wurde, brach Herr Grienbutter zusammen und klärte in einem Leitartikel die Entstehung der Titel-Legende auf.

Ein Sturm des Protestes erhob sich gegen diesen dreifachen historischen Fälschungsversuch. Auf der Eröffnungsfeier des »Jakob-Titel-Gymnasiums« erklärte der Regierungssprecher unter anderem:

»Jakob Titel ist schon zu Lebzeiten diffamiert worden, und gewisse Taschenspieler der öffentlichen Meinung diffamieren ihn auch nach seinem Tod. Wir aber, wie alle ehrlichen Menschen, stehen zu Jakob Titel!«

Herr Grienbutter, der unter den geladenen Gästen war, ließ sich durch diese persönliche Attacke zu einem Zwischenruf hinreißen; es sei lächerlich, rief er, das Geschöpf eines Druckfehlers zu feiern. Daraufhin wurde er von zwei Ordnern mit physischer Gewalt aus dem Saal entfernt und in Spitalspflege überstellt, wo er jedoch sehr bald in Trübsinn verfiel, weil auch das Krankenhaus nach Jakob Titel benannt war. Nachdem er eines Nachts einen Tobsuchtsanfall erlitten hatte, mußten die Ärzte ihn in eine Nervenheilanstalt einliefern.

Unter der geduldigen Obsorge der Psychiater trat allmählich eine Besserung seines Zustands ein. Er begann sich mit den gegebenen Tatsachen abzufinden und wurde nach einiger Zeit als geheilt entlassen.

In Würdigung seiner großen journalistischen Verdienste erhielt er im folgenden Jahr den »Jakob-Titel-Preis für Publizistik«.

Natürlich kann man sich nicht nur auf Druckfehler verlassen. Wer seinen natürlichen Tod nicht abwarten will, muß schon selbst Hand anlegen. Hier steht die ärztliche Wissenschaft, wie sie sich durch das ganze Buch zieht, verläßlich zur Verfügung.

Nehmen wir als Beispiel meinen eigenen Hingang, und zwar geschildert in chronologischer Reihenfolge.

Es begann, wie vieles im Leben, im Stiegenhaus. Plötzlich fühlte ich ein leichtes Jucken in der linken Ohrmuschel. Die beste Ehefrau von allen ruhte nicht eher, als bis ich einen Arzt aufsuchte. Man kann, so sagte sie, in diesen Dingen gar nicht vorsichtig genug sein.

Der Arzt kroch in mein Ohr, tat sich dort etwa eine halbe Stunde lang um, kam wieder zum Vorschein und gab mir bekannt, daß ich offenbar ein leichtes Jucken in der linken Ohrmuschel verspürte.

»Nehmen Sie sechs Penicillin-Tabletten«, sagte er. »Das wird Ihnen gleich beide Ohren säubern.«

Ich schluckte die Tabletten. Zwei Tage später war das Jucken vergangen, und meine linke Ohrmuschel fühlte sich wie neugeboren. Das einzige, was meine Freude ein wenig trübte, waren die roten Flecken auf meinem Bauch, deren Jucken mich beinahe wahnsinnig machte.

Unverzüglich suchte ich einen Spezialisten auf; er wußte nach einem kurzen Blick sofort Bescheid:

»Manche Leute vertragen kein Penicillin und

bekommen davon einen allergischen Ausschlag. Seien Sie unbesorgt. Zwölf Oeromycin-Pillen – und in ein paar Tagen ist alles wieder gut.«

Das Oeromycin übte die erwünschte Wirkung aus: Die Flecken verschwanden. Es übte auch eine unerwünschte Wirkung aus: Meine Knie schwollen an. Das Fieber stieg stündlich. Mühsam schleppte ich mich zum Spezialisten.

»Diese Erscheinungen sind uns nicht ganz unbekannt«, tröstete er mich. »Sie gehen häufig mit der Heilwirkung des Oeromycins Hand in Hand.«

Er gab mir ein Rezept für 32 Kerramycin-Tabletten. Sie wirkten Wunder. Das Fieber fiel, und meine Knie schwollen ab. Der Spezialist, den wir an mein Krankenlager riefen, stellte fest, daß der mörderische Schmerz in meinen Nieren eine Folge des Kerramycins war, und ich sollte das nicht unterschätzen. Nieren sind schließlich Nieren.

Eine geprüfte Krankenschwester verabreichte mir 64 Creptomycin-Injektionen, von denen die Bakterienkulturen in meinem Innern restlos vernichtet wurden.

Die zahlreichen Untersuchungen und Tests, die in den zahlreichen Laboratorien der modern eingerichteten Klinik an mir vorgenommen wurden, ergaben eindeutig, daß zwar in meinem ganzen Körper keine einzige lebende Mikrobe mehr existierte, daß aber auch meine Muskeln und Nervenstränge das Schicksal der Mikroben geteilt hatten. Nur ein extrastarker Chloromycin-Schock konnte mein Leben noch retten.

Ich bekam einen extrastarken Chloromycin-Schock.

Meine Verehrer strömten in hellen Scharen zum

Begräbnis, und viele Müßiggänger schlossen sich ihnen an. In seiner ergreifenden Grabrede kam der Rabbiner auch auf den heroischen Kampf zu sprechen, den die Medizin gegen meinen von Krankheit zerrütteten Organismus geführt und leider verloren hatte.

Es ist wirklich ein Jammer, daß ich so jung sterben mußte. Erst in der Hölle fiel mir auf, daß jenes Jucken in meiner Ohrmuschel von einem Moskitostich herrührte. Aber weil ich nun schon einmal da war, beließ ich es dabei.

Auf Wiedersehen.

Die köstlichsten Satiren aus jenem Land, in dem alles anders ist als anderswo und doch genauso wie überall!
Der Staat Israel liegt so günstig entlang der Mittelmeerküste, daß man von jedem beliebigen Ort im Landesinneren entweder an den Badestrand oder in arabische Gefangenschaft kommt. Unser Land ist so winzig, daß auf den handelsüblichen Landkarten nur die Buchstaben ›ISR‹ Platz haben.
In seinem neuen Buch erzählt Kishon, der Klassiker unter den zeitgenössischen Humoristen, über den Alltag in ›Trotzdemia‹, jenem einzigen Land, in dem ein Jude bis heute kein Jude ist: Israel. ›Trotzdem‹ steht als humorvolles Lebensmotto über dem Alltag seiner Bewohner aus 90 Nationen, die sich auf diesem winzigen Fleckchen Erde gegenseitig auf die Füße treten. Die mit unerschöpflicher Phantasie und Einfallsreichtum allen Widerständen ein Schnäppchen schlagen. – Eine umwerfend komische Sammlung wunderbarer Geschichten über ein Volk, die Majestätsbeleidigung und Liebeserklärung zugleich ist.

ISBN 3-404-14536-4

BASTEI LÜBBE

Die besten Technikgeschichten - für alle, die von ihrem Bügeleisen geknechtet und vom Fernseher tyrannisiert werden

Tanzende Waschmaschinen, tropfende Wasserhähne, falsch verbundene Telefone – wer kennt so etwas nicht? In diesem Sammelband setzt sich der Satiriker Ephraim Kishon nicht nur mit dem unkalkulierbaren Eigenleben und der Tücke des Objekts auseinander, sondern auch – und vor allem – mit den daraus resultierenden zwischenmenschlichen Problemen. In seinen Geschichten hält uns der bekennende Computer-Freak und Fan aller elektrischen Neuheiten den Spiegel des alltäglichen technischen Lebens vor – mit der Aufforderung, sich von den alltagserleichternden Errungenschaften des zwanzigsten Jahrhunderts nicht unterkriegen zu lassen. Eine Aufforderung zur Emanzipation der anderen Art – und eine brillante Sammlung aus drei Jahrzehnten humoristischen Schaffens!

ISBN–404–14623–9

BASTEI LÜBBE

Ein literarisches Denkmal für eine der meistzitierten Ehefrauen der Welt.

Schonungslos enthüllt der bekannte Satiriker in diesem Buch das Mysterium jener Frau, die den Lesern seiner Geschichten seit Jahren so vertraut und doch gleichzeitig noch immer geheimnisvoll und sagenumwoben ist. Das Mysterium jener Frau, an deren Haaren der Autor die umwerfendsten Geschichten herbeizieht und deren Willenskraft und Einfallsreichtum bereits ganze Generationen von Lesern fasziniert und amüsiert.
Mit brillanter Beobachtungsgabe schildert der ›beste Ehemann von allen‹ Szenen einer Ehe: liebevoll, satirisch, geistreich und – vor allem – charmant.

3–404–14628–X

BASTEI
LÜBBE

Die ›geheime‹ Welt eines der erfolgreichsten Schriftsteller unserer Zeit, aufgerollt an seinen Lieblingsgeschichten. Zum ersten Mal erzählt Ephraim Kishon, was tatsächlich hinter seinen Satiren steht. Ein überraschendes und sehr amüsantes Leseabenteuer für alle, die den großen Humoristen wirklich kennenlernen wollen.

ISBN 3–404–14697–2

BASTEI
LÜBBE

Satirische Tips und Tricks für alle Wirtschaftslagen

Wie verliert man auf möglichst raffinierte Weise sein Vermögen? Wie schlägt man der Inflation ein Schnippchen? Wie führt man den Fiskus an der Nase herum? Warum braucht ein Konkurs einen Verwalter? Und wieso ist der sicherste Weg, reich zu werden, der, daß man Lotto spielt?
Die Antwort auf all diese Fragen weiß – und gibt – Wirtschaftsexperte Ephraim Kishon.
Ein pointenreiches Lesevergnügen, Entspannung für Manager in allen Lebenslagen und ein höchst origineller Geschenktip für die betroffenen Angehörigen.

ISBN 3-404-14731-6

BASTEI
LÜBBE

In Kishons neuem Buch geht es der Politik und ihren Standesvertretern an den Kragen. Der Großmeister des Humors spricht aus, was viele geplagte Zeitgenossen immer schon über die heimliche Diktatur überflüssiger Beamter und die verblüffenden Karrieren unbedarfter Spitzenpolitiker dachten.

Wie zieht man dem Bürger auch noch den letzten Steuergroschen aus der Tasche? Und ist die Mittelmäßigkeit in der Politik nicht verfassungswidrig?

Kishon weiß Antwort auf diese Fragen und beweist damit einmal mehr, daß bei ihm auch die ärgerlichsten Themen zum reinen Vergnügen werden.

ISBN 3-404-14779-0

Das Auto ist ein Thema, das uns Tag für Tag bewegt und beschäftigt. Das Auto, des Deutschen liebstes Kind, wird gehätschelt, gewaschen und oft mehr geliebt als die eigene Frau. So hat man es auch nicht gern, wenn dieses kostbare Stück belächelt oder gar mit sanftem Spott bestrahlt wird.
Vielleicht gerade deshalb hat sich Ephraim Kishon des Lieblingsthemas unseres Jahrhunderts angenommen und erzählt, was der fahrbare Untersatz, dieses Wunder menschlichen Genies, alles mit uns anstellen kann. Warum eine Autofahrt mit der Familie jede Folge von »Dallas« ersetzt und was eine Parkplatz-Safari zu einem unvergeßlichen Erlebnis macht, wie eine angezogene Handbremse zum drahtlosen Telefon wird und man sich straflos an Verkehrspolizisten rächt – das und vieles mehr verrät uns der bekannte Satiriker.

ISBN 3-404-14474-0

BASTEI LÜBBE